Nous serons comme des dieux

Eve de Castro

Nous serons comme des dieux

ROMAN

Albin Michel

© Éditions Albin Michel S.A., 1996
22, rue Huyghens, 75014 Paris

ISBN : 2-226-08475-4

à Bertrand

« Aime et fais ce que voudras. »

SAINT AUGUSTIN

« Celui qui n'aime pas demeure
dans la mort. »

SAINT JEAN, apôtre

Étrange sort que le mien. Sans rien vivre j'ai tout vécu, et à vingt-cinq ans je viens d'enterrer l'homme qui portait mon avenir. Je suis princesse. Je suis nonne. Je me suis offerte, moi la mieux douée d'entre les filles du Régent, pour racheter les péchés d'un règne. Par amour et par haine j'ai fait de mon cœur une chapelle ardente. Mais Dieu, qui est jaloux, a refusé de m'entendre. Mon père est mort ce lundi, premier jour de décembre 1723, sur les cuisses d'une femme. Sans que je l'eusse gagné ni au Ciel ni à moi. Mon sacrifice, dont je tirais l'ardeur qu'on m'envie, aura donc été vain. Comme il fait nuit, et vide, maintenant. Sans personne à combattre, sans personne à sauver, Dieu ne me sert de rien. Je voudrais crier, déchirer mon habit, je voudrais m'enfuir, redistribuer les cartes et jouer une autre vie. Je reste là, immobile et muette. Je suis prisonnière à jamais de ce que j'ai voulu. Personne ne m'a contrainte. Tout ce qui m'est advenu je l'ai souhaité, je l'ai forcé contre la volonté des miens.

D'aucuns prétendent qu'avant de s'incarner chaque âme choisit les lignes de son destin ainsi que les êtres qui en marqueront le cours. Je me suis donné pour famille le talent, l'orgueil et la débauche, pour couche nuptiale la solitude divine, pour destin de poursuivre une chimère. J'ai lutté. Je connais la cour et le cloître, les passions du monde et celles dont le Christ broie le cœur de ses servantes. On me donne en exemple comme la plus étrange et la plus remarquable figure de mon temps. Mais maintenant ? Je me croyais jeune, curieuse de tout, et voici que je n'ai plus de force pour rien. Hier, après mâtines, je me suis fait descendre au fond du caveau qu'on vient d'achever selon mes instructions dans le chœur de l'église, sur la gauche du maître-autel. Je m'y suis allongée à la manière des gisants et j'ai replié sur moi les pans de mon manteau. Cela sentait la pierre fraîchement taillée, une odeur mate et froide, blanche, lisse, qui me pénétrait toute. Les ouvriers avaient pris si scrupuleusement mes mesures qu'il restait entre mes épaules et les parois de marbre l'épaisseur exacte d'une planche de beau chêne. Le silence était indescriptible. J'y baignais, j'y flottais. Je fixais la voûte du transept et, à mesure que mon esprit montait vers elle, j'oubliais mon chagrin, mes regrets, le dégoût des journées à venir. Le temps s'éployait à rebours et les souvenirs venaient à moi comme des anges, qui sans poids ni sexe m'emplissaient. Philippe mon père, Élisabeth ma sœur, Louis XIV mon aïeul se pressaient sur ma bouche.

12

Tout morts qu'ils fussent, ils m'étouffaient. J'essayais de remuer mais je demeurais inerte. Je ne sentais plus mon corps. Je n'étais que mémoire. C'est peut-être cela, la mort. Je suis restée ainsi cinq heures. Quand les sœurs aidées du sacristain me sont venues tirer du trou, elles m'ont trouvée glacée, raide à ne pouvoir plier mes genoux et plus pâle que mon grand col lustré. Ce matin, j'ai la fièvre. Je ne me lèverai pas. J'entends le clair chant des novices, dans la chapelle de l'aile ouest. Je n'aurai pas besoin de retourner au tombeau. Ceux que j'y ai retrouvés vivent sous mes paupières. L'amour, le tourment, la honte, la folie, le plaisir, les larmes, la revanche, tout est là. Il me suffit de garder les yeux clos.

Une vaste et haute pièce, tendue de soie moirée. Les murs, les rideaux, le satin des sièges sont blancs, un blanc de nacre sur lequel les ombres portées par quatre flambeaux d'or s'allongent avec une netteté vivante. Dans l'alcôve qui fait face à la fenêtre du milieu, une femme repose. Le drapé, au chevet, cache son visage. Son bras droit a glissé et pend, nu jusqu'au coude, sous le triple rang de perles qui le bague. Assise contre le bois du lit, une toute petite fille en manteau de dentelle et bonnet à ruchés caresse la main abandonnée. Au fond de la chambre, on distingue une cheminée sculptée de pampres, deux fauteuils dorés, une table couverte de fioles, de cuvettes, de linges, et un canapé bas autour duquel chuchotent trois silhouettes grises. Il fait tard dans la nuit, une étouffante et pâle nuit de juin 1701, au château de Saint-Cloud où comme chaque été Madame, veuve de Monsieur, frère du Roi, reçoit son fils le duc d'Orléans avec la duchesse son épouse, ses filles et ses gens. Les médecins qui

15

depuis trente-six heures n'ont pas quitté cette chambre ne savent plus quel remède inventer. L'enfant torturée par leurs lancettes, leurs vessies, leurs potions gît sans mouvement sur le damas maculé du sofa. La princesse Élisabeth ne donne plus signe de vie. Les hommes gris se penchent. De l'autre côté de la couche, la petite fille, qui s'est approchée sans un bruit, retient son souffle. Avec la gravité têtue de ses trois ans, elle regarde sa sœur livide, les faces creuses des docteurs, les écuelles pleines de sang caillé et les pots découverts. Le plus grand des trois docteurs palpe le ventre d'Élisabeth.

— Il faut purger derechef.

— La princesse a pris douze lavements depuis hier et elle n'a rien mangé.

— Elle a bu.

— Trois cuillerées de sirop, plus une gorgée d'eau bénite, pour avaler l'hostie.

— L'hostie ! Alors elle a mangé. Purger la soulagera.

— On chasserait le Seigneur de son corps.

— A cinq ans et demi on n'a guère péché. Elle ira droit au ciel.

— En êtes-vous si sûr ?

— Je ne suis pas abbé, mais chirurgien.

— Les mains se refroidissent.

— Bon signe. La fièvre se retire.

— Signe fatal. C'est la vie qui s'en va.

— Le duc d'Orléans a déjà perdu sa première-née, il ne nous pardonnera pas si celle-ci meurt aussi.

– Bah ! il lui restera la princesse Adélaïde, qui l'aimera pour deux.

En entendant son nom, la petite fille se laisse couler sur le plancher et doucement rampe vers le lit où sa mère dort toujours.

– La duchesse d'Orléans n'a que vingt-quatre ans, elle fera d'autres poupons, des mâles, qui consoleront le prince de son chagrin.

– Plus bas...

L'enfant Adélaïde tire la main alanguie sur la courtepointe. La duchesse d'Orléans ouvre de gros yeux vagues. En robe sans corps découvrant ses épaules et sa gorge de statue, elle est poudrée comme pour se rendre au souper du Roi, fardée au rouge d'Espagne, avec dans ses cheveux châtains haut crêpés des poinçons de diamants et quantité de perles. Passant sur l'ivoire de son front une paume dolente, elle s'étire gracieusement.

– Qu'on me serve à boire du vin frais et me porte des croquants aux amandes.

– Maman ! Maman, les docteurs disent...

– Seigneur ! Cela devait être ! Le doigt de Dieu ! Ah ! nous sommes bien malheureux !

La porte ouverte avec violence souffle les bougies les plus proches. Philippe d'Orléans, le teint couleur de brique, les vêtements en désordre, jette son chapeau au milieu de la pièce. Adélaïde se glisse derrière les courtines.

– Assez de lamentations, ma femme ! Où prenezvous que le Ciel nous haïsse tant ?

17

— Il punit vos péchés à travers nos enfants ! Vos débauches, Philippe, et vos scandaleuses impiétés ! Non content de ne nous donner que des filles, le Très-Haut une à une nous les reprend !

— Assez, vous dis-je ! Qu'on donne de l'air, on s'empoisonne ici ! Vos remèdes puent, messieurs de la Faculté ! Vos robes noires puent ! Elles puent la sottise rengorgée, la bonne conscience du bourreau ! Pas un mot ! Je vous retire ma fille avant que vous l'acheviez ! Roulez-la dans un drap, je l'emmène.

M. Fagon, qui est premier médecin du Roi et fort imbu de sa science, hoche doctement la tête.

— Monseigneur, il n'y a plus d'espoir.

— Il n'y aura plus d'espoir quand moi, je l'aurai perdu.

— Philippe, vous ne prétendez point...

— Si, justement ! Et cette fois, cette toute première fois en neuf années de mariage, Madame, je ne vous céderai pas. Vous ne m'avez jamais chéri ni seulement respecté. Pour ménager la paix de notre union, parce que aussi je ressentais du goût et de l'estime envers votre personne, j'ai toléré vos froideurs, vos mépris, vos bouderies, vos migraines, vos intrigues et vos calomnies. Mais aujourd'hui j'entends parler en maître et vous m'obéirez !

— Monseigneur, voilà six heures que la malade ne respire plus.

— Et personne ne m'a appelé !

— C'est moi qui ai ordonné qu'on vous laissât en paix.

– Vous, Madame !

– Vous soupiez en compagnie.

– Vous m'aviez commandé de vous laisser seule pour prier.

– J'ai prié, en effet.

– Et dormi ! Votre savante coiffure est dérangée.

– Moins que votre visage et vos habits, Monsieur.

– Quand l'inquiétude me ronge, je ne me soucie point du paraître ! Je n'ai pas bougé de chez moi. Chaque demi-heure, j'ai dépêché quelqu'un.

– Il fallait en personne vous déplacer plus tôt.

– Votre porte était close ! J'ai dû pousser vos gardes !

– Hélas ! il n'est plus temps...

– Perdre le sens n'est pas perdre la vie. Qu'on porte la princesse dans ma chambre, je la soignerai à ma mode.

La duchesse d'Orléans saute de son lit et, insoucieuse de ses boucles aplaties et de ses jupes froissées, elle court à son mari.

– Qu'on ne la touche pas ! Je connais votre mode ! Pour lui rendre son corps, vous vendriez son âme !

– Quelle sinistre idée vous faites-vous de moi ?

– Vous êtes un libertin ! Un satrape ! Sur le corps de cette innocente vous entendez narguer le Très-Haut ! Vous ne croyez pas en Dieu mais en l'Homme, c'est-à-dire en vous-même !

– Je connais d'expérience qu'on n'est rarement mieux servi que par sa propre main.

— Renoncez, Philippe! Il n'y a que le Christ qui rende souffle aux morts!

— Je m'arrangerai avec Lui.

— Vous blasphémez!

— Celui qui juge me jugera. Pour moi, je me pardonne.

— Je vous en conjure! N'entraînez pas Élisabeth sur votre pente! Elle ne souffrira plus. La paix de Dieu l'attend.

— A quoi s'occupent-ils, les angelots, dans votre paradis? Ils dorment quiétement, c'est cela? Une éternité de sommeil sans rêves! La divine récompense!

— Vous serez châtié!

— Madame Lucifer me fait trop grand honneur! A cette généreuse nature, le Créateur voudrait que j'abandonne mon aînée!

— La mienne, voulez-vous dire! Avez-vous peiné pour la mettre au monde? Le bel aplomb des hommes! Un frisson entre deux draps et vous voilà créancier d'une vie! Et celle-ci, celle-ci, la prendrez-vous aussi?

La duchesse d'Orléans tire Adélaïde de sa cachette et la pousse vers son père. La petite tombe à genoux. Elle serre les lèvres et ne dit rien. Vu de dessous, le duc d'Orléans lui paraît rouge et enflé comme ces coqs de combat qui réjouissent la valetaille. Pourtant elle le trouve beau, très beau, elle sent qu'elle l'aime, plus que la Vierge Marie, plus que son nouveau lévrier, elle sent qu'auprès de lui elle ne sera jamais seule, qu'elle n'aura jamais peur. Elle tend les bras. Le prince secoue la tête.

— Pour l'heure, je ne veux qu'Élisabeth.

— Si je puis renoncer à elle, vous ne l'enlèverez pas à Dieu.

— Dieu et vous la réclamez morte. Je la veux vive.

— Vous serez maudit, et elle le sera avec vous !

— Il est une foi qui sauve, Madame, c'est celle de l'amour. C'est elle qui arme la volonté, qui étaie la patience, c'est elle qui cuirasse contre le désespoir et dissipe le doute. Je vais aimer cette enfant. Elle vivra.

— Vous ne la sauverez pas !

— Je la sauverai. Malgré elle, malgré vous, malgré Dieu. Et elle aimera, comme moi. Je lui apprendrai le suc des jours, la volupté des nuits et la soif des lendemains. Tout ce que vous n'avez pas vu, pas voulu de moi, je le lui donnerai.

— Vous la perdrez !

— Je la créerai.

Adélaïde se relève et s'accroche à la manche de son père, qui avec douceur soulève le corps nu de la malade.

— Mon papa, de grâce, emmenez-moi aussi !

Le duc d'Orléans lui sourit vaguement mais il ne la regarde pas. Il marche vers la porte. Les médecins, consternés, reculent. La duchesse d'Orléans sanglote. Adélaïde voudrait crier, elle voudrait courir, rattraper les pas qui s'éloignent dans le salon ovale. Quatre heures sonnent au cartel. Un. Deux. Trois. Quatre. Il est trop tard. A jamais trop tard.

Je ne sais comment mon père guérit Élisabeth. Je sais seulement que de cette nuit où il l'emmena dans ses bras, de cette nuit où pour l'arracher aux ténèbres il défia les puissances de l'autre monde, de cette nuit où il lui rendit le souffle naquit l'effroyable passion qui causa notre malheur à tous trois. Avec le chimiste et alchimiste Homberg, qu'il estimait extrêmement, mon père avait étudié la science des simples plus l'art des massages, et développé une théorie sur la circulation des fluides dans l'organisme dont il tirait autant de fierté que la Faculté en concevait de méfiance. Parce que, dans ses réflexions sur le fonctionnement de la machine humaine, il ne laissait aucune place à l'intervention divine, parce qu'il ne respectait ni les prosateurs, ni les praticiens de la médecine consacrée, ses expériences semblaient suspectes et les plus anodines de ses conclusions effrayaient. « Cet homme-là sent le fagot, chuchotait-on, il ne craint ni ne respecte rien, il changerait en nourrisson un singe et sortirait l'âme

d'un corps sans lui ôter la vie. » Lorsqu'il sauva Élisabeth, la cour et la ville, sans moindrement s'intéresser
aux remèdes dont il avait usé, chuchotèrent qu'il avait
pactisé avec le démon. Moi-même, je l'avoue, j'en crus
longtemps une rumeur que même Madame, ma bonne
et chère grand-mère, hésitait à démentir. Selon son
habitude, le duc d'Orléans haussait en riant les épaules
et laissait dire. Je ne réalisai que bien des années plus
tard quelle plaie de solitude et de désillusion se cachait
sous sa désinvolture. Qu'espérer, en effet, et pourquoi
s'efforcer, quand, depuis qu'il était en âge de faire
valoir ses qualités, il voyait se dérober tout ce à quoi
il aspirait ? Où qu'il tournât les yeux, il n'avait jamais
rencontré que médiocrité ou défiance. Monsieur, son
père, se déguisait en pucelle, vivait en putain et, bien
que courageux et non dénué d'esprit, ne montrait de
génie que pour l'intrigue. Madame, sa mère, laide
d'une laideur de cocher aviné et grosse à dégoûter un
verrat, se consolait de ses malheurs conjugaux en
compagnie de ses chiens courants et de son écritoire,
et, s'empiffrant de boudin allemand, rêvait à la mâle
grandeur de son beau-frère le Roi. Ledit beau-frère
regardait grandir mon père en haussant le sourcil.
Augurant qu'un jour ce rejeton prometteur pourrait
s'aviser de nuire à la branche maîtresse du chêne royal,
Sa Majesté s'était juré de le tailler en sorte qu'il ne pût
porter ombre. Aussi, dans le double souci de l'avilir et
de l'enchaîner au trône, lui avait-il imposé en mariage
la cadette de ses bâtardes Montespan. Celle qui devait

me donner le jour avait alors quinze ans, un esprit corrosif qui attendait de percer la glace d'une timidité bredouillante, de belles épaules, une gorge d'albâtre, une paresse extraordinaire et un cœur qui ne battait que d'ambition. Je doute qu'au moment d'entrer dans le lit de mon père elle eût seulement remarqué la couleur de ses yeux. Elle ne l'épousait pas dans l'espoir qu'il l'aimât, et encore moins pour l'aimer elle-même, mais seulement afin de devenir duchesse d'Orléans. Jamais elle ne lui témoigna la moindre affection, la moindre reconnaissance, le moindre soutien. Jamais rien venant de lui ne trouva grâce à ses yeux, même ses enfants. Surtout ses enfants. Le premier, qui était une fille, mourut au berceau. Suivirent Élisabeth, puis moi, puis Charlotte-Aglaé, qu'on nommait Mlle de Valois et qui est maintenant duchesse de Modène, puis mon frère le duc de Chartres, qui est un hypocrite doublé d'un niais, puis l'odieuse Mlle de Montpensier, qui a épousé l'héritier du trône d'Espagne, enfin ma douce Mlle de Beaujolais, qu'on a fiancée au second des Infants. Rien ne dégoûta plus ma mère que de nous mettre au monde, si ce n'est de nous engendrer, et dès notre premier cri elle n'aspira qu'à être libérée de nous. Si elle se lamenta lorsque mon père lui enleva Élisabeth mourante, ce ne fut point du fait d'une tendre affliction, mais par rage de devoir céder aux exigences de son époux. Si elle souffrit, lorsque le duc d'Orléans annonça qu'il garderait ma sœur auprès de lui et l'élèverait seul, ce ne fut point sentiment maternel déçu, mais seul dépit. Et si ce dépit tourna en haine, ce fut par le mouvement d'une effroyable jalousie d'orgueil.

Moi aussi, je souffrais. Avant la maladie de mon aînée, je n'étais qu'une princesse toute pareille à ses sœurs, sevrée d'affection mais gavée d'espérances dorées. Adélaïde, fille de Philippe, duc d'Orléans, neveu de Sa Majesté, et de Françoise-Marie, dernière légitimée de Louis le Quatorzième et de la marquise de Montespan. Je vivais dans l'appartement des enfants, au premier étage du Palais-Royal, bouchonnée, frisée et ensucrée par une ruche de gouvernantes, promenée devant ma mère toujours étendue sur son canapé blanc, promenée devant le Roi, dont je n'osais regarder que les souliers, promenée devant mon père, qui me pinçait la joue sans s'arrêter de plaisanter avec quantité de bas de soie et d'amples jupons moirés. J'attendais de grandir pour exister, et supportais patiemment qu'on fît peu de cas de moi puisque ma sœur aînée et ma sœur cadette étaient logées à même enseigne. Je ne naquis à la réalité de ma vie que cette nuit fiévreuse où mon père serra Élisabeth sur sa poitrine, cette nuit où il la ravit à nos yeux comme Jupiter amoureux déroba son élue aux regards des mortels. Elle, et non pas moi. Moi, il ne m'emmena jamais dans ses appartements, il n'essuya jamais mon front, il ne me conta jamais ces histoires qui donnent la main aux rêves. N'ayant pu éveiller sa compassion, je ne sus éveiller sa tendresse. Tout échut à ma sœur. Les doux liens que tissent les soins prodigués et reçus. La complicité du combat partagé. La joie et la fierté de la victoire. En revenant à la vie, Élisabeth permit à mon père de se sentir un dieu. La mort se changea en rire, en chair tiède, en boucles parfumées. Cette enfant, née d'un frisson dont il gardait à peine souvenance, devint son œuvre d'amour et de volonté. Sa création. Pour la parfaire, il ne permit plus qu'elle le quittât. Elle dormit près de lui, but à sa coupe, apprit les lettres dans ses livres. Il fut sa nourrice, son compagnon de jeux, son précepteur, son feu les soirs d'hiver, son premier vin, son jouet et son maître. Et moi, qui de loin les regardais s'embrasser et se quereller, moi qui à ce spectacle découvrais ce que c'est que d'aimer, je compris qu'on ne m'aimait point.

Dans le miroir, Élisabeth se sourit. Philippe sans bruit rabat la portière de velours et longe la boiserie jusqu'à l'angle de la pièce. La première fille de chambre a changé les bougies qui brûlent sans discontinuer au chevet de sa maîtresse, et entrouvert les rideaux du côté qui regarde le sud. Mademoiselle craint la lumière du levant, dont la blancheur accuse les tavelures de son teint. S'il se pouvait, elle ne se montrerait qu'à la lueur des flammes. La nuit. Elle aime la nuit, où dans l'ombre équivoque les beautés et les rangs se fondent pour sans gêne se mêler. La nuit, où le commun oublie de vivre tandis que les fauves renaissent à leurs appétits. Philippe plisse les yeux. A force de lectures et de libations, il s'est rongé la vue. Il reconnaît ses proches à leur voix, et leur pas lui enseigne leur humeur plus sûrement que leurs traits. Le coiffeur chuchote. Philippe tend le cou. Il adore la chute argentine des épingles qui fixent le bonnet à jours, la senteur jasminée des tresses dénouées et lentement peignées, la brosse qui va dessus, dessous, lissant les ondes brunes comme on caresse un corps, la petite tête abandonnée, dodelinante, à qui un mouvement plus vif, parfois, arrache un gémissement. Philippe se mord l'intérieur des joues. Ce coiffeur-là préfère les garçons. Mais, s'il lui prenait fantaisie, à elle, de tâter d'un demi-mâle, d'une crécelle enrubannée ? A seulement quatorze ans, elle a déjà du vice et le goût de l'étrange. Philippe n'y tient plus.

— Laissez, cher maître ! Tout votre art ne rendra pas ma fille plus belle qu'elle n'est en sa nature.

— Votre Altesse ne m'offense aucunement puisqu'elle dit vrai. Elle ne fait pas grand cas, cependant, du talent que la princesse me prête.

— Mais si, mon bon, mais si. J'en fais même plus de cas qu'il n'y semble. Je souhaite néanmoins que vous vous retiriez. S'il s'agit de nouer un négligé sur la nuque, j'y puis mettre la main. Allez, et dites à la dame d'honneur et au médecin qu'ils attendront pour rendre leurs devoirs. Qu'on ne nous dérange point.

Le petit homme s'éclipse avec ses onguents et son écuelle d'or, entraînant les servantes qui dans la ruelle du lit ramassaient les vêtements. Philippe effleure la chevelure épandue, remonte vers le cou qui s'incline pour nicher la joue ronde juste au creux de la paume. Élisabeth ne s'est pas retournée. Dans la glace, elle fixe son père avec une moue gourmande.

— Ainsi, Monsieur, vous voulez m'entretenir d'un

sujet si pressant qu'il vous faut interdire ma porte à mes gens ?

Philippe s'incline, pose les mains sur la chaleur des épaules, approche sa perruque noire et regarde son reflet accolé à celui qu'il chérit tant. C'est le même pli carnassier au coin de la bouche épaisse, les mêmes prunelles sombres, le même front bombé, le même ovale un peu mou où le menton s'oublie. Élisabeth rit.

– Vous n'êtes pas beau et j'ai encore grossi !

– Un fin collectionneur à la beauté préfère la rareté.

– La vraie beauté n'est-elle pas fort rare ?

– Elle se rencontre au moins une fois le jour. C'est trop.

– L'avez-vous croisée ce matin ?

– J'ai vu mieux...

Philippe se redresse. La perfection physique l'émeut par son miracle précaire mais ne l'aiguillonne plus. L'âme de son désir couve ailleurs, plus profond, moins avouable. Des femmes, il en a bu plus que la mer n'a de vagues, et celles dont il garde souvenance montraient rarement un visage régulier. Un corps, parfois, aux courbes inhabituelles. Philippe goûte l'excès plutôt que l'harmonie. Il veut s'étonner. D'une surabondance, d'une pauvreté, d'une voix, d'une manière de se tenir ou de penser. Élisabeth est si grasse que des seins aux cuisses le corset ne parvient plus à dessiner ses formes ; le vin, les sucreries, les sauces dont elle abuse lui empourprent le teint, elle se dandine en marchant et émet les bruits les moins

29

séants sans se gêner d'autrui. Pourtant, il l'idolâtre. Si jeune encore, mais plus femme qu'aucune, elle a une audace dans le mot et le geste, une irrévérence, une conscience de soi, une façon de réclamer l'impossible et de ne se satisfaire jamais, dont il ne peut se passer. Depuis la grande maladie qui les a liés pour la vie, Philippe a exploré le moindre recoin de son âme et de sa peau. Toujours elle trouve à le surprendre. Elle se moque qu'on la juge. Elle ne regrette jamais. Elle ne respecte ni Dieu, ni le Roi, ni lui, son père, sur qui elle croit exercer un empire absolu. Elle entend être seule maîtresse de sa destinée et, ne mettant point de bornes à ses désirs, n'en mettre pas non plus à ses plaisirs. Philippe voit en elle le meilleur et le pire, l'ignoble et le délice, le baume, le piment, le cilice. Cent fois, mille fois, il a brûlé de cette fièvre des sens qui embrase si fort qu'on se croit le cœur pareillement en feu. Mais aimé, aimé d'amour, hors cette enfant-là, qui dans le miroir lui envoie un baiser, qui a-t-il aimé ?

— Voilà, Monsieur, je vous ai embrassé. Me direz-vous maintenant ce qui vous amène chez moi avec tant de mystère ?

— Je n'ai rien à débattre, mon ange. Il y avait simplement deux jours que je ne vous avais vue.

— Je craignais d'exciter la colère de ma mère, qui ne goûte point du tout, maintenant que je suis grande, de vous savoir auprès de moi.

— Aurait-elle quelque raison d'être jalouse ?

30

Élisabeth part d'un de ces rires de gorge qui ensor-
cellent les hommes.

— Nous nous sommes mutuellement bien élevés,
mon père! Qui saurait nous reprocher quoi que ce
soit? Sortons-nous aux yeux du tout-venant des
bornes de la bienséance? Même le Roi s'y laisse prendre!

— Puissiez-vous dire vrai...

— Je vous assure qu'il me caresse avec la meilleure
grâce du monde.

— Le Roi est friand de jupons, voilà tout, et dès
douze ans à ses yeux toute fille est une femelle.

— Ne prenez pas votre exemple pour monnaie
commune, Monsieur! D'ailleurs, seul celui qui n'a
jamais péché peut s'ériger en juge, et pour ce qui
vous concerne, Madame prétend que vous allez aux
femmes comme à la chaise percée.

— Doutez-vous que j'aie un cœur?

— Je ne demande qu'à m'en laisser convaincre. Justement, je voudrais que vous obteniez pour moi...

— Ce n'est pas en réclamant chaque jour davantage
que selon moi on aime.

— Sachez que c'est aimer selon ma fantaisie, et que
je n'en changerai point. Si vous ne me contentez, je ne
vous verrai plus et je rirai de vous avec d'autres.

— Vous n'oseriez.

— Je ne vous crains pas et n'ai de goût pour vous
qu'autant que vous m'en donnez. N'allongez pas ce
nez. Vous m'avez faite ainsi, c'est donc que vous me
souhaitiez telle.

— La créature a dépassé mes vœux.

— Il fallait montrer plus d'habileté ou plus de vigilance ! Songez maintenant à comment il vous faut être et faire pour me plaire mieux qu'aucun.

— Vous êtes le diable, ma fille !

— Modelée à votre image ! Qui m'a mise sur le tour, qui m'a pétrie dans cette forme dont vous osez vous plaindre ? Qui m'a enseigné à mordre puis à jeter le fruit ? A ne prier que soi ? A ne plier jamais ? Qui, voici trois ans, a inventé de me prendre en tiers au lit avec ses maîtresses ? Les chatteries de Mme de Séry, vous souvenez-vous ? La plaisante école que celle de votre alcôve ! Jour et nuit vous m'avez voulue, vous me voulez encore à vos côtés. Votre mère, votre femme, vos filles craignent mon pouvoir sur vous autant que votre influence sur moi. Faisant fi de leurs plaintes, vous me menez à l'Opéra, au milieu de la presse, où sous le masque vous me dévoilez des mystères dont je devrais rougir. Hélas, je ne sais pas rougir, Monsieur. La vie que je tiens de vous m'est une magie, mais en me rendant au monde vous m'avez privée de mon innocence, de cette candeur qui chez les jeunes filles ordinaires émeut. Je n'ai jamais ému personne, mon père, et je crois que, même grandie, je n'y parviendrai point. Je suis une braise, à s'approcher de moi on ne peut que se brûler. Parfois j'envie ma sœur Adélaïde, qui a une âme de neige et de l'eau dans les veines.

— Vous possédez ce qu'elle n'aura jamais : ma foi.

— Devrai-je m'en contenter ?

– Merci pour votre fougue !

– On désire davantage le bien qui se refuse...

– Et si à ma modeste personne j'ajoute quelques diamants, cela ira-t-il mieux ?

Philippe sort de sa poche des pendants d'oreilles, qu'il pose à la naissance du cou rond. Élisabeth tire sur sa chemise. La lueur des bougies lèche ses seins tendus. Elle se penche un peu pour saisir, dans la glace, l'expression de son père. Philippe lâche les diamants, qui coulent sous le linge, et plonge une houppette dans la poudre la plus blanche.

– Mon enfant... Ma sorcière... C'est moi qui vous ai dessinée. Exécrable, méprisable, adorable. S'il fallait vous refaire, changerais-je mon trait ?

Du bout des soies, il souligne les courbes. Élisabeth se renverse contre lui.

Les jours d'Élisabeth sonnaient de grelots et de vivats comme un traîneau de Noël. Les miens, étrangement sourds aux liesses enfantines, fleuraient l'aube blanche, l'attente dans un confessionnal, le dégel. Un printemps précoce et maussade, qui ne présageait rien. Que ma mère ne me montrât aucune tendresse me troublait peu, puisqu'elle ne chérissait personne. Mais que mon père, qui savait aimer, me préférât ma sœur aînée au point d'oublier mon existence, me persuadait que je n'étais pas aimable. Aussi me détestais-je et, fâchée avec moi-même, m'appliquais-je à me fâcher avec le genre humain. A onze ans je me trouvais grande, sèche, gauche, pâle. Dans les jardins du Palais-Royal, je regardais les rameaux grêles des tilleuls, qui poussaient l'enflure pourpre de leur sève. La cisaille des jardiniers implacablement les rectifiait, les redressait, et, sans comprendre pourquoi, je me sentais avec ces arbres meurtris une intime parenté. Je nommais le vide, l'impatience, la tristesse qui m'habitaient morosité. Les fées au berceau m'avaient refusé le don de gaieté. Silencieuse, solitaire au milieu des piailleries de mes cadettes, je rêvais à quelque noble recluse, à quelque sacrifiée sublime. De grave, je devenais sévère. Tandis que Mlle de Valois et Mlle de Montpensier s'arrachaient leurs rubans, je suivais les leçons d'histoire et de latin qu'on donnait à mon frère de Chartres, ou, si je séjournais à Saint-Cloud, je priais Madame, ma grand-mère, qu'elle m'emmenât chasser. Je n'étais à mon aise que dehors, vêtue en garçon sous ma robe, le fouet à la main. Au galop dans les layons, pas une femme, si expérimentée fût-elle, ne me valait. Les compliments sincères que levaient mon audace et mon endurance me tenaient lieu de succès de salons. Balançant ma cape d'amazone sur mon épaule maigre, j'abandonnais les marécages de la séduction à Élisabeth. Mon père la façonnait en troublante odalisque et, dressée à plaire comme mes chiens à garder l'affût, elle enchaînait déjà les désirs à ses œillades. Je croyais la mépriser. Ses mines, les mensonges, les afféteries auxquelles elle excellait me répugnaient. Je haïssais le timbre de sa voix, sa peau où la lumière des bougies roulait, coulait, se parfumait en s'échauffant, je haïssais sa gorge, ses pieds potelés, son rire triomphant. Tout d'elle. Tout ce que je n'étais pas.

Ce que je n'ai jamais avoué en confession, je l'ai murmuré hier au fond de mon caveau, et ce soir, quand la novice qui prend soin de ma chambre aura tiré mes courtines, je le crierai. Élisabeth, je t'ai maudite de ne pouvoir te ressembler. Et vous, mon père, je vous ai fui uniquement parce que vous l'aimiez. Dans la passion qui vous tenait l'un à l'autre embrassés, j'ai trempé mon âme comme on passe à la flamme une épée. J'y ai puisé ma force, ma différence. Avec votre boue, j'ai pétri mon destin. Parce que vous vous y donniez en spectacle, je me suis retirée du monde. Parce que vous portiez au front une même couronne d'or et de luxure, je me suis voulue immaculée et pauvre. Parce que ensemble vous narguiez Dieu, je me suis vouée à Lui. Ma coupe de recluse, je l'ai bue avec l'avidité du condamné qui, fort de son innocence, ne doute pas d'obtenir sa grâce. Dans la confiance d'une revanche à venir, dans la certitude insensée de gagner l'homme qui m'était à la fois le plus proche et le plus défendu.

J'ai attendu sept années. Il y aura en juillet pro-chain quatre étés qu'Élisabeth est morte, et voici que mon père vient de la rejoindre dans la tombe. Que me reste-t-il à attendre, et qu'espérer encore ? Seule je demeure, avec mes regrets, avec mes remords. Il est écrit que celui qui juge sera jugé. C'est maintenant mon procès qui s'ouvre. Le procès de la vierge noire, de l'illuminée qui pour mériter l'estime des siens a renoncé au bonheur terrestre. Le siège de Dieu au tribunal de ma mémoire est vide, mais c'est Lui, à la fin, qui tranchera. Vous, mes défunts, qui vous pressez pour témoigner, je vous vois comme sous un clair de lune. Vous portez ma vie et la vôtre enlacées sur vos lèvres. Depuis les commencements, jusqu'au jour d'aujourd'hui. Vous ouvrez la bouche. Vous allez tout dire. Et moi, par vous, je vais devoir tout revivre.

Élisabeth se tient devant le lit de sa mère, penchée un peu vers la table de nuit dont le tiroir ouvert laisse voir des bijoux. Elle tend la main.

— Éloignez-vous de ce meuble, voulez-vous! Vous ne m'écoutez pas!

— Mais si, Madame. Que puis-je faire d'autre?

La duchesse d'Orléans repousse les femmes qui dégrafaient son manteau, tiraient ses gants, ôtaient de ses cheveux les nœuds d'améthyste assortis aux broderies de sa robe, et lui passaient aux pieds ses mules fourrées de martre.

— Ah! N'est-ce pas fini, enfin! Pis que des mouches! Là! Allez, allez! Dehors! Vite!

Elle a le visage gonflé et la bouche mauvaise.

— Élisabeth, je dois vous parler.

— Je le suppose, sans quoi vous ne vous seriez pas donné le plaisir de me mander chez vous.

— Devinez d'où je viens!

— De Versailles, où vous avez entretenu le Roi d'un sujet qui me regarde.

— Comment savez-vous cela ?

— Vous vous êtes levée matin, ce qui vous arrive deux fois l'an. Vous êtes en grand habit, et coiffée, et votre air dit assez l'agitation qui vous habite.

— Je suis agitée ?

— Vous avez des taches rouges sur les pommettes, qui ne viennent pas du fard. Peu flatteuses, en vérité.

— Des taches ?

La duchesse d'Orléans saisit un miroir et s'assied sur son canapé blanc.

— Je m'échauffe, oui. Il ne faut pas. J'y perdrai mon teint. Mais c'est de votre faute, aussi, méchante graine ! Le Ciel m'a bien punie, le jour où il vous a sauvée du mal qui vous emportait !

— Ce n'est pas Dieu qui m'a sauvée. C'est mon père.

— Ah ! Mademoiselle la frondeuse, ne me narguez pas !

— Je dis seulement ce qui est. Vous m'auriez laissée mourir. Dieu aussi. Je dois tout à mon père.

— C'est de moi dont vous tenez le jour !

— Vous êtes ma mère par hasard, et non par désir.

— Je le suis par force, oui ! Voilà ce qui est !

— Je suis ravie que vous en conveniez.

Élisabeth choisit une orange dans un des plats posés sur la table et, tranquillement, commence à l'éplucher.

— Il suffit ! Vous devez m'entendre ! La matière est sérieuse.

— Je n'en doute pas. De peur de vous rider les joues, vous ne riez jamais.

— Il s'agit de vous marier.

— Avec le duc de Berry.

— D'où tirez-vous cette science ?

— Le duc de Berry est le dernier petit-fils de Sa Majesté, il donnera à sa femme rang de princesse du sang, ce qui, fût-il difforme et fou, suffirait à le rendre désirable, il a vingt-cinq ans et, qualité rarissime dans notre famille, point de tare physique ou morale, enfin il aspire au mariage en enfant élevé sous le boisseau et qui rêve d'air frais. Donc, quoi qu'on puisse chanter sur mon compte, il me prendra en disant grand merci.

— Lui plaisez-vous ?

— Je vous répondrai ce que vous dîtes à Mme de Maintenon, lorsqu'elle vous consulta, avant vos noces, sur vos sentiments envers mon père : « Je ne me soucie pas qu'il m'aime, mais seulement qu'il m'épouse. »

La duchesse d'Orléans jette le sac en velours dans lequel elle fouillait.

— Vous êtes une insolente !

— On me prête, en effet, quelques talents.

— Priez-les de vous attirer l'affection de votre promis.

— Il m'aimera.

— Faraude ! Et s'il vous boudait ?

— Cela ne sera point.

— Pourquoi donc ?

Élisabeth se tourne vers la haute glace qui coiffe la cheminée, et sourit à son image.

— Parce que ce bon Charles a été élevé en cadet,

c'est dire à n'avoir d'avis sur rien que les questions de chasse, de paume, d'escrime et de mangeaille. Pour qu'il n'inquiète pas ceux qui doivent accéder au trône avant lui, on en a fait un sot. Il aimera bien volontiers qui on lui commandera d'aimer. Il ne pense jamais, et n'en sait pas plus qu'un enfant de douze ans.

— Je vous rappelle que vous n'en avez pas encore quinze !

— Je suis une vieille âme, et puis les leçons de mon père m'ont mûrie de bonne heure. Mais reprenons : comme le duc de Berry aspire à goûter les bonnes choses de la vie et que, sur un certain nombre de ces bonnes choses, je possède des lumières...

— Ah ! taisez-vous !

— Pourquoi ces cris ? Me reprochez-vous de me préparer à partager ce qu'il est commun de partager avec un mari ? Et justement le mari que vous me désignez ? Ne suis-je pas une fille docile ?

Se forçant au calme, la duchesse d'Orléans se repoudre les tempes.

— Vous n'épouserez pas le prince. Le Roi refusera son accord.

— N'est-ce pas lui qui souhaite cette union ?

— Non. C'est moi, et votre père trouve mon idée judicieuse.

— Il ne m'en a rien dit. Je doute qu'il désire me voir mariée si tôt.

— Il veut votre bien, exactement comme moi.

— Vous voulez surtout que ma faveur nouvelle vous serve auprès de Sa Majesté.

— Croyez-vous que j'aie besoin de cela? Le Roi est mon père, il m'aime et je le lui rends bien.

— Quelle chance il a! Mais vous conviendrez qu'à se rapprocher du Soleil on se réchauffe toujours. Vos grands airs ne trompent personne, Madame. On connaît que vous gardez dans l'âme un froid qui vient de votre naissance secrète...

La duchesse s'arrache à ses coussins. Le fard sur ses joues a tourné lie-de-vin.

— Je vous rentrerai ces mots-là!

— Vous ne me toucherez pas. Vous avez besoin de moi. Vous voulez damer le pion à votre sœur aînée, la duchesse de Bourbon, née dans la même ombre que vous et que vous détestez. Elle aussi a une fille, elle aussi lorgne le duc de Berry, et vous enragez à l'idée que le Roi puisse lui donner la préférence. Je suis votre pièce maîtresse sur cet échiquier-là. Pour que je vous hausse en me haussant moi-même, il faut me ménager. Donc, vous me ménagerez.

— Serpent!

— Je vous le concède, je ne suis point sotte. Si jeune et déjà si déliée, n'est-ce pas? Je vous le disais, avant de me ressouvenir d'être votre fille, j'ai un peu vécu... Mais, si je puis me permettre, j'ai remarqué que vous cachiez là, dans votre chevet, des perles admirables.

Élisabeth tend la main vers le tiroir aux bijoux. Sa mère se lève d'un bond.

42

— Ne touchez pas ce collier !

— Il me ferait plaisir.

— Lâchez-le, entendez-vous ! Vous êtes dans ma chambre, et non chez votre père. Vous n'aurez ni ces perles ni le duc de Berry, voilà ! Je me moque que vous soyez princesse du sang ! Vous irez au couvent, et vous y resterez !

— Ce mariage se fera.

— Il ne se fera pas ! Le Roi tord le nez sur vous ! Mais oui, Mademoiselle je-veux-tout-je-peux-tout, il tord le nez ! Le Roi a le goût plus sûr que le duc d'Orléans, et à lui, vous ne plaisez pas ! Non ! pas le moins du monde !

Élisabeth se retourne vers son reflet dans le miroir, qui ne lui sourit plus.

— Moi, je lui déplais ? Comment lui déplairais-je ?

— Il vous trouve trop grasse. Il craint que, bâtie comme vous l'êtes, vous ne donniez pas de fruits. Il a le souci d'assurer sa descendance, il ne veut pas d'une jarre, d'un tronc, d'un tonnelet ! D'où me venait, croyez-vous, l'humeur où vous m'avez trouvée en entrant ici ? Oui, j'ai vu le Roi ce matin ! Certes, nous avons parlé de vous ! De vous ! De votre gourmandise, de vos libations en cachette avec des dames de dix ans vos aînées, de cet embonpoint qui gâche votre taille, de ce que votre manque de retenue augure, de ce que vous n'avez aucune dignité mais seulement de la sensualité, de la bestialité...

Pensive, Élisabeth respire une rose blanche qu'elle a cueillie dans le bouquet qui orne la cheminée.

— Cessez Madame.

— Tiens ! Le trait vous touche !

— Je réfléchis.

— Faites donc. Vous me divertissez enfin.

— J'épouserai le duc de Berry.

— Le Roi ne le juge pas de bon œil.

— Je maigrirai.

— Allons !

— Je ne vais plus prendre que du lait et des compotes.

— Vous aurez faim à hurler. Vous tiendrez trois jours.

— Je ferai serrer mes corsets jusqu'à l'étouffement. Les docteurs disent que pour maigrir il faut remuer et dormir peu. Je monterai à cheval. Je veillerai. Je danserai.

— Vous détestez danser. A raison, d'ailleurs : quand vous vous y risquez, vous ressemblez à une oie.

— Je danserai. Je me moulerai une taille plus fine que la duchesse Sforza, dont vous louez la grâce. Dans un an, un an tout juste, vous reparlerez au Roi.

La duchesse d'Orléans, sentant son avantage, se recale sur ses oreillers.

— Inutile de rêver. Le Roi ne revient jamais sur ses opinions.

— J'aurai changé. Il changera aussi.

— Vous avez le teint grossier. Cela choque.

— Mon teint ? Mon père le trouve clair.

— Sa vue baisse, et il n'a jamais envisagé les femmes qu'avec les mains.

44

– Je ne suis pas une femme, mais sa fille, et il me regarde comme il ne regarde personne.

– C'est moi que vous prêchez?

– Je veux épouser le duc de Berry.

– Hélas!

– Ne m'aiderez-vous pas?

– Est-ce là une prière?

– Mon père m'a enseigné à ne prier jamais.

– Alors, adressez-vous à votre père pour la conduite de votre vie.

– Ne m'aimez-vous point du tout?

– Point du tout, et peut-être moins encore.

Le regard oblique, Élisabeth arrache un à un les pétales de sa rose.

– Si vous m'obtenez le duc de Berry, j'intriguerai en votre faveur.

– A quatorze ans! Le bel appui!

– A quinze ans, vous étiez duchesse d'Orléans.

– Ce que vous ne serez jamais, non plus, je le déplore, que duchesse de Berry.

Élisabeth s'accroupit devant le canapé de sa mère.

– Soutenez-moi aujourd'hui, et je vous soutiendrai demain.

La duchesse tord une moue désolée.

– Trop grasse, ne comprenez-vous pas?

– Je vais fondre, fiez-vous à ma parole. Je séduirai le Roi, le duc de Berry, je séduirai qui vous me conseillerez.

— Sont-ce là des discours séant à une princesse de votre âge et de votre qualité ?

— Que vous importe ? Songez au résultat, je m'arrangerai des moyens.

— Vous êtes incapable d'un effort sur vous-même. La bride sur le cou, débraillée, lippe molle, voilà votre façon !

Élisabeth jette les restes de sa fleur sur les genoux de sa mère et se redresse, menaçante.

— Si vous ne me servez, je vous desservirai. Vous le regretterez.

— La plaisante menace ! Qui croyez-vous donc être, du haut de votre suffisance ?

— Méfiez-vous, Madame. Il y a en moi assez d'étoffe pour tailler mon habit de noces et votre habit de deuil ! Je n'aime pas me contraindre, il est vrai. Mais, si je m'y applique, je vous étonnerai tous. Sachez-le : ce que je voudrai, je l'aurai. Maintenant et toujours. Souvenez-vous de ce moment, et ouvrez grands vos yeux.

Les cloches de vos noces, ma sœur, sonnèrent mon exil. La duchesse d'Orléans ne pouvait ensemble négocier le mariage de sa fille aînée et veiller à ce que la gloire dudit mariage ne tournât point la tête à ses filles cadettes. Mlle de Valois et moi-même devions quitter la cour. Lorsque vous seriez établie, si nous avions donné d'irréfutables preuves de soumission et de mérite, peut-être nous rappellerait-on. A moins que, soucieuses d'épargner à notre mère le tracas de nous établir, nous n'ayons d'ici là décidé d'embrasser la condition religieuse...

Je détestais les couvents. Je détestais tout ce qui n'était pas chiens, chevaux, fusils et grand air. Dieu me semblait un mystère à la figure embuée d'encens et de soupirs. Chez lui on se voilait la face, on s'agenouillait à se donner des crampes, on répondait dans la confusion à d'étranges questions, on avait soif et faim jusqu'à l'évanouissement, enfin même le Roi courbait le col pour n'être, le temps d'une messe, que le pénitent devant son Juge. S'il n'y avait eu la musique, qui me contait les anges, je me serais, comme Madame, endormie à l'église.

Les abbayes proches de Versailles ne manquaient pas, qui nous eussent accueillies avec reconnaissance. Mais ma mère souhaitait un endroit assez éloigné pour que personne ne lui reprochât de ne pas nous visiter. Aussi songea-t-elle à Chelles, dont l'abbesse, Mme de Villars, présentait des qualités de rigueur et de vertu proprement intraitables qui lui semblaient d'un rassurant augure. Sous cette roide férule nous aurions tôt fait d'expectorer les vapeurs soufrées du Palais-Royal, et c'est purifiées et dociles qu'en temps voulu on disposerait de notre personne. Charlotte-Aglaé avait trois ans de moins que moi et le caractère le plus insupportable, le plus odieux mélange d'indifférence et d'hypocrisie qu'on pût imaginer. Elle ne me portait aucune tendresse et je ne l'aimais guère. Pourtant, je me souviens que dans la voiture qui au grand trot traversait Paris pour nous mener au cloître, nous sanglotions d'un même souffle. Il pleuvait dru. Les gouttes coulaient entre les volets de cuir qu'on avait baissés afin que la populace ne jasât pas de nos pleurs, et cela sentait le chenil, la sellerie, toutes les joies simples dont, pour laisser place à mon aînée, on m'arrachait. Le carrosse des six filles de chambre, pucelles attestées ainsi que l'exigeait la tradition, suivait de près. La maréchale de Villars et la sous-gouvernante nous bâillonnaient avec leurs bras. A demi étouffée, je me retenais de respirer afin de mourir plus vite. Il semblait que la nuit tôt tombée dût être notre demeure.

Vous, Élisabeth, vous essayiez vos vêtements d'épousée. Pendant onze mois, vous vous étiez privée de manger, de boire, de dormir. Le Roi, qui vous avait connue bouffie, butée, fantasque et malgracieuse, vous découvrait gracile, pondérée, modeste, cachant le mercure de vos yeux sous vos cils baissés et ne parlant qu'à bon escient. Notre mère, reprise par ses rêves de grandeur, tournait autour de lui comme un taon sur une bête. Le gentil duc de Berry, étourdi par le vent de vos jupes, aux questions de Sa Majesté répondait : « Oui, la princesse me plaît. Oui, je serai bien aise d'être son mari. » Ainsi vous trouvâtes-vous fiancée. L'étiquette commandait que lors des noces je portasse la queue de votre robe. Le sachant, dans le dortoir de Chelles, je passais mes nuits à compter les jours.

Je revins à la cour au commencement de juillet 1710. Pour la première fois on me frisa les cheveux au petit fer. Je me crus adulte, et me persuadai qu'ainsi embellie on ne pourrait me renvoyer. Le contrat fut signé dans le cabinet du Roi sitôt qu'on eut reçu les dispenses pour parenté. Un soleil d'enfer grillait le revers des rideaux. La pièce sentait la soie roussie et la sueur aigre. Vous ruisseliez sous vos dentelles. Vous vous teniez très droite, pour paraître plus grande, et je vous trouvais somptueuse. Notre père serrait votre coude, sous la manche ballante où sa main se perdait. Il avait l'air d'un homme que taraude une rage de dents. Le lendemain, dimanche, il faisait aussi chaud. La presse était telle, dans la chapelle de Versailles, qu'on dut en retirer une femme qui menaçait d'accoucher sur le pavé. Au moment où le cardinal de Janson vous donna la bénédiction nuptiale, vous cherchâtes des yeux le duc d'Orléans. Il était trop loin. Vous regardâtes alors votre mari. Il avait l'air bovin. Tout le monde dîna chez la duchesse de Bourgogne, puis il y eut grand jeu et grand souper à la table du Roi. Le cardinal de Janson bénit votre lit. Sa Majesté donna la chemise à votre époux, et la duchesse de Bourgogne, qui devait mourir peu après, vous passa la vôtre. Avec le gros des courtisans, je constatai que vous vous glissiez dans les draps. Puis on ferma les portes et je regagnai ma chambre. Je ne pus trouver le sommeil. J'étais avec vous. J'étais vous. Je me mordais les poings. Le surlendemain, une voiture me ramena à Chelles. Enragée à maudire le sort qui vous avait mise au monde avant moi, j'oubliai de pleurer. Pendant les quatre années qui suivirent, je ne vous vis plus, et pas une fois on ne me rappela à la cour.

Votre nouvel état fut une nouvelle naissance. Couchée vierge sournoise, vous vous relevâtes démone affranchie. Trois jours après vos noces, vous inaugurâtes vos chasses à courre avec Mmes d'Estrées, de Listenois, de Rupelmonde et de La Vallière. Suivirent des parties de campagne effrontées, des jeux forcenés et des soupers honteux, où en compagnie de notre père vous

vous enivriez jusqu'à l'inconscience. Vous grossissiez à vue d'œil, et mettiez à exhiber vos rondeurs retrouvées une insolence extrême. Le Roi fronçait les sourcils. Vous repreniez des confitures. Peu vous importait, maintenant, de lui plaire. Vous étiez duchesse de Berry, et sous le masque conjugal vous pouviez donner libre cours à vos instincts. Personne n'osait vous reprendre. Vous aviez pour dame d'honneur et gouvernante de votre maison la duchesse de Saint-Simon, qui, avec du bon sens et de la dignité, est aussi prude et tatillonne que son minuscule mari. Chaque matin elle manquait défaillir au récit de vos agapes nocturnes. Compassée dans son habit de cour, qu'elle portait fermé à la Maintenon, les joues poudrées, la coiffure sévère, elle vous tançait respectueusement. Vous lui rotiez à la figure et promeniez vos seins lourds sous son nez. Elle quittait votre appartement en larmes et en fureur. Vous riiez, enfiliez une robe de chambre et, sans seulement relever vos cheveux, passiez donner le bonjour à votre époux. Les valets, les huissiers, les flatteurs et les quémandeurs matinaux écarquillaient les yeux sur vos pieds déchaussés, sur votre bouche fardée dans un visage lisse, sur votre regard brûlant. Tout en vous était invite. A votre approche, le mâle en chaque homme frémissait. Avant de se demander si vous lui plaisiez, ce mâle-là se fût damné pour vous plaire. D'où qu'il vînt, même muet, même rentré, vous sentiez son désir, et si humble qu'il fût vous l'appâtiez. Le bas de votre robe se retroussait un peu, vos lèvres s'entr'ouvraient comme pour un aveu. Vous respiriez plus vite. Votre gorge se gonflait. Votre chair irradiait. Vous étiez royale. Vous étiez divine. Qui vous eût résisté ?

Le duc de Berry vous idolâtrait. Fasciné par votre bien dire, hébété devant votre autorité, il vivait à vos genoux. Vous le méprisiez. Vous le trompiez. Incrédule, ébahi, il souffrait. En silence, d'abord, puis avec des plaintes que votre entourage s'efforçait d'étouffer avant qu'elles parvinssent au Roi. Que vous prissiez du bon temps en folle compagnie, que vous le délaissassiez des semaines entières, que vous ne le caressassiez qu'à jour convenu et dans la seule perspective d'engendrer, le saignait à blanc, mais sa mansuétude vous eût pardonné encore davantage. Cependant, il ne pouvait supporter de se voir ouvertement préférer son beau-père. Cette réalité-là, ravivée chaque fois qu'il demandait après vous ou poussait votre porte, lui hersait le cœur. Quand il n'était pas éconduit, il passait en second. Au duc d'Orléans allaient les sourires, les louanges, la primeur des toilettes neuves, des coiffures et des mouches. Seul son avis comptait. Votre époux s'évertuait à vous séduire. C'est à peine si vous remarquiez sa présence. Au lit, où vous ne vouliez passer avec lui qu'un moment, il perdait à tâcher de vous amadouer toutes ses forces. Son désir et son impuissance le jetaient hors de lui. Il vous injuriait, il se traînait à terre, il vous suppliait de l'aimer un peu, juste un peu, presque rien eût suffi. Vous lui frottiez le visage de votre chair insolente. Vous le brocardiez sans merci. Il s'effondrait. Vous le chassiez. Il hantait vos salons comme un perdu, sans savoir où consoler son chagrin. Les femmes, toutes les femmes, le dégoûtaient. Les heureux en ménage le traitaient de faible, et les cyniques de nigaud. Désespéré, il frappait au cabinet du Roi, où Sa Majesté vieillissante passait maintenant l'essentiel de son temps. Mme de Maintenon le priait de ne pas déranger son aïeul. Oui, elle lui dirait. Les froideurs, les brimades, l'effronterie, la cruauté, l'ignominie, surtout, de ce qui filtrait à propos de certaines parties de plaisir agencées par le duc d'Orléans. Elle n'oublierait rien. Point n'était besoin d'avertir le Roi, d'ailleurs, il savait tout. Et ne le voulait point savoir, si bien qu'il en était comme s'il n'en eût rien su. Que le duc de Berry s'en allât chasser. L'air vif calmerait ses émois. L'harmonie des forêts et la mâle poursuite lui rendraient confiance en ses dons. Il était un brave garçon, un très gentil mari. Qu'il cessât de s'alarmer. Avec le temps, les fleuves finissent toujours par rentrer dans leur lit; la duchesse de Berry, un soir, s'y résoudrait aussi. Mais surtout, de grâce, qu'on fît moins de tapage.

Le prince courut dans les bois de Marly deux loups et un cochon. Au débouché d'un layon bourbeux, son cheval glissa. Il fit un violent effort pour le retenir, et, comme l'animal se cabrait, le pommeau de la selle, qui était assez haut et clouté d'or, le heurta à l'estomac. Malgré la douleur, il termina la chasse sans ébruiter la chose et, retourné au château, s'empiffra de viande et de chocolat chaud. C'était le 26 d'avril 1714. Les médecins venus le palper lui administrèrent un remède contre le ballonnement. Le 30 avril, il vomit un liquide noirâtre qu'on prit pour du chocolat. Le 3 mai, comprenant enfin que le malade s'était rompu une veine dans l'estomac et n'en reviendrait pas, la Faculté autorisa le père de La Rue à donner les derniers sacrements. Dix heures plus tard, le duc de Berry expirait. Il n'avait pas voulu de vous à son chevet.

Vous étiez libre, vous aviez dix-neuf ans et vous trouviez grosse de six mois. Le pauvre Roi notre aïeul, qui dans les quatre dernières années avait vu mourir l'un après l'autre tous les héritiers de son sang, le vieux Roi harassé de deuils et de douleurs n'espérait plus qu'en vous.

A demi allongé sur la chaise à roues qu'il ne quitte plus, le dos et le mollet soutenus par des coussins, Louis XIV, d'une main machinale, fait des nœuds. Un à un, il tire des rubans du sac en tapisserie calé sous son coude et les assemble à l'ancienne mode, cravate pour le décolleté de Louise de La Vallière, attaches pour les manteaux de Mme de Montespan, flots pour la coiffure de la rousse Fontanges, cinquante ans d'amours tapageuses en brins de velours doux et rebelles à ses doigts engourdis. Le Roi est vieux, le Roi souffre, et, sous l'œil vigilant de Mme de Maintenon, assise près de lui, le Roi se sent seul. Les médecins ont mailloté de bandelettes sa jambe où couve la gangrène, ils l'ont saigné, purgé jusqu'à la selle rouge, lui ont imposé le lait d'ânesse, le quinquina puis l'émétique à doses répétées, la soif le dévore plus cruellement encore que la douleur, il ne dort guère et ne mange qu'à grand-peine, il sait que la cour, le royaume, l'Europe débattent de sa mort et qu'après la dernière, la toute dernière scène qu'il emploiera le restant de ses forces à jouer parfaitement, il lui faudra quitter son habit de lumière. Lui qui ne s'est jamais endormi ni réveillé seul, lui dont chaque souffle, chaque geste depuis l'enfance a été épié et commenté, ne peut se retenir de craindre l'ombre et le silence. Bien sûr, il a mené la tâche de sa vie en conscience, et, s'il a péché, s'il s'est trompé, c'est en roi. Cependant, si Dieu demandait des comptes? Louis s'est repenti, Louis paie dans son âme et sa chair, mais cela suffira-t-il? Du royaume que Dieu lui a confié, qu'a-t-il fait? Du bel œuvre, du grand dessein auquel il a sacrifié tant de sang, tant d'or, que reste-t-il? A ceux qui ont beaucoup reçu, il sera beaucoup demandé. Louis, roi Louis, qu'avez-vous fait de ce qui vous a été donné?

— Vous soupirez, mon ami?

— Je songeais.

— Fagon doit revenir tantôt avec une pommade contre la sciatique qui vous soulagera.

— Je préférerais qu'on mandât Homberg, le médecin de Madame, dont elle s'est toujours bien trouvée et que, je ne sais pourquoi, on me refuse obstinément.

— Homberg est l'homme lige du duc d'Orléans.

— Je ne vois point pourquoi je devrais m'en méfier. Mon neveu est un débauché, pas un empoisonneur.

— Beaucoup pourtant, et fort près de vous, soutiennent le contraire.

— Les Grands vivent d'intrigues, et le menu fretin des ragots qu'on lui jette. Il n'en faut ni prendre ombrage ni y puiser exemple. Le poison est une manie italienne, et la sorcellerie une pose de femme jalouse ou perdue d'ambition. C'est le recours des lâches. Le duc d'Orléans ne manque pas de défauts, et non des moindres, mais je le connais assez mâle pour ne le soupçonner point de pareils expédients.

— Savez-vous qu'il y aura bal costumé, ce soir, au Palais-Royal ?

— Je le sais. La duchesse de Berry et sa sœur de Valois doivent venir me consulter tantôt au sujet de leurs masques.

— Comme à l'accoutumée, on s'y tiendra à mettre le rouge au front...

— Je crois ne vous avoir jamais vue rougir, Madame. Ce trouble-là, pourtant, ne m'aurait pas déplu. Vous êtes femme de raison plus que d'émois, et complice de Dieu plus que des hommes. Les polissonneries du duc d'Orléans vous semblent diableries, mais je vous assure qu'il n'y a pas là grand mal.

— La semaine passée, les princesses vos nièces se sont enivrées à rendre par le haut et le bas, et la conduite de Mme de Berry a encore fait jaser. Le meilleur de votre cour se presse à Paris comme les mouches sur la viande avariée, tant les récits qu'on donne des fêtes où règne votre neveu enflamment les instincts.

— Laissez cela, voulez-vous. Paris vit à sa mode, qui n'est plus celle du Roi. Je ne m'en afflige point. La mode du Roi est à l'hiver, Paris préfère mon neveu, dont chaque journée se veut un printemps sans souci.

Cela, au fond, est bien naturel. L'abeille ne butine pas le houx. Paris veut aimer, Paris veut danser, et mon cœur à moi ne bat plus, ni mes jambes ne me portent.

— Sire !

— Je dis vrai, Madame. Les ambassadeurs ont parié que je ne passerais pas de beaucoup la Saint-Louis 1715, et nous voici au mitan d'août. Mon genou tourne au noir et ma cuisse durcit. Du temps que je menais nos soldats à la guerre, j'ai vu de ces blessures contre lesquelles la médecine ne peut rien. J'ai vu souffrir comme je souffre aujourd'hui, et mourir comme je mourrai bientôt. Fagon est un âne de croire que je ne devine pas ce que l'enflure de ma jambe présage. Je me soumets aux tortures qu'il m'inflige parce qu'elles m'aideront peut-être à racheter mes péchés, mais je n'attends aucun mieux sur notre terre. C'est à peine s'il me reste quelques semaines pour jouir de ceux qui me sont chers, je ne vais pas maintenant leur chanter pouilles. D'ailleurs, depuis que je vous connais, Madame, je semonce les gens de ma famille sur le chapitre des mœurs sans avoir moindrement réussi à les amender. Feu mon frère se faisait donner dans le cul en public par ses mignons, feu mon fils bramait pour un laideron de servante, mon neveu de Bourbon s'encanaille au bordel et celui d'Orléans dans sa loge, mes filles légitimées et mes petites-nièces coquettent. En vérité, à l'heure qu'il est, qu'y puis-je ? Je suis las de sermonner toujours, et dans la triste condition où je me vois réduit, je trouve un réconfort à la jeunesse d'autrui. Il me plaît qu'on s'ébatte et qu'on rie. Je m'y réchauffe, Madame, car au-dedans de moi, voyez-vous, il fait froid.

Louis se tait. Parler longuement l'use et il reste avant le grand départ à régler tant de choses. Demain, la cour quittera Marly pour Versailles où se doit tenir, le 13 août, l'audience de congé de Mehemet Reza, l'ambassadeur de Perse. Il faudra mander à Mme de Ventadour de ne point garder cette fois le petit Dauphin en lisière mais de le laisser seul à la droite du trône. Le Persan nomme l'enfant le « prince Nécessaire », selon la tradition de son pays, et ce nom-là, hélas, lui sied mieux qu'aucun. Cinq ans. L'héritier du royaume ne sait pas seulement lire ses lettres. Louis ferme les yeux pour que Mme de Maintenon n'y voie pas monter les larmes. Mais là-dessous, dans le noir, c'est pire. Tout revient, tout s'enfle et se mêle, un ossuaire, un sabbat, cela geint, cela crie, une harengère s'accroche à la vitre du carrosse royal : « Tyran ! putassier ! », Louis se rencoigne entre les deux maîtresses qu'il mène promener avec la Reine son épouse, allons, ce n'est là qu'une malheureuse dont le fils a péri sur le chantier de Versailles, Louis a trente, quarante, cinquante ans, un fils, trois petits-fils, deux arrière-petits-fils, l'éclat de sa cour brille par-delà les frontières, on le craint, on le respecte et on prétend l'aimer, dans sa gloire il se veut, il se croit au-dessus des lois, celles du siècle comme celles de l'Église, Louis rit, Louis presse les dames, il est le plus bel homme du royaume et le plus vigoureux, point de rivaux, pas de doutes. Puis soudain la nuit tombe. Sa chair se racornit, le voici décharné, presque nu, des loups en robe de jésuite dévorent ses enfants au pied de son lit d'or, il se met à trembler, ses dents branlent, sa jambe gonfle et se marbre, voilà, le temps l'a rattrapé, le temps l'a réveillé, il n'est plus temps maintenant. Louis a soixante-dix-sept ans et son bon ange s'est détourné de lui. Depuis l'hiver 1709, où le vin gela dans le verre de Sa Majesté et l'encre sous sa plume, où les liqueurs cassèrent leurs bouteilles dans les armoires et les arbres fruitiers se fendirent jusqu'au cœur, où l'on mourut de faim, de froid, de désespoir par familles entières, depuis cet hiver effroyable la Fortune, jadis fidèle au Roi, a joué contre lui. Sa Majesté venait de perdre Lille, Gand et Bruges ; à Malplaquet, plus de dix mille soldats agonisèrent dans la boue sans sauver la place de Mons, qui tomba un mois plus tard. Louis sacrifia son ministre Chamillart, ses meubles d'argent, sa vaisselle en or, Louis mangea dans de la faïence, allégea les taxes, retrancha sur les étrennes, fit distribuer du pain. Mais Paris, Rouen, Dijon, Lille bastonnaient les commissaires aux blés, et, faute de pouvoir consoler, Louis ordonna à la garde de tirer sur ses sujets. Le royaume de France commença de honnir son souverain. Inquiet, malheureux, Loüis referma sur lui la coquille de Versailles, et Versailles acheva de le couper de ses peuples. Comment toucherait-il leur misère, leur désarroi, leur exaspération, lui qui, depuis qu'il ne se porte plus en personne à la tête de ses armées, borne ses voyages à Marly, Fontainebleau et Saint-Cloud ? Il visite sa famille, ses forêts, ses jardins, ses bâtiments, connaît ses chiens de meute, ses chevaux, ses faucons, ses carpes par leur nom, mais ne sait plus dans le détail qui gouverne ses provinces. La Fortune n'a que faire de cette figure percluse de rhumatismes et d'étiquette. Un arbre qui ne porte plus fruit s'abat, puis se dessouche afin de laisser place à des plants plus vivaces. Aussi, pêle-mêle dans la charrette funèbre, Dame Parque a-t-elle fauché le bonasse Monseigneur, fils de Sa Majesté, le duc de Bourgogne que Fénelon avait bellement éduqué pour le métier de roi, son frère de Berry, qui sans grandes qualités n'avait guère de défauts, enfin le petit duc de Bretagne qui tétait encore son doigt. Quatre dauphins emportés en moins de quatre années, à qui s'est venu ajouter l'enfant dont la duchesse de Berry est accouchée avant terme pour avoir cabriolé dans les feux de la Saint-Jean 1714. L'avenir des Bourbons bat maintenant sous le pourpoint brodé du menu duc d'Anjou. Pour veiller sur l'enfant et relever son royaume épuisé, Louis a bien peu de recours. Il aime le duc du Maine, aîné de ses bâtards, mais il ne l'estime pas. Faible de constitution et de tempérament, n'ayant d'autre ambition que de vivre en paix avec ses livres, comment celui qu'on nomme « le Gambillard » saurait-il porter un roitelet à l'âge d'homme et lui garder son héritage intact ? Quant au duc d'Orléans...

61

— Ma mie, que pensez-vous au juste du duc d'Orléans ?

— Je pense qu'à force d'offenser Dieu en mots et en actes, ce prince s'attirera des foudres dont il ne se relèvera point. Qu'il offre avec la duchesse de Berry une illustration éloquente des vices les plus odieux et qu'on ne saurait trop l'éloigner du Dauphin. Qu'enfin il n'aime que Madame, sa mère, et Mme de Berry. Le reste, vous, à qui il doit tant, la duchesse son épouse et ses autres enfants, ne lui importe pas plus que cette mouche posée sur votre bras.

Louis, d'un frisson, fait s'envoler la mouche. Si seulement Philippe n'était qu'un fanfaron de vices, la bête noire des curés, les délices des putains. Mais il y a aussi ce dont Louis jamais ne parle, ce qui le pousse à surveiller son neveu avec une vigilance qui tourne à l'obsession. Oui, Philippe le dérange. Il incarne ensemble ce que Louis abhorre, ce que Louis envie et ce que Louis craint. Philippe est paresseux, négligent, léger, volontiers canaille. Il ne tient pas son rang, se roule dans des plaisirs bourbeux, boit, jure et se moque qu'on le juge. Il brave Dieu, nargue l'Église et se rit de la vie de l'au-delà. Mais il est doué, plus doué que les enfants du Roi, plus que le Roi lui-même. Il peint comme un maître, compose et joue de la musique, il pratique la chimie, la médecine, l'astronomie, la biologie, la botanique, parle l'allemand et l'espagnol en sus du latin et du grec. Il a de l'esprit, cet esprit spontané qui séduit à l'envi les deux sexes, de l'allant,

du courage, de la gaieté, une intelligence rapide, péné-
trante, concentrée, une curiosité insatiable, une
mémoire prodigieuse, enfin sans retenue le goût de
jouir, d'apprendre et de rendre qui le côtoie heureux.
Pour cela, et aussi pour l'aisance qui lui tient lieu de
grâce, pour sa bonhomie qui semble de la bonté,
Louis, secrètement, sombrement, le jalouse. Le Roi
dans le secret de son être se connaît bien. Il n'a que
le talent de sa volonté, de son orgueil et de l'idée qu'il
s'est fixée de son règne. S'il ne s'était acharné à être roi
plus royalement qu'aucun, il serait un prince banal. Il
manque de lectures, il pense, écrit, parle en public avec
effort, il ne sait sans calcul faire rire, ni charmer. Philippe est légèreté, insouciance, brio ; lui pesanteur,
conscience de son rôle, application. Philippe enjôle,
lui impose. Louis s'est ossifié, statufié en travaillant
jour après jour sa pâte ; sa majesté est une tunique de
Nessus sous laquelle l'homme se sent souvent médiocre. Philippe va nez au vent, col ouvert, et sans pose ni
apprêt attire irrésistiblement.

« Sire, abaissez les Grands ou ils vous abaisseront »,
chuchotait autrefois Mazarin à l'oreille de l'enfant-roi.
Louis a retenu la leçon. Asservir, avilir, acheter. Les
réduire, tous, au rang d'arbustes nains, la branche des
Orléans surtout, et Philippe, le plus talentueux donc
le plus dangereux, Philippe en premier. Point de
commandement aux armées, point de siège au conseil
ni de rôle dans les affaires d'État. La cadette des filles
légitimées de Sa Majesté en mariage, le Palais-Royal en

cadeau, des pensions à foison, enfin la bride sur le cou mais devant sa mangeoire. Le talent sans objet se lasse de lui-même. De l'oisiveté forcée naît l'ennui qui mène à la débauche. Rongé d'inutilité, Philippe depuis vingt ans pour la quiétude du Roi se disperse, se gaspille. Il trousse des vers, des symphonies, des dames, achète des tableaux, offre à ses amis des bals et des loteries, pensionne des comédiens, des savants, des artistes, engrosse son épouse, plus deux ou trois maîtresses, et cherche auprès de sa fille aînée les rêves qui l'ont fui.

— Les rêves dans le vin...

— Vous dites, mon ami ?

— Je dis que j'ai soif, et que Mme de Berry tarde. Elle devait me soumettre son masque pour ce soir, et aussi une nouveauté de manteau, ou de jupe, je ne sais plus, dont elle semble toquée.

— Je me réjouis que les questions de parure vous distraient à nouveau.

— Je me moque des robes. Je ne vivrai pas assez pour voir celles-là coupées.

— Pourtant, vous vous inquiétez de la duchesse de Berry.

— Je m'étais apprivoisé à l'idée de sa visite. A mon âge, on change malaisément d'idée, et il me déplairait qu'elle ne vînt point.

— Vous la chérissez donc ? Elle le mérite si peu !

— Quand on n'a plus guère qui aimer, on regarde moins au mérite.

— Vous ne pouvez pas ignorer, pourtant, ce qu'est

cette princesse! Une pâte d'orgueil et de luxure où le cœur s'émeut seulement pour désirer! Elle est haute à donner le vertige, brutale, obstinée, et n'emploie son esprit, qui est grand, qu'à des fins minuscules. Elle se voudrait la raison et le centre du monde, mais réduit l'univers aux salons qu'elle traverse. Le plaisir, la course aux honneurs, voilà ce qui l'occupe, et, si vous n'étiez le maître, elle ne vous ferait pas même l'aumône d'un regard!

— Pourquoi vous gendarmer? En mariant Élisabeth voici cinq ans, je l'ai haussée jusqu'aux marches du trône. Le duc de Berry était vigoureux. Il aurait dû régner. Elle y a songé, et, quand la mort a commencé de frapper à notre porte, sans doute s'est-elle imaginée coiffant la couronne. Devrais-je l'en blâmer?

— Enfin, il y a la manière! Mme de Berry n'aspire pas au Bien et ignore tout de la véritable grandeur. Elle noue des liens contre nature, des liens qui rendent malheureux. Ève, l'enjôleuse, le ferment de discorde, voilà ce qu'elle est. Son père lui promet l'or des étoiles et le sang des volcans, mais l'en aime-t-elle mieux? Et vous, Sire, qui lui pardonnez ses débauches, ses caprices et l'insouciance qu'elle montre à votre endroit, vous qui par votre indulgence engraissez le serpent damnateur, croyez-vous qu'elle vous aime?

— Modérez-vous, Madame. La duchesse de Berry est petite-fille de France. Sur beaucoup de points son tempérament m'irrite, mais, sachant que je ne la changerai pas, il me la faut accepter ou ne plus la recevoir. Regardez autour de nous. Que voyez-vous ? Des ombres, des habits sur des os, des dos courbés par l'habitude, des sourires édentés sur le vide d'âmes lasses à mourir. On s'ennuie à Versailles depuis que le Roi s'ennuie avec lui-même. Si nous n'avions cette enfant-là, qui nous égaierait ? La duchesse de Bourgogne pourrit sous une dalle, mes filles légitimées sont vieilles et querelleuses, j'apprécie peu la duchesse du Maine et je ne vois à personne plus de talent qu'à Mme de Berry pour animer une cour. Je ne nie point ses défauts, mais elle est vivante, vivante avec désordre, avec excès, terriblement vivante. Sa fougue me ranime. Aussi, malgré les tracas qu'elle me donne, voudrais-je bien la voir.

Mme de Maintenon baisse ses longues paupières sur sa broderie. Cinq heures achèvent de sonner à la pendule de table. Dans l'antichambre, des voix féminines rient très haut. On annonce la duchesse de Berry et Mlle de Valois. Mme de Maintenon compose son visage, front serein et rictus bienveillant.

— Sire ! Comment nous trouvez-vous ?

Le Roi sourit. Il est doux de sourire quand on souffre. Élisabeth, sa sœur Charlotte-Aglaé et ses dames sont vêtues tout de bleu, avec aux manches de larges revers incarnats et, en travers de l'épaule, une grande écharpe rouge. Engoncée dans son habit, le teint plâtreux de poudre, les cheveux ramenés sous un bonnet constellé de saphirs, la duchesse, avec un port de reine à son avènement, tord une moue d'une surprenante gouaille.

— Ma foi ! Vous avez l'air de militaires en jupons et ce bandeau qui vous barre le sein ne vous avantage guère. Je ne sais comment le jugeront ceux à qui vous prétendez plaire, mais pour moi, je vous l'avoue, je ne l'aime point.

La duchesse de Berry s'empourpre.

— Sire, nous devons aller.

— Déjà ! Vous venez seulement d'entrer et vous ne m'avez rien dit !

— Pardonnez, mais nous ne pouvons rester.

— Vous reviendrez me conter votre journée ?

— Ce soir il y a souper chez mon père, où je dois tenir une table, et bal...

— Je sais bien, vous deviez me soumettre vos masques.

— Je l'avais oublié.

— Vous ne pensez guère à moi.

— Et vous, Sire, pensez-vous à moi autrement que pour me tancer ?

— Quelle figure vous prenez, et quel ton pour parler à votre aïeul et à votre roi ! Si j'étais moins tendre...

— Vous vous fâcheriez et vous m'enverriez rejoindre ma sœur Adélaïde, qui médite à genoux la moitié de la nuit ! Bien sûr, vous pourriez la prendre à ma place pour vous distraire, mais comme elle n'a point ce piquant qu'on me trouve et qui vous tire le rire même quand vous grondez, vous préférez me garder, et me voir un petit peu, plutôt que pas du tout! Aussi, n'est-ce pas, vous ne me querellerez point si je vous quitte céans? Des affaires sans importance mais que je juge essentielles m'attendent, et je ne puis surseoir. Je reviendrai tantôt, bientôt, sitôt que je pourrai!

Sans achever sa révérence, elle s'échappe d'un drôle de pas glissé, l'écharpe rouge voletant sur sa jupe rassemblée dans le poing, ses compagnes courent à sa suite, confuses et malgracieuses, elles pouffent au bout de la galerie, voilà, elles sont parties.

— Elle ne m'a pas seulement demandé comment allait ma jambe.

— Vous oublierez et vous lui pardonnerez.

— Sans doute. Il est vrai que je vis dans l'instant, et que cette borne-là protège du chagrin. Mais tout de même. Elle m'a à peine regardé. Je puis mourir avant de la revoir. Quel souvenir croyez-vous qu'elle gardera de moi?

Je priais pour le Roi. Je le plaignais de tant souffrir, et je l'admirais parce qu'il souffrait en roi. J'étais revenue de Chelles à l'occasion de l'enterrement du duc de Berry, et mon père, me découvrant fort grandie et plus savante que mon abbesse, avait refusé de me renvoyer au couvent. Comme cependant ma mère me trouvait trop de raideur dans l'apparence et dans le caractère, comme de plus elle ne souhaitait aucunement garder auprès d'elle une fille de seize ans, le duc d'Orléans m'avait confiée à Madame, avec charge pour mon aïeule de me faire prendre l'air du monde sans que mes parents eussent à souffrir de mes ridicules. Farouche, fière, cocassement émotive, embarrassée de ma haute taille et ne trouvant rien, en ma personne, qui fût digne d'éloges, j'évitais les miroirs et fuyais les jeunes gens. Hélas, il y avait à Versailles des glaces sur tous les panneaux et des hommes dans toutes les galeries. Je m'empourprais au premier regard. Les sourires, les soupirs me semblaient cacher d'odieux sous-entendus ou de perfides moqueries. Pour les décourager, j'attaquais la première. Aussi me reconnaissait-on quelque esprit, mais piquant comme le houx en janvier. Ma sœur de Valois, qui à treize ans offrait l'image d'une coquette accomplie, attirait plus que moi. On m'entourait, on me flattait, mais je ne plaisais pas. Madame, qui savait ce que c'est que de se sentir étranger au sein de sa famille, m'encourageait à plus de souplesse et plus d'indifférence. Pour compléter mon éducation, souvent elle me menait avant souper saluer le Roi dans son petit cabinet. Craignant de manquer d'à-propos, je parlais seulement lorsque l'on s'adressait à moi, c'est dire presque jamais. Debout dans un coin, j'observais, ébouriffées et caquetantes, les dernières perruches de la volière royale. Élisabeth lançait des insolences qu'elle rattrapait d'un baiser, mimait les grimaces d'un ministre et volait le mouchoir de Mme de Maintenon pour le méchant triomphe de voir la vieille dame renifler en le cherchant. La grande princesse de Conti, fille de Sa Majesté et de la duchesse de La Vallière, regardait les lustres ; ma tante de Bourbon ruminait une vengeance contre ma mère ; Charlotte-Aglaé babillait sans rime ni raison. Sa Majesté s'assoupissait, et dans son sommeil gémissait sourdement. Sa cuisse, dure comme une outre, le taraudait. Il en sortait sous la lancette quantité d'eau roussie mêlée à du pus, et les chirurgiens devaient pousser le fer jusqu'au manche pour toucher la chair vive. Le Roi se savait perdu. Bien qu'il ne fût plus que sa propre défroque, bien que le rideau sur son règne descendît ostensiblement, pour se donner à lui-même le change il continuait à jouer le monarque absolu. Il se faisait raconter les nouvelles du royaume, l'humeur du Parlement, les chansons qui couraient par les rues, les costumes des comédiens de l'hôtel de Bourgogne, les naissances à la cour et les cerfs pris dans ses forêts. Il prétendait se tenir informé de tout et, malgré sa déchéance physique, s'acharnait à débattre de l'essentiel comme du futile sans rien retrancher à sa majesté. Avec ceux qui le côtoyaient, il demeurait grave et badin, distant et paternel, exquisément poli, et le moment d'après brutal à vous tirer les larmes, d'une sensibilité de cousette sur les sujets qui le touchaient et d'une effroyable indifférence pour ce qui concernait autrui. Je lui trouvais des défauts et des qualités plus considérables qu'aucun mortel, et ses mesquineries me semblaient royales autant que ses grandeurs.

Pauvre prince qui, pourrissant tout vif sous des larmes hypocrites, luttait contre l'atroce fin et l'avenir aveugle, contre le désespoir, contre l'oubli. Sur le visage des gens qui l'approchaient, il retrouvait l'horreur qu'il s'inspirait à lui-même, le dégoût de la chair cariée, puante, de l'inhumaine douleur, la révolte de l'esprit sain contre la débâcle du corps, la hâte d'en finir. Les dernières nuits d'août 1715 bruissaient de tractations, les seigneurs portaient panache arrogant et les alcôves des dames s'ouvraient pour qu'entre les draps s'échangent les promesses du pouvoir à venir.

En parlant à Sa Majesté de ses bâtiments ou de ses carpes, c'est un autre langage que ses proches lui tenaient, une langue que le malade entendait fort bien et qui me glaçait le sang depuis les pieds jusqu'à la nuque : « Meurs, meurs donc, nous sommes las, tu n'es plus qu'une carcasse gangrenée, qu'attendent Dieu et le diable pour se partager ta dépouille ? » Le Roi levait doucement la main pour prier qu'on le laissât se reposer. L'imitant, je baissais les paupières sur ma détresse. Ses vieilles mains étaient larges, avec des doigts tordus sur lesquels la peau, trop lâche, plissait et s'écaillait. Lorsque, avec ces doigts-là qui ne pouvaient plus rien saisir, il m'effleurait la joue pour me souhaiter le bonsoir, ses yeux s'attachaient à ma figure comme s'ils la découvraient. Il murmurait : « Vous voilà joliment demoiselle, mon enfant... », et, hochant la tête d'un air triste, me faisait signe d'aller. Chaque soir je doutais de le retrouver lucide le lendemain, et je maudissais ceux qui, à son chevet, préparaient leur avenir. Les larmes coulaient, certes, et les lamentations dénichaient sous l'arc des fenêtres les hirondelles pépiantes. Mais chacun ne songeait qu'à l'heure prochaine, l'heure dernière, l'heure première des temps qui s'annonçaient. Je sentais, moi, qu'après ce roi-là, rien ne serait plus pareil. Je ne savais ni comment ni pourquoi, mais je nous voyais tous comme des gens qui marchent sur une poutre jetée en travers du vide. Il courait sur le testament secret dix rumeurs contraires, dont chacune attisait une rage ou un espoir. Ma mère, malgré la fureur de Madame, me cadenassait dans la pouponnière avec Charlotte-Aglaé, mon frère de Chartres et nos deux cadettes, qui avaient alors six et quatre ans. Élisabeth couchait à Versailles. Mon père, nous disait-on, délibérait en compagnie de son âme lige, l'abbé Dubois. En vérité, peu m'importait qu'il gagnât ou non la régence à cette sinistre loterie. Retirée au fond de la garde-robe des enfants, entre les lisières brodées et les manteaux de satin, je priais que le Roi mourût en paix avec sa conscience.

Assis à son bureau, Philippe suit les progrès de l'aube. Par la lucarne ouverte du petit cabinet, une buée de lumière grise coule le long de la boiserie et, à mesure qu'elle rosit, se charge des promesses du jour. Dimanche 1ᵉʳ septembre 1715. Dans les jardins, les hommes attachés au Palais-Royal ratissent les allées et réparent le désordre des roses. Il doit se tenir une loterie, vers le milieu de la matinée, près de la grande fontaine. Les boutiquiers chargés de fournir les cadeaux ouvrent déjà leurs baraques. Les volets grincent et claquent en se rabattant. Les oiseaux endormis sur l'épaule des statues s'envolent vers les toits. On jette des seaux d'eau. Le cheval qui tire la charrette aux ordures hennit vers le coin de la rue Vivienne. Philippe ferme les yeux. Maintenant il a sommeil. Il soupire. Combien d'heures, encore, à attendre ? Roi Louis, ne comprenez-vous pas que la vie, que l'avenir piaffent autour de votre lit de douleur, qu'à la pendule vos proches et vos sujets comptent chaque coup en épiant votre souffle ? Vous faut-il payer d'une si longue agonie l'orgueil de vous être voulu immortel ? Dimanche dernier, qui était jour de votre fête, pour la première fois depuis soixante-douze ans que vous régnez, vous n'avez pu vous lever. Les tambours et les hautbois vous ont donné l'aubade sous votre balcon de Versailles, les vingt-quatre violons ont joué dans l'antichambre pendant votre dîner, mais votre âme vers le plaisir ne se pouvait tourner. Votre teint virait au gris, la douleur vous ramenait les joues sous les gencives. Le soir, sentant venir les convulsions, vous avez reçu le viatique des mains du cardinal de Rohan, et rajouté un codicille au document que le président de Mesmes et le procureur général Daguesseau gardent sous scellés dans une cache grillée du Palais de justice. Votre testament. C'est pour lui en délivrer le secret que, doutant de vos forces, vous avez mandé Philippe à votre chevet. Seuls, tous les deux, dans la chambre d'apparat, avec entre vous le royaume et la mort.

— Plus près, mon neveu, je ne puis parler bien fort. Plus près, venez ci-contre.

Philippe a pris vos doigts mangés de taches rousses, il les a baisés et est resté là, le col penché comme pour l'adoubement.

— Mon neveu, vous ne trouverez rien dans les volontés que j'ai écrites dont vous ne serez content. Je vous laisse à gouverner un beau pays et un petit enfant. Qu'ils vous soient sacrés et vous rendent digne d'eux. Non, ne répondez pas. On dit de vous du mal en quantité, et pour certaine part, on ne fait pas que médire. Mais je sais ce qu'au tréfonds vous êtes, et quand il faut juger je ne me fie qu'à moi. Je vous connais mieux, sans doute, que vous ne vous connaissez vous-même. La tâche qui vous échoit est à votre mesure. Quand je ne serai plus, l'État demeurera. Je compte que vous le servirez plutôt que vous ne vous servirez de lui. Gardez-vous des femmes, des coteries, des familiers, des intérêts particuliers et des parlementaires. Gardez-vous aussi de la duchesse de Berry votre fille. La tendresse que je lui porte ne m'aveugle pas. De cette princesse peuvent naître bien des malheurs. Elle est le ver en vous, Philippe. Si vous n'y veillez, ce ver-là rongera la pomme et vous causera ainsi qu'au royaume un grand tort. Je regrette de ne vous parler de la sorte qu'au moment de vous quitter. Je vous ai tenu éloigné de moi et des affaires pour des raisons qui n'étaient pas toutes bonnes. Bien que mon seul neveu, je vous ai mal aimé, et il est naturel que vous ne m'aimiez guère.

— Sire !

— Ne protestez pas. Je touche à des rivages d'où l'on voit avec une extraordinaire clarté ce que la bienséance, le respect ou la crainte voilent fort à propos tout au long de la vie. Pourquoi pleurez-vous ?

— Sire, ces paroles...

— Rien de ce qui fut n'a plus d'importance à cette heure. Vous êtes mon neveu et je vous fais régent. Ce n'est pas sans désarroi que je remets entre vos mains mon royaume et l'avenir de mon sang. Je vous crois capable du meilleur comme du pire, et je tremble. Mais je n'ai pas d'autre recours. Soyez auprès du Dauphin aussi vigilant que je l'aurais été. Travaillez à lui conserver son bien. S'il venait à manquer, Philippe, vous seriez le maître et la couronne vous appartiendrait.

— Mais le duc du Maine, Sire, dont j'oserais dire qu'il n'attend pas de votre affection moins d'honneurs ?

— Je lui ai réservé dans mon testament la place qui lui est due, tout en vous conservant les droits que vous confère votre naissance. Ce n'était pas tâche facile, et je vous assure qu'on m'a beaucoup tracassé là-dessus. J'ai fait les dispositions que j'ai crues les plus sages, mais, comme on ne saurait tout prévoir, s'il y a quelque chose qui ne soit pas bien, on le changera.

« On le changera. » Depuis cinq jours, Philippe vit de ce mot. Il le mange, le boit, le rêve et s'éveille en l'épelant. Vous, roi Louis, dans l'ombre de ce mot qui dit votre impuissance à maîtriser l'avenir, vous achevez de quitter notre monde. Lundi 26 août, dans un concert de larmes et de protestations, vous avez pris congé de ceux qui vous sont chers. Votre arrière-petit-fils, qui touche cinq ans et demi, vous a écouté gravement lui dire adieu. Il n'a pas bronché, sauf quand vous avez essayé de l'embrasser. Votre bouche édentée sent le pourri, et votre cuisse tuméfiée la charogne. Le pauvret a eu peur, il s'est débattu. Vous l'avez lâché.

— Allez, mon Mignon, vous serez un grand roi.

Vous ravaliez vos larmes, mais quand la gouvernante a emmené l'enfant et qu'il s'est retourné en agitant sa menotte, le cœur vous est monté aux lèvres avec un goût de sel et de sang. A vos grands officiers venus représenter votre cour, vous n'avez pu tenir un long discours :

— Messieurs, vous m'avez fidèlement servi et avec envie de me plaire. Je suis content de vous. Je sens que je vous attendris et que je m'attendris aussi ; je vous en demande pardon. Adieu, messieurs. Je compte que vous vous souviendrez quelquefois de moi.

Le souffle vous a manqué. Madame, vos filles légitimées, la duchesse de Berry et ses sœurs cadettes autour de votre lit sanglotaient et déchiraient leurs robes. Vous étiez épuisé. Encore il vous a fallu, trois jours durant, trier les documents secrets de votre cassette avec le chancelier Voysin, et avaler sans vous plaindre les élixirs que vous apportaient, venus du fond des provinces, d'ineffables empiriques. Malgré l'horreur de vos souffrances, vous êtes resté digne et doux. Mais maintenant que tout vous semble en ordre, vous appelez la fin. Quand on vous donne de la gelée, ou à boire avec le biberon, vous repoussez la main. Vous vous êtes noblement battu. Qu'on vous laisse rendre les armes.

Six heures sonnent à la grosse horloge du Palais-Royal. Philippe s'étire. Il est triste et perplexe. Il n'a pas revu le Roi depuis leur tête-à-tête. Il sent qu'il ne le reverra plus. Or, Sa Majesté, alors que Philippe s'agenouillait pour recevoir sa bénédiction, Sa Majesté lui a menti : « Mon neveu, vous allez gouverner le royaume ; j'espère que vous le ferez bien. » Encore une promesse tactique. Encore une tendresse hypocrite. Jamais, depuis qu'en agitant cent chimères flatteuses il l'a convaincu d'épouser sa dernière bâtarde Montespan, le Roi ne lui a offert la moindre miette de pouvoir, la moindre chance de faire valoir ses dons. Les guerres et les places à pourvoir n'ont pas manqué, mais tout est échu au clan des bâtards ou à celui des Bourbons. Philippe n'a reçu que des palais, des pensions, des protestations d'affection et des sermons moralisateurs. Jusqu'en cette approche de la mort où l'homme devient transparent, le Roi s'est joué de lui. Pour avoir circonvenu le duc de Villeroy et le procureur Daguesseau, Philippe connaît l'exacte teneur du testament. Sa Majesté ne l'institue régent ni en titre ni en fait. Durant la minorité de son arrière-petit-fils, il entend que le royaume soit gouverné par un conseil de quinze membres dont le duc d'Orléans aura la présidence. Toute décision touchant les affaires publiques et la personne du jeune roi relèvera de ce conseil de régence, qui statuera à la majorité des voix. La surintendance de l'éducation de Louis XV sera confiée au duc du Maine ; pour assurer la sécurité de l'enfant, celui-ci disposera du commandement des troupes de la Maison royale, en sus de la garde suisse et des carabiniers, qui lui appartiennent en propre. Avec de telles forces, le bâtard pourra s'emparer du trône comme on fait une promenade, et le Parlement, qui suit la loi du mieux armé, s'inclinera docilement.

Philippe a songé toute la nuit. La Maintenon et le père Le Tellier, fervents soutiens du duc du Maine, n'ont quasi pas quitté le Roi depuis deux mois. L'ont-ils exhorté, harcelé, déployant sous ses yeux affaiblis le royaume en perdition, pour lui faire signer ce document qui fait du duc d'Orléans un fantoche ? Ou bien Louis se défie-t-il de son neveu au point de chercher à l'abattre par le moyen même qui semble le hausser ? Ou encore attend-il de lui qu'il fasse annuler des clauses contraires à ses souhaits intimes, et s'empare d'un pouvoir ensemble promis et contesté ? Manipulation, sursaut de prudence ou dernière ruse ? Le Roi en cette aube agonise. Philippe sans recours doit choisir. Entre le probable et le prétendu, le dit et l'écrit, la soumission et le combat, entre hier et demain. Hors quelques fidèles de ce qu'à Versailles on nomme en soupirant « la vieille cour », personne ne regrettera Louis XIV. Mais le manteau du duc d'Orléans n'est pas si propre qu'il ne faille se garder d'y ajouter des taches. Les libelles qui donnent le prince pour empoisonneur, impie et incestueux se jetteront avec délices sur le premier faux pas.

Philippe se penche vers le buste en marbre de Monsieur par Coysevox, qui coiffe la cheminée. Lourde perruque à grosses boucles, lèvres très ourlées, long nez tombant, yeux enchâssés.

— Mon père, vous le frère de Sa Majesté et le
risible revers de sa glorieuse médaille, vous le barda-
che qui pour m'engendrer avez dû promener vos
médailles sur le ventre de ma mère, vous à qui je
n'ai jamais connu d'orgueil qu'appliqué à l'intrigue,
que diriez-vous si je boudais le festin ? Si j'abandonnais le rôti au duc du Maine ? Vous qui m'avez
donné si piètre exemple de ce que doit être un
prince, auriez-vous honte de votre sang ? Et moi,
rougirais-je de moi-même ? Vous ne m'avez appris
ni à vouloir, ni à faire. Seulement à être, dans et
pour le plaisir de soi. Je ne vous admirais pas ;
pourtant, vous m'aimiez. Le Roi ne m'aime pas ;
mais moi, alors qu'il n'a cessé de me trahir, je
continue de l'admirer. Il sait sa voie ; il tranche ; le
souci de sa grandeur ne le quitte jamais, et sa
superbe auréole jusqu'à la satisfaction de ses instincts
triviaux. Le Roi est un homme d'État. Je ne suis
qu'un promeneur. Je musarde, je butine, je prends
mon miel au hasard des rencontres. Je n'ai ni but,
ni hâte. Mes passions se valent et s'envolent, mes
journées se ressemblent. A quarante ans passés, je ne
me vois d'autre gloire que d'avoir arraché autrefois
Élisabeth à la mort. J'ai de la fierté, oui, même
peut-être un peu trop pour ce que je fais de ma
vie, mais je n'ai pas d'amour-propre. Je suis paresseux. Je raffole des voluptés faciles. Je ne crois en
rien, et surtout pas en moi. Est-ce là le portrait d'un
régent ?

Philippe ouvre grande la fenêtre. Le soleil caresse déjà les branches hautes des tilleuls. Dans les allées se pressent des livreurs d'eau et des lingères à taille fine. Le Roi aussi aimait les femmes. Il les forçait, comme il forçait le destin. Philippe se hausse sur la pointe de ses pieds déchaussés et sourit. Bien sûr, il prendra le pouvoir. Son scrupule n'est que la réticence du corps devant un saut dans le vide. Est-ce pour renoncer au moment de l'élan décisif, que depuis deux mois il dépense en secret ses efforts et les louis d'or du financier Crozat ? Il s'est assuré la fidélité de l'armée, et ses amis comptent sur son éloquence pour retourner le Parlement. L'heure n'est plus aux délicatesses. Qu'est-ce qu'un testament, sinon un chiffon de papier ? A-t-on des volontés, outre-tombe ? Le sort du royaume se joue ici, maintenant. La sensiblerie doit céder le pas à la raison d'État. Les puissants de l'ancien règne ne se sont-ils pas déjà tournés vers Philippe ? Le contrôleur général des finances Desmarets, le chancelier Voysin, secrétaire d'Etat à la Guerre, Pontchartrain, qui tient la Marine, le procureur général Daguesseau, même le vieux maréchal de Villeroy, fidèle de Louis XIV et gouverneur du futur Louis XV, clignent des yeux devant l'étoile montante. Les plus souples lui jurent avec des sanglots soutien et allégeance ; les plus prudents, à pas coupés de révérences et d'ondoyantes voltes, se rapprochent du duc de Saint-Simon et du duc de Noailles, qui, pour

avoir toujours servi le duc d'Orléans, seront les maîtres de demain. Risible ballet de la nature humaine,
dont M. de Molière, s'il vivait encore, trousserait
une de ces comédies grinçantes qui font s'interroger
face au miroir après le tomber du rideau...

Philippe soupire. Il ne tient pas ses semblables en
grande estime, mais cela ne l'empêche pas de leur
vouloir du bien et même, si enfantin que la chose
paraisse, de les affectionner. Mérite-t-on les sentiments que l'on inspire? Il en sera pour vingt millions
de Français comme il en est pour Élisabeth. Philippe
les aimera parce qu'il aime aimer. Pour parer de
grâces la laideur, l'ingratitude, pour se consoler de la
médiocrité qui couve au fond de chacun de nous.
Pour donner un peu de lumière à la nuit. Cette occa-
sion-là, qui lui permettra de mettre sa fougue et son
intelligence au service d'une cause plus noble que son
seul plaisir, Philippe l'attend depuis vingt ans. Jamais
il n'a cherché le combat, mais il ne le craint point.
Une fois sur le pré, il sait qu'il se battra. Il suffit que
le sort lui glisse l'épée en main. Un souffle qui
s'éteint comme meurt une chandelle et, dans l'innocence de l'aube, tout un pays qui s'offre... Refuse-
t-on une belle endormie qui n'attend qu'un baiser
pour sourire à nouveau?

Philippe frotte ses lunettes sur son jabot froissé.
Un petit marchand d'oublies, dix, douze ans peut-
être, déboule sous les arcades du Palais-Royal, son
panier ballottant sur la hanche. Il agite les bras, il

brandit sa casquette, il rit, il galope et de tout son souffle crie :

— Le Vieux est mort ! Ho hé ! Ho hé ! Louis est crevé !

Que n'ai-je compris, la nuit où l'on enterra mon aïeul, la vanité des jouissances et des gloires de ce monde ? Passionnément nous voulons vivre, nous défrichons notre voie en comptant que nos pas laisseront quelques traces. Et au final, qu'advient-il ? L'amant fou de chagrin s'endort dans d'autres bras, le monarque adulé devient risée publique. Le soir de notre mort, déjà, les souvenirs de ceux que nous aimons nous trahissent. Le sel que nous avons cru être se dissout dans l'eau brève des larmes, sur la langue des baisers retrouvés. Nous ne sommes plus.

Le plus grand des souverains avait rendu le dernier soupir le matin du 1er septembre vers la demie de huit heures. Le lendemain, devant les parlementaires éberlués, mon père en quelques phrases impérieuses réclamait que lui fussent rendus les droits de sa naissance, et qu'au lieu d'un testament écrit sous la pression fût respectée la promesse recueillie par lui, Philippe, duc d'Orléans, sur les lèvres du roi mourant, ces mêmes

85

lèvres qui peu avant de se clore l'avaient oint d'un baiser paternel. La régence sans partage, sans équivoque, assortie des moyens nécessaires aux fins qu'il lui voulait fixer. Le duc du Maine, blême et défait, osa à peine répliquer, et ses partisans, qui au moment d'entrer en séance se dépensaient en récris et vastes envolées de manches, perdirent en un instant l'usage de la parole et la faculté de se mouvoir. L'or et les promesses prodigués engourdissant les consciences comme fait un repas trop copieux, il y eut peu de remous. On ne cassa pas le testament mais, opinant docilement du bonnet, on en annula les clauses embarrassantes. M. du Maine perdit tout ce que Mme de Maintenon s'était échinée à lui obtenir. Le commandement des troupes de la Maison royale revint à mon père, et la surintendance de l'éducation du jeune Louis XV au duc de Bourbon. La régence du duc d'Orléans fut déclarée pleine et entière, et de ce qu'avait agencé le feu Roi il ne resta que le beau nom de Louis au bas d'un parchemin moisi.

L'oubli, voilà ce qui nous attend. Le 4 de septembre, on porta sans aucune émotion les entrailles de feu Sa Majesté à Notre-Dame ; le 6, son cœur à la maison professe des jésuites ; le 10 dans la nuit, son corps à Saint-Denis. Qui s'agenouilla sur le passage des cortèges ? Qui, hors les officiers et les religieux commis à ces cérémonies, les suivit ? Qui pleura Louis XIV, le soleil de son siècle ? Qui ? Même Madame, qui en secret l'avait chéri plus qu'aucune de ses maîtresses, même moi qui le révérais comme une déité, sentions dans notre cœur le chagrin combattu par l'excitation de l'ère qui s'ouvrait. Philippe d'Orléans, régent de France jusqu'en l'an 1723. Premier successeur au trône en cas que le petit Louis XV mourût. Cet homme-là, dont Madame déplorait qu'il fût né ennuyé et ne fît jamais rien de mâle que culbuter les dames, cet homme-là avait pris le pouvoir comme on balaie une table pour faire place à la noce. Sans que rien en filtrât, il avait tout agencé, et sans remous tout réglé. Lui le rêveur, le discoureur, le collectionneur, la coqueluche des bougnats et des maquerelles, s'était attelé aux dossiers de l'État avec l'ardeur d'un jeune marié qui construit son foyer. Quel était cet étrange prince qui, après quarante années sans grandeur ni mystère, naissait ainsi à lui-même? Pour la première fois je me sentais fière, fière à crier ma joie, fière d'être issue de lui. Le royaume et moi-même attendions de son génie ce que les apôtres attendaient du Messie : le miracle des mots incarnés. De toute ma fougue, je priais qu'il ne nous déçût point.

De l'argent. Il faut trouver de l'argent. Philippe, le front dans ses mains et le nez effleurant le papier, achève la lecture du mémoire que le duc de Noailles, président du tout nouveau conseil des finances, lui a remis au début de la semaine. Il essuie sa bouche et son cou avec sa manchette. Il a soif comme d'une fièvre maligne. Le royaume est au bord de la banqueroute. Dans les caisses il reste à peine huit cent mille livres, et les revenus de 1716 et 1717 sont déjà mangés. L'État a deux milliards de dette, dont les seuls intérêts dévorent sept cents millions par an. Les taxes et revenus du domaine rapportent, une fois les gages des offices payés, soixante-neuf millions de livres. La dépense annuelle passe largement le double. Il y a le train de la Maison du Roi, la solde des troupes, les travaux des fortifications, des canaux, des bâtiments, des routes, les ennemis à acheter, les amis à récompenser, le Parlement à ménager. Où que Philippe jette les yeux, il trouve la même gabegie. Est-il possible que le

Grand Roi ait géré le dernier quart de son règne dans une pareille insouciance de l'avenir ? A chaque page tournée, on ravaude. On camoufle. On escroque. On pressure. On plonge la tête dans le sable ou on fuit en avant. On bat monnaie avec la suffisance, la jalousie, l'avidité, la bêtise des particuliers. On négocie des lettres de noblesse, des exemptions fiscales, on aliène des biens domaniaux. On crée des centaines d'offices de judicature et de finances, des milliers de charges municipales qui doublent ou triplent des emplois déjà existants mais dont le titre ronflant attire les sots et les fats. Philippe relève la tête vers Noailles, qui à l'autre bout de la table aligne des colonnes de chiffres.

— Dites-moi, mon cher duc, connaissez-vous à quoi s'occupent le contrôleur de perruques, le débâcleur, le langueyeur de cochons, le planchéieur ?

— Non, Monseigneur. Les traitants nous achètent par lots ces emplois, qui nous échappent sitôt que nous les créons. Ils les revendent grassement à la foule toujours grandissante des ambitieux, en nous laissant la charge d'en régler les gages. Ce que, bien sûr, puisque nous avons déjà croqué l'argent de la vente, nous ne pouvons faire.

— Aussi invoquez-vous les nobles raisons de sécheresse, d'inondation, de disette, de guerre. Vous conseillez aux mécontents de se plaindre à Dieu plutôt qu'au Roi, et pour parer au plus pressé vous signez des traites. Piètre remède, qui aggrave le mal ! Je vois ici sept cents millions de livres en billets divers !

– Souscrits sur le Trésor, puis escomptés entre les mains d'affairistes de tout poil. Et chaque mois nous empruntons, nous promettons, nous mentons, nous décevons davantage. Les cargaisons d'or ne reviennent jamais des Amériques lorsque les espèces manquent. Nous dépendons de financiers, de princes, de ducs, d'évêques, qui, plus riches que l'État, imposent la loi de leurs intérêts particuliers. Il faut maintenant en France quelqu'un qui songe au bien public, à la grandeur de la nation, à construire les bases sur lesquelles le royaume dans vingt, dans cinquante ans, s'appuiera. Ce pays attend tout de vous, Monseigneur.

Philippe s'étire. Son dos, ses bras, sa nuque sont engourdis, ses yeux gonflés lui brûlent, mais il se sent la fraîcheur d'un puceau au sortir d'une première nuit galante. Du bout du doigt, il cueille la cire qui coule le long de la bougie placée devant lui.

– Je vous remercie, mon ami, de la confiance que vous me témoignez. J'aurai, bientôt, besoin de votre appui, car je pressens que ce que j'ai en tête va lever les boucliers. Ces documents que vous m'avez soumis achèvent de me convaincre. Le corps public est gangrené comme l'était le feu Roi. Pour l'assainir, il nous faut trancher dans les chairs. Oser, tenter ce que personne en France n'a encore tenté. Regardons ce qui se fait à l'étranger, sollicitons les avis, et ne craignons pas de choquer en essayant de nouvelles médecines.

– Est-ce de l'expérience que vous avez menée avec

succès sur moi il y a quatorze ans, que vous tirez votre assurance, mon père ?

Élisabeth, qui a poussé sans bruit la porte, fait au Régent une révérence juste assez profonde pour attirer le regard entre ses seins. Philippe la relève avec une moue qui se voudrait grondeuse et s'avoue enchantée.

— Mon ange, on n'entre pas dans mon cabinet comme on entre chez soi...

— C'est que je voulais connaître ce que vous complotez avec M. de Noailles ! Vous ne me racontez jamais rien ! Croyez-vous que les femmes soient juste bonnes à tenir compagnie à table et au lit ?

— Je ne me doutais pas que les affaires publiques vous intéressaient.

— Tout ce qui vous touche et me peut toucher à travers vous me concerne, mon père. Je suis sûre que M. de Noailles comprend ce que je veux dire...

Élisabeth se penche sur l'épaule du duc qui, gêné, s'écarte en lui laissant son siège. Elle s'assied. Depuis son veuvage et la perte de l'enfant qu'elle portait, il semble que quelque chose, en elle, ait achevé de mûrir. Avec l'espoir de régner se sont brisés les derniers fers qui bridaient ses instincts. N'ayant plus à ménager l'avenir, elle ne se soucie plus de donner une image rassurante. Debout à la droite du duc d'Orléans, elle est pleinement, souverainement elle-même. Elle sait ce qu'elle tirera de la vie, et comment elle l'obtiendra. Elle sera la sans-pareille, la plus enviée, la plus crainte et la plus fougueusement adulée. La première dame de France.

— Morisieur, êtes-vous tout-puissant?

Philippe sourit.

— Qu'est-ce que la toute-puissance, mon enfant?

— La liberté d'être et d'agir selon son bon plaisir.

— Noailles, suis-je tout-puissant?

— Vous contrôlez ce qui doit l'être, Monseigneur. Le conseil de régence vous est acquis. M. de Torcy, à qui vous avez confié les postes, et le lieutenant de police d'Argenson dépendent de vous seul. Vous nommez aux charges et aux bénéfices, vous décidez des gratifications et des grâces, et vous gardez la main sur les dépenses publiques. Mais si le seul souci de votre intérêt vous guidait, vous trouveriez dans le système collégial que vous avez institué un contrepoids qui vous ramènerait dans le juste chemin. Aussi êtes-vous le maître selon les bornes que votre bienveillance a voulu elle-même marquer.

Élisabeth tord une lippe méprisante.

— Je ne conçois, moi, de gouvernement qu'absolu.

— Vous oubliez que je ne suis pas roi, ma fille, et que l'on ne tolérera pas de moi ce qu'on admet d'un souverain sacré à Reims. Mes ambitions pour le royaume sont sans limites mais mon pouvoir, lui, est limité dans son essence et sa durée. Je gouverne au nom d'un enfant dont je suis responsable, et le jour où notre Louis XV touchera treize ans, j'aurai des comptes à rendre. Les régences sont des passages à gué. D'un coup la rivière s'enfle, et, si vous n'y avez pris garde, vous voilà noyé. Qui m'a fait peut aussi me défaire.

— Vous vous laisseriez renvoyer ? Mais j'aurais honte de vous !

— Mon cœur, je ne dis pas que je me retirerai au premier vent contraire, je dis seulement qu'il sied, lorsque l'on est dans une situation ensemble si glorieuse et si exposée que la mienne, de se surveiller. Plus on veut entreprendre, moins on doit inquiéter. Il faut consulter avec la même apparente déférence ses amis et ses ennemis, et surtout déléguer ce qui peut l'être afin de donner l'illusion d'un pouvoir partagé. J'ai remplacé les ministres et les secrétaires d'État du feu Roi par des conseils dans ce seul souci. Au sein de chacun des sept conseils siègent en proportions idoines des fidèles comme notre cher Noailles, des robins, des fonctionnaires méritants, plus nos inévitables et turbulents seigneurs. Les opinions contraires s'affrontent et s'émoussent au grand jour, les influences s'annulent et les alliances changent trop rapidement pour devenir dangereuses. Sans ombre pour germer, il n'est point de fronde qui porte fruit. C'est ainsi qu'on gouverne en Espagne, et le grand Fénelon a toujours préconisé ce modèle comme le plus stable et le mieux à même de pousser des réformes sérieuses.

— Des réformes sérieuses ! Est-ce par votre personne que vous commencerez ? Allons, mon père, le sérieux n'est pas votre fait ! Monsieur de Noailles, ne le laissez pas s'illusionner !

— Je crois, Madame, votre père capable de sauver le royaume d'une ruine imminente...

— Cette ruine nous menace-t-elle aussi ?

Philippe prend la main d'Élisabeth et l'embrasse galamment.

— Vivez dans l'insouciance, mon âme, la fille très aimée du prince sera toujours à l'abri. Il suffit que quelques-uns serrent d'un cran leur ceinture, et déjà le pays respirera plus à l'aise. Nous allons commencer par rogner sur le train de la Maison du Roi. Plus de dépenses somptuaires, plus de charges redondantes. Les dents vont grincer, mais je veillerai d'une main à compenser ce que de l'autre j'ôte. Ensuite, nous attaquerons l'essentiel. Je veux que d'ici trois ans nous ayons relancé nos manufactures, notre commerce, et répandu la richesse en sorte que les Français ne craignent plus de faire des enfants. C'est là-dessus, Noailles, que se fonde la puissance d'une nation. J'ai revu le jeune Law, ce financier écossais qui a présenté l'an passé au feu Roi un projet de banque incroyablement séduisant. Ses théories rejoignent mes ambitions, et je rêve de les mettre en pratique. Il s'agirait de créer une banque privée sur le modèle de celles qui ont fait la prospérité d'Amsterdam, de Gênes et de Venise. Il en existe de pareilles à Londres, à Édimbourg, à Stockholm, à Nuremberg, qui échangent les espèces métalliques qu'on leur confie en dépôt contre du papier-monnaie utilisable pour les transactions commerciales et le règlement des traites. Toutes sont florissantes et profitent à leur pays. Pourquoi ne pas appliquer la recette chez nous ?

— Parce que votre Law n'a jamais mis ses idées en pratique, Monseigneur, et que le conseil des finances se méfie des utopistes.

— Ai-je, moi, l'expérience de gouverner, et cela m'empêchera-t-il de le bien faire? Il me plaît justement que Law soit un homme neuf et qu'il n'ait peur de rien. La première fois qu'un joueur mise, il gagne. Donnons sa chance à l'Écossais, et sa chance nous servira. Le capital de sa banque sera modeste. On réglera le prix des actions pour moitié en espèces et pour l'autre moitié en billets d'État. L'émission de papier sera limitée à l'encaisse métallique, et les remboursements effectuables au guichet sur simple demande. La banque pratiquera l'escompte à taux bas, en émettant des billets libellés en monnaie-papier, librement négociables, ce qui ne s'est jamais vu. Une fois le temps de l'accoutumance passé, les échanges se multiplieront. Je le sens, je le sais. Bien dirigée, la France pourrait porter ses populations à trente millions, ses revenus généraux à trois milliards, et les revenus du Roi à trois cents millions. Elle deviendrait l'arbitre de l'Europe sans se servir des armes, et un modèle pour le développement des autres nations. Je vous le dis, Noailles, il n'y aura plus de famine. Plus de faillite. Plus d'expédients honteux. Le royaume retrouvera sa force et, avec elle, sa dignité. Vous fiez-vous à moi?

— Vous connaissez mon dévouement, Monseigneur.

— Et vous, Élisabeth, me donnerez-vous la main?

– Je ne sais encore, mon père...

Philippe, qui en parlant s'est échauffé, se tamponne les joues avec son mouchoir et lisse sa perruque brune.

– Mon cher duc, tirez la sonnette, voulez-vous ?

La nuit de novembre tombe déjà. Le temps, depuis la mort de Louis XIV, coule chaque jour plus vite. Un valet entre, portant le chocolat dont Son Altesse prend deux tasses debout, près de la porte. Le duc de Saint-Simon attend dans l'antichambre, avec l'ancien contrôleur des finances Desmarets, le banquier Crozat et un grand gentilhomme blond fort élégant qui parle avec un accent anglais. Élisabeth aide son père à rajuster le cordon du Saint-Esprit sur son habit de soie ponceau. Qu'on fasse entrer, et qu'on porte du vin de Tokay, avec ces sablés à l'orange dont le beau M. Law est friand. Philippe se frotte les mains.

– Le monde, mes amis, va comprendre que j'aime les défis.

Je ne songeais plus à ma gaucherie, et personne, maintenant que mon père régnait, n'osait plus me taquiner. On m'entourait avec un respect poisseux comme ces boules de gomme qui collent au fond des poches, et, pensant se hausser auprès du nouveau maître, on me flattait ridiculement. Efforts bien mal placés, car pour le commun des mortels j'étais devenue aveugle. Je n'avais d'yeux que pour admirer notre Régent, de mains que pour l'applaudir. Le Ciel croyait en lui. La grâce s'exprimait par sa bouche, et chacun de ses gestes rendait un homme ou une femme heureux. Dans le premier âge d'un règne, l'espoir n'aspire qu'à se fixer et il suffit de peu pour réjouir tout un peuple. Connaissant combien le cœur des hommes se nourrit de symboles, mon père avait commencé par ouvrir les prisons. De la Bastille, de la Conciergerie, de Saint-Éloi, de Fort-l'Évêque, il avait libéré les prisonniers pour dettes, plus une quinzaine de jansénistes. Jugeant le despotisme terrassé, la populace avait allumé des feux de joie. Monseigneur de Noailles, frère du duc et dont les opinions gallicanes avaient causé la disgrâce, avait repris au grand dam de Rome et des jésuites sa place à l'archevêché de Paris. Les gens sensés avaient déduit que la tolérance revenait en faveur et que mon père refusait que, sous le nom du Christ, on continuât de camoufler les luttes d'influence entre le Louvre et le Vatican. Aussi dansaient-ils au coin des rues en chantant «Chacun chez soi et Dieu pour tous!». Les émissaires du pape, chargés de soutenir en France le pouvoir ultramontain, poussaient les hauts cris, soutenus à Rouen par le père de La Motte, qui traitait en chaire le Régent de «petit homme bouffi d'orgueil, sans science et sans mérite». Mon père se souciait moins de ces piqûres que de celles des puces qui hantaient son matelas. Il travaillait plus de neuf heures chaque jour. S'il s'accordait quelque délassement, c'était pour veiller ensuite à sa table la moitié de la nuit. Madame, sa mère, le suppliait de se ménager, de retrancher au moins sur ses plaisirs, elle agitait cent menaces et autant de prières, mais rien n'y faisait. Comme s'il voulait rattraper les années vécues à demi, il se dépensait à proportion de trois hommes robustes. Il n'envisageait pas d'échouer. Concorde. Justice. Intégrité. Il avait foi dans les mots, et je sentais que son souffle ravivait l'air autour de lui. Il allait, les mains et le cœur larges ouverts, il parlait haut, clair, avec une chaleur qui emportait l'adhésion. Tel était son enthousiasme qu'on ne pouvait lui résister. Et puis avait-on jamais connu prince qui au verbe joignît l'action, qui se fît le défenseur du plus grand nombre et non celui de sa caste? En quelques mois, on avait vu diviser par vingt les frais de table du Roi, et par cinq les équipages de chasse. On avait réduit à cent les chevaux des écuries, à vingt-quatre le nombre des violons, à vingt par compagnie les Suisses et les gardes-françaises. Les pensions supérieures à six cents livres avaient été sabrées, les rentes bloquées et quantité de petits et grands offices supprimés. A côté de ces économies, mon père s'occupait de former une chambre extraordinaire de trente magistrats, afin d'examiner les comptes des traitants, fermiers, croupiers, caissiers et commis impliqués dans les affaires de fournitures aux armées depuis l'année 1696 jusqu'à l'année 1716. Ces gens, dont beaucoup avaient constitué des fortunes colossales, commençaient de trembler. Philippe le débonnaire, Philippe le musardeur, savait donc manier le glaive et le fouet. A quelles extrémités cette sévérité qu'on n'eût point soupçonnée le porterait-elle?

Moi, j'applaudissais. J'avais dix-sept ans, j'étais pucelle et me croyais sans faille. Je pensais que tout coupable mérite son châtiment, qu'il n'est au monde qu'une vérité, et qu'entre le Bien et le Mal, l'âme ne peut hésiter. Je rêvais à un monde épuré, lavé de ses souillures, où l'hypocrisie, la lâcheté et le vice n'auraient plus cours légal. Mon père grandissait dans mon cœur, et l'admiration qu'il excitait en moi me consolait de ne pas exister à ses yeux. Je lui pardonnais ses maîtresses, ses beuveries, ses amis libertins. Je lui pardonnais d'aimer Élisabeth comme aucun père n'oserait aimer sa fille. Je lui pardonnais même d'afficher sa passion et de gâter ma sœur d'une manière indécente. Il était le plus méritant des régents. Il était le bras de Dieu.

Paris a froid. Froid jusqu'aux os, jusqu'au cœur. A Paris on fait l'amour dans la hâte et le noir, pour se prouver qu'on est encore vivant. La nuit, on rêve de la nuit, une nuit de lune dans le brouillard, au milieu des champs délavés, au milieu de ruines qu'on n'a jamais vues, une nuit sans chouettes, sans loups, sans un cri, sans un pas sur la neige qui tombe inexorablement ; on veut quitter ce néant, ce froid, on s'essaie à marcher mais on a de la neige jusqu'aux cuisses, jusqu'à la taille, des flocons plein la bouche, on ne respire plus, on ne bouge plus, on n'est plus. A Paris, dans ce silence de fin du monde, on n'aime plus que soi. Les hommes meurent par bandes, comme les moineaux. Mille cinq cents en moins d'un mois sur la seule paroisse Saint-Sulpice. Au matin du 22 janvier 1716, le guet a trouvé sur le rempart une jeune fille toute nue, ficelée à un arbre, si gelée qu'en la détachant les soldats lui ont cassé trois doigts. A la morgue, personne n'est venu réclamer son joli corps. Le thermomètre stagne à un

101

degré et demi au-dessus du dernier degré de froidure. Une partie du quai des Orfèvres s'est écroulée sur une longueur de sept à huit toises. Les marchands de bois donnent cinq cents livres à qui accepte de casser la glace du fleuve entre le Pont-Neuf et le pont Royal afin de libérer les bateaux et de sauver les marchandises. Il faut être désespéré pour prendre cet argent-là, car nombre de malheureux périssent à la tâche, noyés ou broyés, et les glaces détachées, qui dérivent sans qu'aucune pique ni corde puisse les contrôler, ont coupé par le milieu plusieurs blanchisseuses qui rinçaient leur linge dans un lavoir flottant.

— Regardez! Les voici qui sortent!

Il est trois heures après midi. Les abords de la Conciergerie, que protègent plusieurs cordons de gardes, brillent du sel versé en quantité sur les pavés. Dans les voitures arrêtées autour du grand portail, les curieuses se collent aux vitres. Pieds calés sur leur chaufferette, elles retiennent leur souffle et pour ne rien perdre du spectacle frottent leur manchon sur les carreaux embués. Une lourde charrette attelée à quatre franchit la porte de la prison. Sur le côté marche le bourreau. Dans la carriole, il y a, liés dos à dos, un homme et une femme qui grelottent et qui pleurent. Ils sont jeunes, à peine trente ans, blancs comme cierges et les yeux fous. Un huissier lit d'une voix que le vent éparpille l'arrêt rendu par la chambre des Tournelles :

— « ... condamne le marquis de Montrival et la mar-

quise son épouse à être fustigés par la main du bourreau, puis liés au cul d'une charrette et conduits dans
cet appareil jusqu'au faubourg Saint-Martin où ils
tenaient académie de débauche. »

Philippe se rencoigne au fond du carrosse et dénoue
son écharpe. Quand Paris claque des dents, lui transpire. Le sang lui bat aux tempes, au ventre, au bout des
doigts. Où qu'il soit, même quand il dort. Excès
d'étude et d'alcôve, ronchonne Madame ; la saignée !
Monseigneur, la saignée ! entonnent les docteurs. Philippe en ouvrant son col regarde Élisabeth et Adélaïde,
que par caprice il a voulu mener ensemble avec lui.
L'aînée, assise contre la portière, est vêtue de safran, de
soleil, de chaleur et d'odeur, et la cadette de lune, gris
pâle, perle en sa coquille, reflet du ciel boudeur. Les
femmes d'ordinaire goûtent les émotions crues, et Philippe se sent curieux de voir ces deux-là, si dissembla-
bles, réagir au supplice.

— Est-il vrai, mon père, que les Montrival corrom-
paient des fillettes pour les livrer dans leur hôtel à des
jeunes gens de qualité ?

— Comme le prince de Conti votre cousin, mon
ange, qui a pris chez eux un clou de Saint-Côme dont
il s'est trouvé si furieux qu'il a dénoncé ce trafic de chair
tendre à la police. L'histoire est d'autant plus véridique
que je vous crois bien placée pour n'en ignorer rien.

Élisabeth hausse le loup qu'elle tenait contre son
sein, et, le glissant sous la mousseline qui lui voile le
visage, elle s'en masque.

103

— Les voies du plaisir sont tortueuses, Monsieur, elles gagnent à rester secrètes. D'ailleurs vous-même...

— Taisez-vous, ma sœur, cela est dégoûtant !

— Enfin, Nitouche, redescendez sur terre ! Pourquoi croyez-vous que notre père nous ait menées ici ? Ouvrez vos gros yeux, penchez-vous par la fenêtre, vous y apprendrez comment tourne notre monde !

Le fouet. Les condamnés sont dépouillés jusqu'à la ceinture, torse blême et gras, épaules lisses et seins pesants, offerts aux bourrasques, aux regards, aux lanières qui rougissent la peau, entament, creusent, jusqu'au premier sang, au frémissement de la foule, au cri des belles dans les carrosses. Adélaïde se rejette en arrière. Elle est livide. Philippe lui prend la main.

— Voulez-vous que nous rentrions ?

— Ah non ! Elle ne va pas nous gâcher ce moment ! Mettez-lui votre élixir sous le nez et venez près de la vitre, regardez, c'est mieux qu'au cirque. Vrai, vous avez fait là un vigoureux exemple !

— Cette sentence n'est pas la mienne, Élisabeth, mais celle du tribunal.

— J'en aurais jugé pareillement. Ces Montrival visaient trop haut pour leur petit talent. Le métier de débauche n'est pas un viager. Quand on n'a pas l'intelligence de son vice, il vaut mieux faire commerce de vertu.

Le bourreau achève de fixer les cordes qui lient les condamnés au dos de la charrette, côte à côte, bras en croix, toujours nus. Il enfonce sur leur tête un chapeau de paille et lève la main pour commander à l'homme des chevaux. La foule crie, piétine, lance des rognures de légumes et du sel à pleines poignées, qu'elle racle sur le sol.

— Mon père, par pitié, ramenez-nous...

— Moi, je mangerais bien quelque chose. Ces spectacles-là portent aux entrailles. Vous n'avez pas faim ?

D'un mouvement d'épaule, Adélaïde s'écarte de sa sœur. Élisabeth baisse son masque et la toise.

— Je n'ai pas la vérole, sais-tu !

— Je sais, mais vous avez bien pire. Certaines maladies de l'âme me donnent la nausée.

— Monsieur, entendez-vous comme votre fille me parle ! Je suis ton aînée, mauvaise, et tu me dois respect !

— Je respecte qui mérite mon estime.

— Pécore !

— Assez ! Qu'avez-vous, à la fin, pour toujours vous chamailler !

— C'est que Mme de Berry et moi sommes comme le feu et l'eau, mon père, nous ne nous accordons point.

Élisabeth se penche vers l'oreille de sa sœur.

— Dis que tu n'as jamais pu me souffrir parce que mon état souligne ton néant !

— Votre état ! Mais qu'êtes-vous donc ?

— La plus puissante princesse de ce royaume, et la plus aimée.

— Ce royaume a mauvais goût.

Élisabeth cligne de l'œil vers Philippe.

— Il a le goût du prince, ma chère, j'en suis navrée pour vous !

— Bien mal acquis ne profite qu'un temps.

— Le temps sous mon sourire s'arrête. C'est un de mes talents, celui sans doute que notre père préfère. N'est-ce pas, Monsieur ?

— Il suffit, Élisabeth.

— Pourquoi ? Je ne mens point. Ce monde est une loterie. J'ai tiré le billet gagnant, et Adélaïde, le second lot. Te souviens-tu, petite sœur, quand tu portais ma queue, le jour de mes noces ? Jusqu'à ta mort tu marcheras dans la poussière de mes pas. Tes sermons, tes sarcasmes, ni tes plaintes n'y changeront rien.

Philippe déteste les querelles. Il étouffe, il a mal à la tête.

— Adélaïde, ne répondez pas.

— Mon père, il vous faudra faire justice entre nous.

— Quelle justice ? Vous êtes mes deux aînées, les plus chéries d'entre tous mes enfants...

— Parce que vous chérissez cette envieuse ! Mais regardez-la ! Elle est pâle, et longue, et ennuyeuse comme un carême ! Elle a des goûts de garçon, des façons de notaire et, sans avoir jamais vu le loup, prétend nous enseigner à vivre ! Cela raisonne, cela note, cela rend componctueusement son arrêt ! J'ai une maladie de l'âme ? Une grosse gourmandise, peut-être ? Avoue, souris, avoue ce que tu tais ! Tu crèverais de désirs insatisfaits que tu ne tendrais pas seulement un ongle vers qui te pourrait soulager ! L'orgueil a deux visages, et tu ferais bien de comprendre que tu choisis celui qui ne plaît à personne ! Tu vieilliras seule, je te le prédis !

Philippe retient une quinte de toux.

— Élisabeth, cessez !

— Les vérités doivent se faire entendre.

— Votre sœur vous entend, vous criez assez fort.

— Mon père, dois-je souffrir ces discours, ces façons, cet exemple ?

— Mme de Berry a son indépendance, Adélaïde, et je ne suis pas son maître.

— Mais vous êtes le mien. Me voulez-vous soumise à de si laides lois ?

— Vous êtes naïve, mon enfant. Un jour, il faudra vous résoudre à grandir.

— Si grandir c'est se laisser corrompre, si grandir c'est renoncer à ce qu'on croit le Bien, à ce dont on veut vivre, si grandir c'est te ressembler, Élisabeth, je vous le promets, je quitterai ce monde avant qu'il me vole mon âme.

Le supplice des Montrival me mit au cœur un malaise dont, sept ans plus tard, je ne me sens pas guérie. On avait humilié sous mes yeux un homme et une femme d'honorable naissance, un marquis et une marquise dénoncés par un prince et châtiés pour des vices qui, dans l'entourage du duc d'Orléans, prospéraient en toute impunité. Fouettés, exhibés, hués. Parce que, confiants dans l'indulgence complice du nouveau maître, ils avaient en leur hôtel tenu des réunions absolument semblables à celles que le duc de Bourbon, le duc de Richelieu, le duc d'Orléans, la duchesse de Polignac, la duchesse de Berry tenaient en leurs propres logis. J'avais jusqu'alors résolu l'embarras dans lequel me jetaient les questions de débauche par l'ordre que j'avais donné qu'on ne m'en parlât jamais. Je me moquais que mon ignorance passât pour sottise ou enfance prolongée. Elle me protégeait. Son voile me gardait innocente, et je pouvais côtoyer les pires fripons sans honte, puisque j'en distinguais à peine la silhouette. Devant la nudité des époux Montrival, je dus ouvrir les yeux. Je vis, et ce que je vis me marqua au fer rouge. Etait-ce là cette société nouvelle à laquelle mon père, toute la sainte journée depuis près de huit mois, travaillait ? Etait-ce là comme il comptait affranchir corps et esprits de la contrainte, de la peur, de la misère, du mensonge ? Etait-ce là comme il pensait libérer l'État de l'engourdissement, de la confusion, de la corruption ? Certes, la Chambre de justice traquait, à grand renfort de dénonciations, de visites domiciliaires, d'interrogatoires et d'arrestations, les affairistes sans scrupules. Certes, la banque que M. Law avait ouverte rue Saint-Avoye remboursait en bonnes pièces le papier qu'elle délivrait au guichet. Certes, l'activité dans les provinces donnait des signes encourageants. Mais que valaient ces efforts, ces espoirs, si les merveilles annoncées révélaient une réalité plus hypocrite encore que sous le feu règne, une réalité qui donnait loisir aux amis du prince de se débonder, quand d'autres, moins protégés, payaient en monnaie d'infamie le prix de leur licence ? Dans le peuple, les âmes pures qui se fiaient en leur nouveau maître étaient aussi nombreuses qu'impatientes. Mon père aimait le bon, le beau, il était curieux de tout ce qui engendre le progrès, il avait de la bravoure, de la générosité, et rien ne lui semblait impossible. Je voulais croire qu'avec ces mêmes mains, cette même science, cette même ardeur qui avaient quinze ans plus tôt arraché Élisabeth au trépas, il allait sauver le royaume de la banqueroute et semer le bien, le bien de chacun et de tous, comme on sème le blé.

Et puis je les ai vus, ma sœur et lui, pressés contre la vitre du carrosse, genoux contre genoux, front contre front. J'ai vu les joues d'Élisabeth, qui s'empourpraient à mesure des coups de fouet, j'ai vu ses épaules qui s'arrondissaient, ses prunelles qui s'allumaient d'un feu véritablement diabolique. J'ai vu le regard de mon père fixé sur sa bouche entr'ouverte, un regard de chien affamé qu'une chaîne empêche d'atteindre son écuelle. Il m'a semblé que mon cœur tombait dans mes pieds. Mon père a posé sa main gantée entre les cuisses d'Élisabeth, à l'endroit où les bords du manteau ne se chevauchaient pas. Sa main a disparu. J'ai senti, senti comme dans mon ventre, les cuisses de ma sœur qui la serraient. Mon père à ce moment a fermé les yeux. Il a souri d'un sourire que je ne connaissais pas. Élisabeth a baissé la tête un peu, presque rien, et elle aussi a souri, du même sourire indicible. Là, d'un seul coup, ma jeunesse a pris fin. J'ai été vieille de mille ans, et le découvrant j'ai compris qu'il me faudrait vivre encore mille ans pour expier, mille ans pour laver de la mémoire du monde ces deux sourires jumeaux.

Élisabeth a mis sa robe rouge brodée d'une résille de fil d'or dont chaque nœud porte un rubis. Le manteau, qui lui part des épaules et traîne deux mètres derrière ses talons, pèse huit livres. Il est en velours de Gênes incarnat frappé de fleurs blanches, bordé de queues d'hermine. Seules les reines portent l'hermine, mais puisqu'il n'y a pas de reine en France, Élisabeth s'accorde quelques fantaisies. Sa grand-mère et sa mère lui roulent de gros yeux ? D'une grimace, elle les enterre. Madame n'est qu'une grosse bête malodorante et maugréeuse, un vieux soldat quinteux, une fâcheuse dont les sermons lassent dès le premier mot, une antiquité à enfermer sous globe dans l'attente que l'âge en délivre un siècle qu'elle dépare. Quant à la duchesse d'Orléans, Élisabeth lui distille chaque jour un poison dont elle espère le pire. Ces deux-là se haïssent comme poules de combat. La fille méprise sa mère d'être née bâtarde, elle la jalouse d'avoir épousé le duc d'Orléans et ne lui pardonne pas de ne la point aimer. La mère retrouve dans sa fille sa propre morgue, son indifférence à autrui, son goût de la manipulation, tous défauts qui, augmentés des vices pris à Philippe d'Orléans, la rendent à ses yeux dangereuse et exécrable. De part et d'autre ce ne sont qu'offensantes froideurs, plaintes et exigences dont la satisfaction fait autant de victoires aussitôt claironnées. Depuis la mort du Roi, la duchesse d'Orléans ne sait vers qui se tourner pour crier au scandale, et Élisabeth pousse cet avantage-là jusqu'à l'affront. Elle a confiance en sa jeunesse, en sa vigueur qu'aucun excès ne lasse. Le duc d'Orléans l'a taillée pour le combat. Elle vaincra.

— N'est-ce pas, mon père, jamais rien ne nous distraira l'un de l'autre ? Jamais vous ne laisserez personne nous séparer ? Et toujours si l'on m'attaque vous me soutiendrez ?

Dans le parc du Luxembourg, il neige à flocons si pressés qu'ils ont tué le jour. Pour n'avoir pas à sonner les valets, Philippe a remis par deux fois des bûches dans l'âtre et allumé lui-même toutes les bougies. Il aime rester là, dans cette chambre close, à vivre en bourgeois soucieux seulement de complaire à sa mie. Il tisonne les braises, il sert Élisabeth, il aide à sa toilette. Il doit la mener à la comédie, qui se tient à cinq heures dans la petite salle du Palais-Royal. Il a pris, vautré sur le lit, une collation de gâteaux au fromage et de confitures sèches, avec des œufs durs et quantité de salades comme les aimait le feu Roi. Il se sent alourdi et la tête embrumée.

— Monsieur, vous m'écoutez ?

Assis dans le désordre des draps, Philippe joue avec une chaussure.

— Si fait, et je vous répondrai que notre entente dépend de vous plus que de moi.

— Je vous trouve un peu frais !

— Je vous aime comme les fous aiment la lune et les désespérés la mort. Je vous aime comme un vin de jouvence, comme un avare son or. Que voulez-vous de plus ?

Élisabeth se retourne vers lui.

— Je veux faire jouer des cymbales devant mon carrosse.

Philippe sursaute. Il dit : c'est là prérogative royale, impossible, jamais. Élisabeth ondule jusqu'à ses genoux, sur lesquels elle s'assied. Il soupire. Il verra.

— Je veux changer Meudon, que je trouve trop éloigné de Paris, pour le petit château de La Muette, à l'entrée du bois de Boulogne. J'y pourrai chasser, recevoir, et aussi vous accueillir pour souper sans la fatigue et le danger des routes.

— La Muette appartient à M. d'Ermenonville, qui est un homme de grand mérite et de beaucoup d'influence.

— Je veux que vous l'obligiez à me le céder.

— Vous m'en demandez trop.

— N'êtes-vous pas le maître, et ne m'avez-vous pas promis de bien m'aimer ?

Philippe quémande un baiser. Élisabeth lui donne

113

une tape avec le revers de ses doigts et éclate de ce rire qu'ont les courtisanes quand elles feignent le désir. Philippe lui prend la taille.

— Vous aurez La Muette. C'est moi qui ai tort, bien sûr. Mais moi, qui me raisonnera ?

Ce parfum, le grain de cette peau... Madame, la duchesse d'Orléans, les compagnons, les ministres ne sont que figures de théâtre. Élisabeth seule existe. Le carmin de sa robe lui sied comme les flammes à l'enfer. On dirait que cette couleur-là est née de son sang. Philippe est fier. Il est heureux. Malheureux, aussi, mais qu'importe. Il veut bien payer le prix. Élisabeth est son rêve et son vouloir faits chair, il jubile d'elle, et pour un instant de cette jubilation-là il vendrait toute sa vie. Elle se tortille et lui échappe. Il se renverse sur l'édredon. Élisabeth, penchée vers son miroir, remet du rouge au renflé de sa bouche.

— Je vous remercie, Monsieur, des perles qu'on m'a portées de votre part.

— Votre mère se désespère. Elle se lamente de ce collier comme si on lui avait ôté un enfant.

— Si c'était un enfant, elle crierait moins.

— Ne soyez pas mauvaise. Elle aime ce bijou, qui lui venait de Monsieur et qui en Europe n'a pas son pareil. Il lui manque horriblement.

— C'est pour ces raisons-là que je vous l'ai demandé.

— Élisabeth, il faudra le rendre.

— Jamais. Je vous le dis : jamais.

— Je le veux. Il le faut.

114

– Ce qu'il faut, c'est vous qui l'arrêtez, et ce que vous voulez, c'est moi qui le décide. Rien ne vous forçait à prendre ces perles ni à me les donner. Maintenant je les porte, et pour me les ôter vous devrez me trancher le cou.

Philippe reboutonne son pourpoint et consulte sa montre.

– Ne faites pas la tête folle.

– Mon esprit vous paraît trop léger ? Vous changez, Monsieur. Le pouvoir vous vieillit. Reprenez-vous, ou vous deviendrez ennuyeux.

– A force d'arrogance vous vous ferez des ennemis.

– J'en ai déjà assez pour lever une petite armée. Je ne redoute ni le nombre, ni la qualité. Ne me défendez-vous pas ?

– Je ne puis me tenir toujours à vos côtés.

– Vraiment ?

– Il faut se garder des malveillants. On nous trouve trop unis.

– Craignez-vous que l'on jase ?

– Si je l'avais dû craindre, j'aurais depuis dix ans vécu avec vous autrement.

– Il me plaît que vous vous moquiez des ragots.

– Il vous plaît aussi, n'est-ce pas, qu'on imagine entre nous des choses inavouables.

– J'adore l'inavouable, et l'avoue volontiers.

– Je préférerais plus de discrétion, ou moins d'impertinence.

– Ne comptez pas sur moi.

115

Philippe rouvre son col. Ne pas se quereller. Dans la poche de son haut-de-chausses, il cache une boîte en vermeil qu'un inconnu a déposée ce matin même chez le concierge de l'abbé Dubois. Qui l'ouvre peut admirer le Régent et sa fille aînée nus, enlacés et se baisant la bouche. La gravure n'est pas identifiable et l'auteur du présent ne s'est pas fait connaître.

— Élisabeth, même s'il m'en vient parfois du regret, je ne puis être aujourd'hui celui que j'étais sous le feu règne. Je dois me surveiller. Je vous l'ai dit, les régences sont des temps dangereux et subtils. Plutôt que d'imposer, il me faut louvoyer, transiger, être ensemble simple et fier, tolérant et implacable. Mes ennemis peuvent élever contre moi assez d'obstacles pour ruiner mes efforts. J'ai des devoirs envers le pays, envers le Roi, et les ambitions que pour eux je nourris...

— Le brave écolier que voilà! De grâce, épargnez-moi le récit de vos grandes actions!

— Autrefois, je n'avais pas seulement droit de siéger au conseil, et maintenant je puis tout.

— Ce tout ne m'intéresse que s'il me vaut des faveurs.

— Je ne vous refuse rien.

— J'exigerai davantage.

— Que cherchez-vous?

— L'au-delà des limites. Je suis le chemin sur lequel vous m'avez appris à marcher.

— Il semble que j'en veuille prendre un autre.

— Vous le prendrez sans moi. Tout bien pesé, les affaires d'État m'ennuient. Le sort du commun m'indiffère. Je me moque de l'avenir. Le présent me suffit. Il est riche, notre présent, il a du corps, du fumet, à vous aussi il devrait suffire. Ne le négligez pas pour vos vaniteuses chimères. Ce dont vous ne jouissez pas aujourd'hui ne s'offrira plus demain. Dans sept ans, le petit Roi touchera à sa majorité. Il vous reprendra les clefs de la maison et vous n'aurez plus qu'à faire votre lit dans l'herbe. Profitez, Monsieur, profitez de votre liberté et de votre puissance.

— J'en veux user en sorte qu'on m'estime.

— Qu'avez-vous à faire de l'estime publique ?

— On m'a toujours refusé les moyens de la mériter.

Élisabeth s'approche et hausse son visage vers son père. Elle a dans les prunelles cette eau trouble qui, lorsqu'il se penche vers elle, met dans le dos de Philippe, dans ses cuisses, dans ses bras, la faiblesse qui précède un évanouissement.

— Vous me trahiriez donc ?

— En quoi vous trahirais-je ?

— Cette fièvre, dans votre voix, comme lorsqu'une pucelle se débat sous vos mains. Gouverner vous émeut-il si fort ?

— Vous me connaissez bien...

— Je veux que vous ne désiriez rien ni personne plus que moi. Ni le pouvoir, ni aucune femme.

— Cela n'arrivera pas.

— Me le promettez-vous ?

— Je vous en fais serment.

— Jurez que vous m'aimez plus que tout.

— Les mots ne sont pas l'amour, mon cœur. L'amour est une présence, une vigilance, une offrande, un oubli de soi, et ces preuves-là, je vous en donne comme blés moissonnés.

— Jurez.

— Je jure, puisque vous l'exigez. Je jure qu'au fond de mon cercueil je rêverai à vous. Je jure qu'il n'y a force au monde que je ne déploierais pour la douceur d'une seule de vos caresses. Je jure de vous protéger contre les diables d'ici-bas et d'en haut, et s'il le faut d'aller jusqu'aux Enfers pour vous y aimer encore. Je jure...

Aurais-je repoussé l'homme dont les sentiments se seraient fait entendre avec les accents que mon père trouvait pour Élisabeth? Comment l'assurer? Que sais-je du désir, que sais-je du plaisir, moi qui cache mes appas sous des voiles sévères? Quelle amante, quelle épouse aurais-je été, si je n'avais étouffé la voix de ma nature?

Lorsque je songe à mes émois d'antan, je n'en retrouve que la douce amertume des larmes qu'on verse sur soi-même. Ma mère vers le printemps 1716 travaillait à me marier avec le fils du duc du Maine, et, comme notre Régent ne s'occupait que de l'Écossais Law et de ma sœur de Berry, je tremblais qu'elle ne parvînt à ses fins. Dans le secret de mon cœur, je rêvais au chanteur Cauchereau. Ce séraphin avait vingt ans, des tics en abondance, des bas de soie aux couleurs de l'arc-en-ciel, et une fine canne d'argent qui lui servait à battre la mesure ou à chasser les importuns. Il se poudrait au point de ne laisser rien deviner de sa peau ni de sa perruque, portait force mouches et des brillants partout où il en pouvait accrocher, cependant on lui pardonnait ces ridicules à cause d'une voix qui ne devait rien à la barbarie des chirurgiens et qui faisait pâmer jusqu'aux capitaines d'armée. Je l'entendis la première fois chez ma tante, la grande princesse de Conti. Il chantait ce morceau où Orphée descend vers les Enfers que je savais par cœur, mais il le chantait avec un timbre si vibrant que je me sentis devenir toute molle, et au dernier accord fondis en pleurs. Mon père dès le lendemain me le donna comme maître. Était-ce pour que j'apprisse avec lui à jouer des instruments dont la nature m'avait pourvue et que je négligeais ? Je ne voulus pas le comprendre. Cauchereau n'était ni prince, ni marquis, ni seulement chevalier. Je ne pouvais admettre que je l'avais élu et, malgré les innombrables bonnes fortunes dont les dames du palais l'honoraient, lui n'osait espérer que je le distinguasse. Aussi, au lieu de faire l'amour, faisions-nous de la musique. Cauchereau composait en mon honneur des airs qu'en public je jouais, et sous mes doigts ravis frémissaient les tendresses que je brûlais d'avouer. Nos roucoulades, que mon père jugeait bouffonnes, durèrent selon ce même tempo presque une année, après quoi le rossignol, sans me consulter, s'envola vers l'Angleterre. J'en tombai évanouie sur les marches du grand degré de Fontainebleau. C'est un page d'Élisabeth qui, m'attrapant par le milieu du corps, me sauva d'une chute dangereuse. Je demandai à remercier l'audacieux. Il se nommait M. de Saint-Maixent, avait mon âge, une longue figure fade et une timidité qui égalait la mienne. Pour le remercier, je lui tendis ma main. Il la baisa dévotement et, avant de s'enfuir, leva sur mon visage des yeux gris où je retrouvai le reflet de ma solitude. Je tressaillis et, perdant dans mon trouble le peu d'esprit qu'on m'accordait, je me jugeai d'autant plus ardemment éprise que la disparité de nos conditions ne nous ménageait aucun avenir.

Ainsi aimer était-il soit pécher, soit souffrir. Au vrai je ne péchais pas, et je ne souffrais réellement que de voir Élisabeth mener train de reine avec gardes et tambours, une reine d'Orient vautrée sur sa litière, frottée d'or, de parfum, de semence, une déesse amorale et somptueuse devant laquelle même le prince pliait le genou. Je ne possédais ni sa lascivité, ni son ascendant sur autrui, ni son extraordinaire appétit à vivre. Je ne me sentais pas plus le goût que le talent de marcher sur ses brisées, et l'eussé-je désiré que ma fierté m'en eût détournée. Car j'avais de l'orgueil, cet orgueil raide, ombrageux, tyrannique, qui est l'arme des timides et des délaissés. La naissance m'avait faite seconde. Mon père exhibait sa passion pour mon aînée d'une manière qui me faisait souhaiter de n'être jamais née. Yeux bandés, chemise ouverte, le royaume s'attablait pour leurs noces, et moi, au lieu de festoyer, j'avais envie de pleurer. Quelle place devais-je accepter dans cette bacchanale ? Qu'allais-je faire de ma vie ? Se

121

pouvait-il que je n'eusse d'autre horizon qu'un mariage convenu, avec sa couronne de dégoûts, de lâchetés et de trahisons ? Se pouvait-il que mon père et ma sœur fussent dans le vrai, et l'exemple qu'ils offraient la règle de ce temps ? Vivre à la cour m'étourdissait comme fait un voyage sur la mer. Cela roulait du Palais-Royal à Trianon, de Vincennes à Fontainebleau, au gré du caprice et des intrigues, sans permettre un instant de repos ni de réflexion. Il fallait changer d'humeur avec le vent tournant, n'attacher de prix qu'à soi-même, ne se confier jamais, ne s'étonner de rien. Ma tête sonnait de violons et de rires apprêtés, partout je retrouvais les mines et les flatteries, les loteries et les robes, cet empressement autour de ma personne qui me soufflait haute opinion de mes talents et de ma beauté, les hommes courbés en roseaux frémissants, les femmes dociles à mes fantaisies, l'infini des possibles à portée de désir. Sur ordre de ma mère, je dormais chez les bénédictines de Montmartre, mais depuis neuf heures le matin jusqu'à la nuit tombée, voire, s'il y avait bal, jusqu'à l'aube du lendemain, je me nourrissais d'instants et de frivolité. Le Tentateur me souriait sur maintes lèvres et m'écrivait les plus suaves poèmes. Pourquoi résister, quand il y a tant de douceur, et aussi une forme de victoire, dans la reddition ? J'étais jeune, et l'on pardonnait à ma naissance avant que j'eusse fauté. Je m'allais perdre. Je me perdais.

C'est alors que, penchée au bord du gouffre, titubant d'une nausée où désir et dégoût se disputaient le pas, j'entrevis une issue dont je crus que jamais je n'aurais à rougir. Un sort digne des nobles martyrs, un de ces destins qui survivent à la mort en imprimant dans les mémoires une admiration subjuguée. C'était là, devant moi, aussi vivant que mes souvenirs sont vivants aujourd'hui. Je tenais le moyen d'éclipser Élisabeth sans souiller mon âme ni mon corps dans une rivalité triviale. Elle était l'ange noir du duc d'Orléans. Moi, Adélaïde, je deviendrais son ange blanc. Par ma sœur, il se perdait. Par moi, il se sauverait. Devant lui j'ouvrirais toutes grandes les portes du royaume des cieux. En m'offrant sur l'autel que souillaient ses impiétés et ses débauches, je gagnerais son paradis. Personne, jamais, ne lui témoignerait si éloquent amour.

Madame est enrhumée et perplexe. Depuis plusieurs semaines, Adélaïde, qui est sa petite-fille préférée, promène une mine énigmatique qui ne présage rien de bon. Au bal elle refuse de danser avec M. de Saint-Maixent, et sitôt rentrée elle s'enferme dans son oratoire où le sommeil la prend tout habillée et encore à genoux. Puis voilà que ce matin elle est venue trouver sa grand-mère avant le réveil du chapelain afin de lui demander une permission qui ressemble fort à un adieu. Madame se mouche et, écartant les petits chiens qui ont dormi dans son lit, fait signe à Adélaïde d'approcher.

— Vos dévotions à Chelles... Je ne prétends pas vous empêcher de prier, mais quel besoin de courir la campagne pour un pareil motif?

— On transporte aujourd'hui les restes de sainte Bathilde, qui était reine de France et qui a fondé le monastère.

— Fort bien, mais vous faut-il marquer tant d'honneur à ces os ? Mon enfant, vous touchez dix-huit ans et quand vos sœurs, votre père, toute la cour bambochent à gueule-que-veux-tu, vous cultivez l'image d'une veuve inconsolable. Il est certes noble de prêcher par l'exemple la dignité et la décence, mais je m'inquiète de ce qu'en votre bel âge vous ne songiez pas davantage à jouir de la vie.

— J'y songe, Madame, j'y songe même trop pour une moitié de moi qui n'y veut point songer. Cette moitié-là, que j'estime plus que l'autre, me dit qu'il est temps de choisir une conduite et de m'y tenir.

— Qu'est-ce que ce galimatias de Marie-Madeleine repentante ? Avez-vous quelque vilaine faute sur la conscience ? Un galant ? Deux ? Une partie à plusieurs ? Avec des femmes ? Vous êtes grosse ?

— Madame, vous m'offensez !

— Regardez autour de vous, mon petit. Votre père cuisine Mme de Parabère avec le duc de Richelieu, M. de Clermont et ce fat de Nocé. Votre sœur de Berry fait de même avec l'inévitable Richelieu qu'elle partage avec votre sœur de Valois, plus La Rochefoucauld, Bonnivet, Dedy et ce cafard de Rions qui de son côté fricote avec Mme de Mouchy. Je ne vous parle ni des valets, ni des gardes, ni des soubrettes qui rehaussent ces ragoûts. Alors, que vousmême puissiez...

Adelaïde s'empourpre.

— Je n'ai point ces sortes d'inclinations !

— Je n'en suis pas certaine. Je vous connais bien. Il y

125

a en vous toute chose et son contraire en proportions également fougueuses, et je déplorerais que, dans un élan, vous adoptiez quelque parti dont la semaine suivante vous pleureriez amèrement. Vous ne comptez pas, j'espère, devenir religieuse ?

— Et quand cela serait ?

— J'emploierais le meilleur de moi-même à vous en dissuader.

— Mais si ma résolution demeurait ?

— Alors je supplierais votre père d'user de son autorité.

— L'Évangile commande d'écouter son Dieu avant que d'écouter son père.

— Épargnez-moi votre catéchisme !

— Madame, vous êtes la seule personne qui m'ait jamais témoigné de l'affection. Vous avez guidé mes débuts à la cour, vous m'avez permis de connaître le feu Roi avant qu'il ne nous quitte, vous m'avez enseigné la chasse, où grâce à vous j'excelle. Ne vous fâchez pas contre moi. J'ai besoin de me retirer quelque temps afin d'arrêter mon esprit et mon cœur au principe d'une vie qui me puisse convenir.

— Une vie qui vous puisse convenir ! Mariez-vous, faites des enfants, et ne vous posez plus tant de questions sur comment devrait aller le monde !

— Le mariage m'inspire un grand mépris.

— Vous êtes une sotte qui ne sait la matière dont elle parle. J'ai, moi, épousé un homme qui ne m'aimait ni ne me désirait, je n'ai jamais éprouvé envers lui que de

126

l'étonnement et de la soumission, cependant nous avons vécu fort unis près de trente années, nous avons eu deux enfants que Dieu a menés à l'âge adulte, et, bien que souffrant parfois le martyre des chaînes conjugales, je n'ai cessé d'en remercier le Ciel. Votre père serait-il régent si je n'avais supporté la tyrannie et les goûts italiens de Monsieur? Seriez-vous ici, à me tenir vos absurdes discours? Mon petit, les princesses ne naissent pas pour être heureuses, mais pour transmettre leur sang. La mode d'aujourd'hui, qui met le bonheur en loterie et fait croire qu'il est à la portée du marquis comme du rémouleur, est une dangereuse invention.

— J'aspire à des ambitions plus relevées...

— Voyez la fiérote qui me raisonne! Je vous dirai, moi, votre fait, je vous le dirai ainsi que personne ne l'osera, et parce que vous me devez le respect, vous m'écouterez! Vous tremblez de ne pas ressembler à certain tableau que vous avez brossé de votre digne personne et, craignant de faillir, vous préférez briser net. C'est là le point. Des ambitions relevées! Vous avez le cul chaud et la tête à la glace, voilà! Oh! ne niez pas! A défaut de beaucoup vivre, j'ai beaucoup observé les autres. Vous brûlez de relever vos jupons et de faire la chienne à l'image de vos sœurs de Berry et de Valois, mais comme la fierté vous redresse le col, vous ne parvenez pas à vos fins. Vous voudriez et vous ne voulez pas. Le ventre chuchote: «Viens donc», et la tête crie: «Holà!» C'est que, si vous vous abandon-

niez, vous n'auriez plus figure à donner des leçons de
morale ni à tordre cette lippe qui agace votre père.
Vous seriez comme vos catins de sœurs, comme
toutes les femmes de cette cour, et l'idée vous en
donne la colique ! Quant au mariage, vous ne voyez
pas de parti qui satisfasse votre orgueil. Vous ne
pouvez épouser votre père ; le duc de Berry, qui est
mort, a eu Élisabeth ; notre Louis Quinzième n'a que
six ans ; vos cousins sont vicieux ou bâtards. Le choix,
c'est vrai, prête peu à l'enthousiasme. Mais que pense-
riez-vous de l'Infant espagnol ?

— Il a dix ans de moins que moi.

— Cela dans quelque temps se verra moins.

— Grand merci, je préfère encore le Christ.

— Obstinée !

— Madame, pardonnez-moi, et de grâce ne vous
opposez pas à mon projet. Je ne puis me satisfaire de
vivre comme on vit à la cour et, dans la confusion où
me met le train qu'on mène ici, je ne sais plus ce que
je souhaite, ni ce qui est séant. A Chelles, je pourrai
réfléchir. Permettez-moi de vous quitter, et gardez jusqu'à tantôt mon secret.

Pour cacher son émotion, Madame rabat sur son
front et ses joues les volants de son bonnet. Les
petits chiens sautent sur l'édredon.

— C'est une considérable preuve d'amitié que vous
me demandez.

— Je sais votre bon cœur.

— Ce bon cœur va me priver des dernières miettes

de joie que la vie me consentait. La vie est une avaricieuse, je ne l'estime point. Non, je ne veux pas que vous partiez. Dites-moi le moyen de vous dissuader. Il y a bien quelque chose que vous désireriez, quelque chose qui vous attacherait? Toutes les jeunes filles rêvent en secret. Confiez-moi vos désirs, je les prendrai pour miens et je vous contenterai.

— Merci, mais ce que j'ambitionne se doit obtenir par moi seule.

— Qu'est-ce donc?

— Il suffit que Dieu le sache. Si vous m'aimez un peu...

Adélaïde s'est agenouillée contre le chevet du lit. De sa grosse main ridée, Madame lui caresse les cheveux.

— Allez, mon enfant. Je vous chéris trop pour vous contraindre. Allez vers votre vie. Vous me manquerez plus que je ne l'avouerai.

— Je prierai pour vous.

— J'ai besoin de mots que je puisse entendre. Je vieillis, Adélaïde, j'approche de mes soixante-cinq ans et ma santé s'essouffle. Les vieux, à qui tout échappe, ont faim de sentiments palpables. Depuis que le Roi a rejoint Monsieur, ma solitude ne se peut décrire. Vos tantes me trouvent démodée, elles se moquent de ma mise et de mon caractère. Mme de Maintenon, dont je supporterais volontiers, maintenant, le commerce, s'est retirée à Saint-Cyr. De l'ancienne cour ne restent que des badernes séniles. Comme notre Régent ne veut s'éloigner ni du Parlement ni de l'Opéra, le petit Louis XV habite aux Tuileries, et Versailles, où s'étiolent mes souvenirs, est vide. Pour plaire à votre père je dois loger ici, près de lui, où je me sens comme au cachot. Paris pue, et le bruit des rues me fend le crâne. Le Palais-Royal est admirable, mais je compte les jours qui me séparent de l'été, où je pourrai retourner à Saint-Cloud. Je souffre de me promener dans des allées fermées, je ne m'habitue pas à ces galeries où les chalands vous sautent sur l'échine, où les filles publiques tiennent ouvertement échoppe, où les comtesses à la tombée du soir coquettent avec le tout-venant. Il n'y a autour du duc d'Orléans point de cour mais seulement du désordre. Je déteste l'informel, j'abhorre l'impromptu. Je tiens que d'en haut doit venir l'exemple, et qu'une duchesse en chemise ne se distingue pas d'une grisette. Vos cousines, vos sœurs, la duchesse d'Orléans votre mère tordent le nez sur le grand habit, sur l'étiquette, sur les horaires fixes. On se vêt ainsi qu'au saut du lit, on dîne, on entend la messe, on reçoit selon l'heure à laquelle on s'est la veille endormi, bref, il n'y a moyen de se régler sur rien. Quant à la compagnie, je suis assurément fort entourée, mais tous les caquets ne remplacent pas un vrai regard, une parole de véritable affection. Je vis au milieu d'une volière, piailleuse, gavée jusqu'au jabot, constellée de chieries, où l'on ne fait que bâfrer et se grimper sur le dos. Tout m'y bouleverse et me dégoûte. Si je n'avais les couvents en horreur, je vous suivrais dans votre retraite.

— Je reviendrai vous voir.

– Non, vous ne reviendrez pas. Vous ne faites rien à demi. Baisez-moi, mon petit, et que je vous regarde encore. C'est grand pitié, vraiment. Allez, maintenant, et tâchez de vous ressouvenir parfois de ce que je vous ai dit.

J'ai eu foi en cette lumière aperçue au moment où dans le sillage d'Élisabeth j'allais sombrer, en cette mission dont pas un instant je ne doutai qu'elle ne fût sacrée. Le jour que je dis adieu à Madame me parut une naissance. Je partis le 7 de septembre 1716 à la pointe du jour, dans un carrosse sans livrée, accompagnée seulement de Mlle Clonard, ma fidèle suivante qui devait continuer de me servir comme première femme de chambre, et d'une fille d'honneur que je comptais renvoyer avec mon équipage. Alors que je courais à ma prison, il me semblait rouler vers la liberté. Ma jubilation de ce pied de nez à la cour était si vive que je ne versai pas une larme en passant la barrière de Paris. La vision de mon avenir m'exaltait comme exalte une passion coupable. Je trouvais une grandeur sans pareille à choisir l'ascèse quand la mode tournait à l'orgie, à enterrer les roses de mon printemps pour acheter l'éternité d'une âme. Je m'immolais à l'homme que j'idolâtrais sans qu'il en devinât rien, je le chérissais au point de sacrifier en son nom tous mes plaisirs à naître. En m'arrachant à lui, je le faisais mien.

A quoi bon l'héroïsme ? A quoi bon le lyrisme ? La seule vérité est que, lundi dernier, mon père est mort sans moi. Sans le secours de sœur Bathilde, sans l'appui de l'abbesse de Chelles. Sans avoir su qu'Adélaïde l'aimait. Il n'a jamais vu dans sa seconde fille qu'une nature rebelle et sermonneuse. Douée, certes, mais non pour le bonheur, mais non pour le partage. Que valent des grâces dont personne ne jouit ? Que servent un esprit pénétrant, des lectures immenses, le don de l'éloquence, de l'écriture et des arts, si une manie têtue les dérobe aux humains ?

Parfois je me raconte que si le duc d'Orléans était venu me trouver au cloître, que si me serrant dans ses bras il m'avait chuchoté ces mots tendres, ces mots brûlants dont il caressait Élisabeth, j'aurais pu m'en retourner avec lui. Il ne devait pas être impossible, alors, de me réconcilier avec le monde. Une parole sincère, une marque d'estime m'eussent probablement investie. Mais qui s'en souciait ? Qui se demandait si mes dehors polaires ne cachaient pas quelque soleil secret, qui se mêlait de comprendre que ma rugosité n'était que façade de mon orgueil, et mon orgueil le seul trait de mon caractère qu'on ne m'eût point contesté ? Peut-être souhaitais-je juste qu'on m'aimât telle que j'étais, éprise d'idéal jusqu'au ridicule, abrupte, taillée comme à la serpe dans un siècle épris de sinuosités. Personne ne voulait s'associer à mon intransigeance ni me chérir dans mon ombrageuse pureté. Aussi ne me suis-je vu d'autre consolation, d'autre vengeance, d'autre recours que Dieu.

Aujourd'hui, Dieu est ma punition. Et les larmes que je verse sur ma robe de deuil seront mon vin jusqu'à mon jour dernier. Le sort m'a tendu cette main secourable que mes vœux appelaient. Je l'ai repoussée. Mon père, d'un mouvement spontané, est bien venu à Chelles. Il est accouru, seul et tout bouleversé, dès qu'il a découvert ma fuite. Une heure pleine nous avons débattu, debout, séparés par la grille qu'aucun laïc ne franchit. Je n'ai pas su lui dire. Il n'a pas su m'entendre. Notre histoire ressemble à celle de cet amant ensorcelé dont les doigts, au moment qu'ils caressent le visage de son amante, n'en ressentent ni chaleur, ni douceur; la belle confesse sa flamme, et voilà que le damoiseau n'entend plus; enfin il peut contempler à loisir son élue, et voilà qu'il ne voit plus. Il recule, elle se croit trahie. Elle le supplie, il reste coi. Alors, d'un élan terrible, elle tire l'épée qu'il portait au côté, lui perce le flanc et, retournant la lame contre son propre sein, elle s'écroule sur son corps. S'il me fallait revivre un instant, un seul instant dans ce passé qui me hante jour et nuit, je rappellerais mon père au parloir et je lui demanderais pardon.

— Me voici, Monsieur.

Philippe s'approche de la grille. La sœur converse, qui l'a conduit, discrètement s'éclipse. Adélaïde a jeté sur sa robe un manteau de drap noir fermé au cou par un cordon noué. Le capuchon cache ses cheveux et couvre son visage d'une ombre qui le vieillit. Philippe empoigne les barreaux.

— Diantre ! C'est à peine si je vous reconnais !

— A ma sœur de Berry vous jurez que l'amour, pour voir clair, se dispense aisément de la vue. Mais moi, il suffit que je change de costume pour vous devenir étrangère.

— Je dirai à ma décharge que le noir vous donne de la majesté, mais que, vous pâlissant beaucoup, il vous transforme la physionomie.

— Ne vous arrêtez pas à ce dehors. Il y a plus que cela qui soit modifié.

— Votre cape tombe bien. Cependant pour le bal il faudra mettre un loup, sans quoi on percera qui vous êtes. Je vous en trouverai un, sitôt que nous serons rentrés. Allons, faites ouvrir cette geôle, que je vous donne la main. La voiture nous attend.

Adélaïde glisse son poignet dans le judas où l'on passe les paquets.

— Voilà ma main, mon père, mais vous ne me mènerez plus danser.

— Quoi ? Vous me priveriez de cette joie ? Ignorez-vous que les compliments qu'on me prodigue lorsque vous paraissez me sont une précieuse musique ?

— Je regrette de vous fâcher, mais il semble que mon repos soit à ce prix.

— Votre repos ?

— Mon père, je suis entrée ici pour n'en plus ressortir.

— Vous vous moquez !

— Ma décision a mûri sans que j'y prenne garde, c'est pourquoi d'abord je n'en ai point parlé. Puis, lorsqu'elle s'est imposée à moi dans sa noble rigueur, j'ai craint qu'on ne la contrarie, aussi jusqu'au dernier moment n'ai-je voulu m'en ouvrir à personne.

— Vous vous êtes confiée à Madame.

— Je lui ai dit au revoir.

— A elle, et pas à moi, ni à votre mère !

— Je la crains moins que vous et l'aime plus que ma mère.

— Vous me craignez ?

— Je crains la peine que souvent vous me faites.

— Moi ? En quoi puis-je vous peiner ? Je ne vous reprends ni ne vous contrains sur rien, c'est tout juste si deux fois la semaine nous nous croisons à l'église ou chez le petit Roi, et encore jamais seuls !

— On peut blesser par omission autant que par action.

— On en est moins coupable, Mademoiselle la casuiste ! Mais vous, aujourd'hui, n'est-ce pas par action que vous me chagrinez ?

Adélaïde plie le genou et se signe.

— Si vous ne m'en pardonnez, Dieu, je l'espère, se montrera clément.

— Mon enfant, voyons, reprenez vos esprits ! Vous ne pouvez, à votre âge et dans votre position, renoncer à l'avenir tout ouvert devant vous !

— Une voie plus éclairée m'attend ici.

— Enfin, Adélaïde ! Vous êtes bien faite, instruite, et assez haute dame pour enchaîner sous vos lois qui vous plaît !

— Je ne saurais imposer à autrui un joug dont je ne voudrais pas pour moi.

— Qui vous dit que les nœuds d'hymen et d'hyménée se forment toujours de force ? Vos grâces...

— Laissez, Monsieur. Je vous remercie de ces gentillesses mais elles arrivent trop tard. Celle que vous flattez n'est plus.

Philippe, qui malgré l'humidité glacée du lieu transpire, ôte son surtout et cherche son mouchoir.

— Je trouverai bien par où vous tenter ! D'ordinaire, c'est le diable qui tient ce rôle, mais sa troupe fait relâche, aussi m'a-t-il commis.

137

— Ne badinez pas avec ces choses-là.

— Vous aimez les chevaux emballés, les soins de la meute, les coups de fusil. Sont-ce là plaisirs de religieuse ?

— J'aurai des satisfactions plus subtiles.

Philippe éclate d'un rire qui s'enfle sous la voûte.

— Subtiles, assurément ! Mais certaine rudesse, et puis le grand air, le mouvement vous manqueront.

— Je me promènerai dans le parc.

— Et les soirées ? Seule, en silence, toujours ? Point de poursuites, point de rires, de comédies, de ballets, rien à attendre, à admirer, à raconter ? Votre livre d'heures, votre prie-Dieu, et vêpres, et complies ? Ce soir, tenez, il y aura grand concert, chez nous, à l'Opéra, et le divin Cauchereau, qui vient de rentrer de Londres, se produira. La dernière fois, sa voix vous a fait évanouir dans votre loge. N'irez-vous pas l'entendre ?

— Je ne sais de divin que Dieu, mon père, et s'il est vrai que j'aimais à la passion la musique, ici les passions n'ont point d'entrée, et franchissant la porte de cette maison je m'en suis dépouillée.

— Boniments ! Vous ne me ferez pas avaler que ma fille, née de moi, grandie sous mes yeux, ma fille dont je crois ignorer peu de choses, ma fille, enfin, en une nuit soit devenue une autre !

Adélaïde repousse son capuchon et sourit tristement. Elle est pâle comme le sont les noyés, les traits lisses, d'une beauté crépusculaire.

— M'avez-vous jamais regardée, Monsieur ?

— Comment cela, regardée ?

— Regardée avec votre cœur ?

— Je ne vous comprends pas.

— Vous ne me comprenez pas ! C'est justement pourquoi je suis maintenant derrière ces barreaux, et vous de l'autre côté.

— Vos discours m'égarent. Parlerez-vous clairement ?

— Je ne vous cache rien.

— Je veux savoir quelle mouche vous pique et le coup que je dois porter pour l'écraser ! Çà ! Mademoiselle d'Orléans, religieuse !

— Pourquoi non, je vous prie ?

— Ne voyez-vous pas ce que ce parti-là offre de ridicule ?

— Je n'y vois que grandeur.

— A mon tour de vous demander si vous me connaissez !

— Il me semble.

— Vous savez ma vie ? Mes goûts ? En quels termes je suis avec votre Dieu ?

— Mon Dieu est celui des croyants.

— Justement. Je partage de mauvais gré les superstitions populaires.

— Mon Dieu est celui des gens honnêtes et qui aspirent au Bien.

— Ne suis-je pas honnête homme ?

— Votre Bien et le mien cousinent d'assez loin.

— Là n'est pas le propos. Répondez-moi : songez-

139

vous à comment, si vous vous obstinez à épouser le Christ, je serai, moi, avec mon gendre ?

— Même sur les choses graves vous plaisantez. Me prendrez-vous jamais au sérieux ?

— Ai-je l'air de rire ? Croyez-vous que je me sois jeté à mon lever dans une chaise de poste, que j'aie couru douze lieues d'une traite pour venir ici faire collation avec des souris de couvent ! J'enrage de vous voir au travers de cette grille ! Vous méritez une sévère correction, voilà ! Fuir comme une voleuse ! Ingrate ! Dissimulée ! Est-ce là témoigner à son père la révérence que commande l'Évangile ?

— Je ne pouvais demeurer.

— Qui vous chassait ? Vous ai-je jamais manqué ? Aviez-vous à vous plaindre ?

— C'est votre vie, mon père, qui me faisait offense.

— Offense ! Pour qui vous prenez-vous, insolente !

— Je suis une messagère de Dieu.

— Billevesées ! Vous n'êtes rien que ma fille, Mademoiselle, et j'attends vos excuses !

— Le Créateur, Monsieur, nous donne à chacun un talent, dont au Jugement dernier il nous sera demandé compte. En conscience, estimez-vous l'usage que vous faites du vôtre ?

Philippe s'empourpre jusqu'au front.

— Comment osez-vous ! Depuis un an et une semaine que je gouverne l'État, je n'ai pas relâché un seul jour mon effort ! Je travaille comme un bœuf de labour...

— Vous quittez vos dossiers à six heures ; lorsqu'il y a

comédie, à cinq, et vous considérez que dès cet instant vous pouvez gaspiller votre temps, votre santé, votre réputation, sans égard pour rien de ce qui est raisonnable ou bienséant.

— Souvent je retourne à ma table après le spectacle, et ce jusqu'à l'aube. J'y consume ma fougue, ma vue...

— Votre œil est malade de ce que Mme de La Rochefoucauld, que vous lutiniez, vous a donné une tape un peu vive avec son éventail.

— Jamais !

— Serait-ce alors le coup de coude de la marquise d'Arpajon, qui rechignait à se laisser trousser dans les escaliers de Fontainebleau ?

— Cela vous regarde-t-il ?

— Au bal vous arrivez plus saoul et plus grivois qu'un valet d'écurie. Est-ce là l'image que doit donner de soi un régent ?

— L'important est la réalité que recouvre l'image.

— La réalité ! Mais où est votre réalité, Monsieur ? N'êtes-vous pas ce prince Braquemardus qui joue à pet-en-gueule dans ses appartements avec des gredines et des lascars tout nus ? N'êtes-vous pas ce père...

— Ne parlez pas de ce que vous ignorez !

Philippe a crié si fort que la sœur converse, effrayée, passe la tête par la porte du parloir. Adélaïde lui fait signe que tout va bien et qu'elle peut se retirer.

— Je sais ce qu'on prétend et crois ce que je sens.

— Vous sentez ! Et que sentez-vous donc ?

— Qu'Élisabeth vous pousse au précipice. Les choses

qu'on chantonne, qu'on dessine, qu'on imprime à votre sujet sont indignes de vous. Le peuple comme les princes un jour se lasseront...

— Mme de Berry, le royaume et moi-même nous portons sereinement, et ensemble réussirons de grandes nouveautés.

— Je prierai Dieu qu'Il vous épargne.

— Ne vous donnez pas ce mal.

— Je ne désespère pas de vous ramener à Lui.

— C'est moi qui vous ramènerai chez nous !

— Est-ce pour me rapprocher de vous ou m'arracher d'ici ?

— Je ne puis souffrir l'idée que le Christ me ravisse mes filles !

— Vous péchez par orgueil.

— Et vous par entêtement ! A la fin, céderez-vous ?

— Non, mon père, je me méjugerais.

— Je vous ordonne de me suivre !

— Je ne puis plus disposer de moi, et votre autorité ici est sans objet.

Philippe se colle contre les barreaux de la grille. Il n'a plus de colère, plus de révolte, seulement une lourde fatigue.

— Je vous supplie de me suivre. Adélaïde, écoutez-moi.

— Vous-même, m'écouterez-vous jamais ?

— Il me semble que nous ne parlons pas la même langue.

142

— Apprendrez-vous la mienne ?

— Je m'en crois incapable.

— Me reste-t-il alors d'autre ressource que me tourner vers Dieu ? Comprenez-vous enfin pourquoi je suis venue ici ?

— Si je le puis comprendre, je ne l'admettrai pas.

— Il le faudra pourtant.

— Vous n'avez pour votre père ni estime ni tendresse.

— Hélas ! Que n'en ai-je un peu moins !

— Renoncez à cette folie...

— Cette folie me tient lieu de raison, de passion, d'avenir. Renonceriez-vous à ma place ?

— Vous me désespérez.

— Cette peine-là passera dans quelques heures. Rien, jamais, ne vous afflige longtemps. Allez, mon père, votre consolation vous attend chez ma sœur de Berry. Allez, et lavez votre dépit à l'eau de ses parfums. Ce soir après l'opéra vous rirez comme de coutume, vous verserez du vin blond sur la gorge des ribaudes, vous vomirez à force de mangeaille et vous baiserez sous la table les pieds d'Élisabeth. Ce soir, quand déjà vous aurez oublié votre chagrin de moi, je ne penserai qu'à vous. Allez, mon père, tandis que je demeure. Allez, dispersez-vous aux vents. Je serai votre constance.

Les premières semaines ont coulé comme coule le temps lorsqu'on est pris d'amour. Pour y avoir grandi, je connaissais de Chelles les moindres recoins et toutes les habitudes. Il me semblait rentrer chez moi, un chez-moi dont enfant je n'avais vu que le froid, le silence, la discipline, et dont je découvrais avec des yeux dessillés les charmes immuables. La sévérité de l'abbesse de Villars s'était accusée avec l'âge, mais Mme de Fretteville, la maîtresse des novices, me montrait ce qu'en ces lieux où les sentiments se désincarnent on prend pour de l'affection. Elle était douce, savante, jeune encore, elle avait de l'esprit, de la gaieté et une ineffable patience. Sa bonté irradiait. Près d'elle, il me semblait me dépouiller de mes anciennes pratiques ainsi qu'on ôte une peau morte, un peu plus chaque jour, sans douleur et sans hâte. J'avais renoncé aux marques d'honneur et au confort auxquels mon sang royal me donnait droit. Avec un appartement de deux chambres sobrement meublées et trois femmes pour me servir, je vivais de la vie minuscule de mes compagnes. Humble, utile. J'égrenais les jours en chapelet. J'étudiais la philosophie et les textes sacrés, je chantais à l'office, j'aidais au linge ou au jardin. Tout m'était calme, beauté, simplicité. Il me semblait véritablement que Dieu m'avait choisie, et que, m'ayant trouvée docile à son appel, Il me comblait de ses bienfaits. Je ne regrettais rien. Mon père m'écrivait de longues lettres qui me donnaient l'impression de m'enraciner dans son cœur. Il m'exhortait à renoncer. Il m'annonçait sa venue. Je lui répondais que je ne le recevrais point, que j'acceptais d'attendre l'anniversaire de mes vingt ans pour prononcer mes vœux mais que je ne reparaîtrais plus à la cour, que je le chérissais et le servais mieux au fond de ma cellule qu'en aucun de ses palais. Alors, quittant ses reproches et ses plaintes, à touches choisies il me peignait le tableau du monde que j'avais quitté, du temps qui coulait sans moi. Il me disait le grand dessein auquel il consacrait le meilleur de lui-même, et quel royaume fortifié à la fin de sa régence il comptait remettre à Louis XV. Il me confiait ses doutes et comment, sous les dehors d'un enthousiasme collectif, peu de personnes croyaient vraiment en lui. Il me parlait de la patience, de la ruse, de la dissimulation, de la mansuétude, du respect d'autrui, des bâtisseurs de cathédrales et des paveurs de routes. J'entendais sa voix, sa chère voix que je n'entendrais plus et, dans le silence auquel je m'étais condamnée, j'y prêtais une oreille attendrie. Je l'imaginais enfermé avec l'ambitieux M. Law, dont il m'expliquait les projets. Il se courbait sur sa table, la loupe à la main, et quand il toussait ma gorge se serrait. Je vibrais de ses espoirs, je me rongeais de ses inquiétudes. Il me semblait le découvrir et que, dans les interminables réponses que je lui envoyais, il me découvrait aussi. Il me semblait le comprendre et qu'il me comprenait enfin. Il me semblait presque que nous nous aimions. Dans ces épanchements, Élisabeth, ni ma mère, ni aucune maîtresse ne venaient troubler notre accord. Je pleurais sur nos lettres, des larmes douces que j'essuyais en souriant. J'étais heureuse, je crois.

C'est alors que, pour m'éprouver, le Ciel m'envoya une visite.

— Voici donc le cabinet où ma nonne de sœur médite sur l'humaine condition ?

Adélaïde se force à sourire. Sans se soucier qu'on agrée ou non sa visite, Élisabeth s'est piquée de venir dîner à Chelles. Une fois dans les lieux elle a mené son train habituel, se récriant sur la grâce des novices, respirant chaque rose, se frottant les mains aux lavandes, exigeant qu'on lui ouvrît jusqu'aux réserves à grain, et, tandis que la moitié du couvent l'accompagnait dans sa promenade, s'étonnant d'être chichement accueillie. Adélaïde, maintenant seule avec elle, est à bout de nerfs. Pour se donner une contenance, elle sort un flacon d'hydromel et remplit deux petits verres.

— Ne raillez pas, Madame, cette pièce est le lieu au monde que je préfère. L'hiver, toutes ces boiseries, tous ces livres me réchauffent, et l'été j'ouvre les deux fenêtres sur le chant des fontaines, qui me tient compagnie. Voulez-vous que je vous montre mes trésors ?

– Vos trésors! Que vous êtes enfant!

– J'ai ici un globe terrestre avec le tracé des voyages qui ont mené aux grandes découvertes, une trousse d'outils à disséquer, une lunette d'astronomie, des lentilles, des prismes...

Élisabeth n'écoute pas. Elle feuillette un carnet de croquis qu'elle a pris sur la table.

– Qu'est-ce que cela?

– Un sein vu par-dessous.

– Le trait est admirable. Qui dessine ces nus?

Adélaïde rougit et se détourne.

– Voyez plutôt ma collection d'insectes.

– Très belle, très belle. Bien. Est-ce là tout?

– N'est-ce pas là beaucoup?

Élisabeth, qui est habillée pour une partie de campagne, lisse les mèches qui frisent sur sa nuque.

– Dites-moi franchement, petite, êtes-vous bien aise en cet endroit?

Adélaïde croise les mains sur le chapelet qui lui ceint la taille et descend plus bas que ses genoux. Elle serre ses lèvres, qui ont blanchi.

– Je ne suis point aise, je suis contente.

– Qu'entendez-vous par là?

– J'entends que si je n'ai tout ce que je souhaitais, du moins je ne souffre plus de ce que je n'ai pas.

– Dites plutôt qu'à force de régler vos désirs sur la cloche des messes, ils se sont dégoûtés! Ceux qui chantent vos louanges ne savent ce dont ils parlent. Viendraient-ils dans ces murs qu'ils trouveraient votre mérite moins grand. La vertu n'est pas miracle à qui n'est point tenté.

— N'usez pas de mots dont le sens vous échappe. Pour ce qui est des désirs, il m'en reste encore trop, croyez-m'en, mais je les réduirai un jour. Le désir est un mouvement vulgaire.

Élisabeth, qui taquinait le chat gris roulé sur un fauteuil, se redresse vivement.

— Il est le feu en nous.

— Je sais une autre ardeur, qui pour brûler plus secrètement n'en éclaire pas moins.

— Une ardeur?

— Pourquoi non? Je suis une femme, comme vous, et le même sang nous fait ce que nous sommes.

— A vous contempler sous ce voile, sous ces voûtes, sans fard, sans bagues, un rosaire pour ceinture et une croix pour collier, on en douterait, ma chère. Un feu, brûler en vous? Est-ce l'envie? Le regret?

— Vous n'imaginez qu'à votre triste mesure. Levez un peu les yeux. La charité. L'offrande.

— Et pour qui donc, cette sainte dévotion?

— Cela ne vous regarde pas.

— Est-ce un secret honteux?

— J'ignore ce qu'est la honte.

— Moi aussi. En cela, au moins, nous sommes sœurs. Allons, je veux savoir.

— Vous ne pourriez comprendre et vous vous moqueriez.

Du regard, Élisabeth cherche un siège. N'en trouvant point qui ne soit encombré de livres ou de papiers, elle se laisse glisser sur un coussin, près de la cheminée.

— C'est vrai, je me moquerais. L'idée de vos prières d'ailleurs m'ennuie déjà.

— Contez-moi plutôt les nouvelles de notre jeune Louis XV. Notre père le fait-il éduquer comme il sied à un roi ? Promet-il ?

— Je le vois tous les jours et puis dire sans mentir qu'il raffole de moi. Il est joli, opiniâtre, volontiers bouddeur et extrêmement mutin. Je suis bien sûr un peu grande pour lui, mais je gage que d'ici un couple d'années...

— A-t-il quitté les mains des femmes ?

Élisabeth se relève sur ses genoux pour mimer son propos.

— Si fait, le 15 de février dernier, jour de ses sept ans. La marquise de Ventadour l'a dévêtu au nez des médecins, chirurgiens et apothicaires de la cour, plus les principaux officiers de la couronne, qui l'ont visité membre par membre avant de délivrer procès-verbal selon lequel la gouvernante remettait à M. de Villeroy, le gouverneur, un prince sain, net et entier. Le Roi a baisé cent fois Mme de Ventadour, en la remerciant de ses soins et en lui jurant éternelle affection. Tous deux ont bien pleuré, mais, sitôt la marquise sortie, le Roi a réjoui l'assistance en racontant comment la bonne vieille, craignant qu'on ne l'accusât d'avoir mal rempli sa fonction, lui faisait depuis dix jours laver

150

les pieds tous les soirs et le mettait au lit plus tôt qu'à l'ordinaire, afin qu'à la visite de son corps on le trouvât propre et frais !

Adélaïde n'a pas même esquissé un sourire.

— Comment se portent les travaux et la santé de mon père ?

— Votre père ? Pour le vôtre, je ne sais. Pour le mien, qui ne me quitte guère, il est rubicond comme jamais.

— Mais ses affaires ?

— Splendides ! Il vient d'acheter à Londres, par l'entremise du joaillier Rondet, un diamant gros comme un œuf de pigeon, qu'il a payé deux millions et demi de livres en or, sur le Trésor où il n'y a pas vingt écus. N'est-ce pas là suprême magnificence ? On ne connaît que trois diamants de cette beauté au monde, le premier appartenant au grand-duc de Toscane et le second au Grand Mogol. Le nôtre, qu'on nomme le Régent, est maintenant au petit Roi, qui est bien chanceux d'avoir un oncle et tuteur si généreux.

— J'entendais par affaires celles de politique.

— De politique ! Merci ! Nous sortons d'en démêler avec le Czar, qui nous a envahis pendant deux horribles semaines !

Sans cacher la curiosité qui lui anime le teint, Adélaïde se penche vers sa sœur.

— Le Czar Pierre Ier ? On dit que ses États couvrent plus de cent fois la surface des nôtres. L'avez-vous trouvé puissant prince ?

— Je l'ai trouvé étrange de figure autant que de manières. Grand, assez menu, sans vermillon aux joues, les yeux effarés et clignant sans cesse, ce qu'on attribue à du poison qu'enfant on lui aurait fait boire. Il porte toujours le même surtout de boucaron gris assez grossier, plus une veste de laine grise avec des boutons de diamants, ni cravate, ni manchettes, mais seulement un petit collet, comme un voyageur, et un ceinturon garni d'un galon d'argent auquel pend à la manière orientale un long coutelas. Avec cela, il a une perruque brune à l'espagnole, qu'il a fait raccourcir par-derrière en entrant dans Paris, et qu'il ne poudre jamais. Il se mouche dans ses doigts, crache sur qui l'importune, parle peu et d'une manière brutale. Il s'intéresse aux manufactures et aux machines plus qu'aux beaux objets, et les trésors d'orfèvrerie, les tissus précieux, les tapisseries qu'on lui a offerts le ravissent moins qu'un pur-sang ou un outil ingénieux. En un mot, c'est un barbare, féroce et canaille avec superbe, mais un barbare tout de même.

— Je vous ai souvent entendue dire que vous ne détestiez pas les brutes.

— Tiens! Vous vous souvenez de cela! J'aime à ce qu'on me bouscule, il est vrai, mais savamment. Ce Czar n'a d'égards pour rien. C'est une nature grossière, qui jouit en homme du peuple. Il rentrerait en bottes dans un lit de dentelles, et princesse ou ribaude n'y verrait qu'un cul semblablement à foutre et à fesser!

— Élisabeth!

– Pardonnez, j'oubliais où je suis. De surcroît, il saccage les appartements où il couche au point que l'on n'en reconnaît pas même les boiseries, il pue comme une bauge au lever du cochon, et il est plus avare que notre Harpagon. Tenez, au lendemain des fêtes de Pentecôte, comme il revenait de Meudon, il a souhaité visiter l'hôpital des Invalides. Ce que faisant, lui est venu le besoin d'aller à la chaise percée. Il a demandé du papier au valet qui lui avait porté la chaise. Le garçon n'en avait point. Alors le prince s'est servi à la place d'un écu de cent sols, qu'il a ensuite tendu plein de vilainie au valet, lui disant qu'il suffisait de laver la pièce pour boire à la santé du Czar !

D'un air pincé, Adélaïde entr'ouvre la fenêtre.

– Ce ne sont pas des histoires d'écurie que j'attends de vous. Dites-moi plutôt si les mesures que mon père prend pour rendre vie au royaume portent fruit. Ce qu'il m'en écrit m'emplit d'une fierté...

– Alléluia, Nitouche ! Tu ne perdras donc jamais ta naïveté ! Ton père ! Sais-tu seulement ce qu'est ton père et comment il gouverne ? A coups d'illusions entretenues par les vapeurs du vin ! Certes il prêche, il rompt le pain et partage les poissons, il brasse des paroles d'or qui tiennent lieu d'écus, et, parce que les harengères l'applaudissent, il croit que les populations se pressent sous sa bannière pour la croisade de la prospérité ! Des mots, Adélaïde ! Il est si facile de promettre ! A ses amis, à ses ennemis, à ses maîtresses, à ses enfants, à ses peuples ! Notre Philippe est un Jean de la lune! Il rêve, et veut qu'on délire avec lui. Il ne pourra tenir ce à quoi il s'engage. Il n'a jamais eu de constance, et comme il ne sait se faire craindre, il ne saura se faire respecter.

— Vous ne l'y aidez guère!

— Ce goût qu'il a de la licence, et dont je reconnais qu'on jase fort, ne lui vient pas de moi. A-t-on jamais vu une fille éduquer son père?

— Cela pourtant pourrait advenir.

— Est-ce vous, avec vos airs dignes, qui y prétendriez?

— Pourquoi non, et en quoi cela vous gênerait-il? Vous ne recherchez le duc d'Orléans que pour les faveurs que vous lui extorquez. Vous ne l'estimez pas. Vous ne croyez pas en lui. Vous ne souhaitez pas plus son bien que celui du royaume.

— Il me déplaît qu'il gaspille son temps et le peu de santé qu'il lui reste à courir des chimères qui l'éloignent de moi.

— Ne songez-vous toujours qu'à vous-même?

Élisabeth tend les bras vers sa sœur avec un sourire goguenard.

— Qui pourrait m'importer davantage? L'Évangile commande d'aimer son prochain. Ne suis-je pas mon plus proche prochain?

— Vos plaisanteries ne réjouissent que vous.

— Rien ne vous amuse.

— Je suis grave, Élisabeth, en proportion de votre légèreté. Au contraire de vous, je vais droit, la tête haute, à ce qui me semble essentiel.

154

— Mais l'essentiel de la vie est dans les détours, nigaude! Dans les replis, dans les recoins, dans l'ombre où l'amour et l'art se nourrissent l'un de l'autre! La vie est mouvement, tentation, risque, victoire, fuite! Les deux faces de Janus, celle qui rit et celle qui sanglote! Tout passe, tout mue avant d'éclore! Tenez, vous et moi, sommes-nous les mêmes qu'hier?

— Je suppose que oui.

— Certes non! Hier j'avais mis trois mouches, aujourd'hui j'en ai cinq. J'aimais le velours bleu. Ma robe s'est déchirée. Je crache sur le velours bleu. Hier M. de Trailles me plaisait. Je le lui ai prouvé. Aujourd'hui je voudrais qu'il plongeât dans la Seine pour mériter à nouveau mes faveurs, et qu'il s'y noie afin qu'ayant ri de son geste je puisse le pleurer. Hier vous vous disposiez à notre rencontre. Je ne viens pas si souvent, l'occasion valait que vous vous y prépariez. Aujourd'hui je vous parle. Vous existez, puisque je vous prête attention. Demain, seule derrière vos lourdes grilles, vous ne serez plus qu'une silhouette noire parmi des statues. *Fugit tempus irreparabile...*

Adélaïde s'est appuyée à la croisée par où coule l'air tiède. Autour du bassin aux nénuphars, les sandales des novices font crisser le gravier.

— Les sentiments résistent au cours du temps.

— Moins encore que le reste!

— N'en avez-vous pas qui perdurent?

— Aucun! et je m'en flatte!

— Vous m'effarez.

155

— Pourquoi ? Il n'y a rien de si plat que la fidélité ! Se contenter de croquer un biscuit quand on vous offre crème, gigot et fruits confits !

— Votre appétit m'écœure.

— Vraiment ? Vous n'êtes pas, pourtant, un pur esprit.

— Je mets assez d'application à oublier mes sens pour me croire parfois sevrée d'eux.

— Qu'y gagnez-vous ?

— Le respect de moi-même.

— Pourquoi ainsi combattre la nature ? Que craignez-vous ? Qui fuyez-vous ?

— Je hais l'animalité.

— Suis-je une bête ?

— Je ne veux pas vous juger.

— Et notre père, de qui je tiens mon tempérament, notre père à qui le siècle reconnaît de si vastes lumières, notre père que le petit Roi chérit, notre père qui grave exquisément et compose la musique qu'il fait jouer, notre délicieux père n'est-il qu'un sanglier ?

— Ce n'est pas à moi de trancher.

— Vous voici bien timide !

— Je ne veux pas que nous nous querellions.

— Tant mieux ! De quoi causerons-nous en ce cas ?

— De vous encore. Il n'y a jamais eu que cela pour vous intéresser.

Élisabeth s'étire avec une moue féline.

— Il est vrai. Dites-moi un peu, ma sœur, que pensez-vous de moi ?

– Je hais ce que vous êtes et cependant vous aime.

– A cause de Dieu ?

– A cause du duc d'Orléans.

– L'amour ou la haine ?

– Les deux ensemble.

– M'aimiez-vous du temps que nous étions enfants ?

– Je ne vous connaissais pas. J'avais trois ans quand notre père vous prit dans ses appartements et douze quand il laissa notre mère me reléguer en ce couvent.

– L'endroit vous convenait puisque de votre chef vous y êtes revenue !

– Je vous ai bien enviée, Élisabeth. Sous la férule de l'abbesse Agnès, la règle bénédictine qu'on dit si douce devient une expiation. L'apparence et le détail priment sur l'esprit, et le pardon d'une vétille se paie d'amères pénitences. J'ai grandi dans l'ombre de cette roide nature, tandis qu'au soleil de Saint-Cloud vous musardiez avec notre père, tandis qu'il vous apprenait la vie...

– Hors le chapitre de la galanterie, vous en savez sur toutes choses autant que moi.

– J'en sais même davantage, car le temps que vous gaspilliez, je le consacrais à l'étude.

– M'enviez-vous encore ?

– Non. Maintenant je vous plains.

Élisabeth attrape un petit livre qu'elle repose sans l'ouvrir.

– Nous voici pareillement logées, car je vous plains aussi.

— Je ne suis pas malheureuse.

— Mais vous n'êtes pas heureuse.

— Le bonheur se rencontre rarement sur cette terre.

— Au moins peut-on le chercher.

— Avec la brouillonnerie qui vous caractérise, vous tâtonnez plutôt !

— Je le cherche à ma mode et j'en tire de grandes joies.

— Éphémères.

— Mais puissantes. Contre l'empire des cieux, je n'y renoncerais pas. Je m'en repais, Adélaïde, je m'y roule, je m'en grise.

— On me nomme en ces lieux sœur Bathilde. L'ivresse ne me semble pas un état honorable. Elle ôte à l'être la maîtrise de lui-même.

— Qu'importent l'honneur et la maîtrise quand on a la jouissance !

— Vous me parlez une langue que j'entends assez mal.

— J'oubliais que vous ignorez jusqu'au mot de passion.

— Non. Je le connais bien. Mais je ne l'estime pas.

— Toujours cette raideur !

— Une nécessaire rigueur. Au bout de vos joies si puissantes vous attendent des peines.

— Je les apprivoiserai. Le diable succombera à mon charme.

— Vous trouverez votre maître.

— Connaissez-vous le vôtre ?

— Je me le suis donné.

Élisabeth éclate d'un rire méchant.

— Grand bien vous fasse-t-il ! A vous voir de près, on jurerait cet amant-là médiocrement épris ou fâcheusement balourd ! Avez-vous la figure d'une nature épanouie ? Tournez-vous encore vers la lumière. Il y a au coin de vos lèvres un sillon comme en montrent les bigotes aigries et les femmes mal mariées. Des rides, à moins de vingt ans ! Regardez-vous au miroir, Adélaïde, et regardez-moi ! Vous êtes ma cadette et de dix ans paraissez mon aînée ! Votre maître ! Il vous soigne bien mal ! Moi, si je pleure parfois, je l'oublie aussitôt, on me désire, on me choie, je me prête sur un sourire, promets à une œillade, je suis libre, savez-vous, personne ne me commande, personne ne me retient, j'applaudis à chaque aube et raffole des nuits, je vis, enfin, je vis. Touchez ma main, là, sentez comme elle est chaude. Vous avez le corps et le cœur à l'hiver, ma sœur. Vous êtes pâle comme un suaire, comme un cierge, vous frissonnez. Ouvrez vos doigts, je les réchaufferai.

Adélaïde retire sa main, qu'elle cache dans sa large manche noire.

— J'ai coutume de faire la charité et non qu'on me la donne.

— Pauvre niaise ! Vous êtes déjà raide et froide, bientôt vous tournerez en marbre ! Qu'importe, les saints de votre société n'ont pas d'yeux pour juger et votre époux céleste ne convoite que votre âme. Pourquoi, d'ailleurs, nous battons-nous ? Je ne prétends pas vous arracher à Dieu et vos sermons n'affadiront pas mes délices. Achevez de vous pétrifier, je continuerai de brûler.

— Une cire qui tôt fondue se figera en flaque.

— Vous raillez par dépit. Il fait vide chez vous, il fait noir. Vous êtes un autel où rien ne se célèbre, un orgue dont personne ne joue. Et c'est cette vie-là, cette mort vivante, que vous voudriez ériger en modèle ?

— Cette vie plaît au Très-Haut.

— Mais à vous, vous plaît-elle ?

— Je compte peu.

— Aimez-vous tant le Christ ?

— Il ne me déçoit ni ne me trompe jamais.

— On n'aime pas Dieu comme on aimerait un homme.

— On peut L'aimer comme on aimerait un père.

— Vous rougissez !

Adélaïde se détourne et, pour dérober son visage, remonte son capuchon.

— Je ne subis rien que je n'aie décidé.

— On choisit souvent pour de mauvaises raisons.

— Le sacrifice a ses douceurs.

— Je vous les abandonne sans lutte ! A votre éternité je préfère mes instants.

— Combien dureront-ils ?

— Ce que vit le désir... Ce que vit le plaisir... N'est-ce pas déjà beaucoup ?

La visite d'Élisabeth m'avait mis le doute au cœur et rendue à mes vieilles angoisses. Au lieu de préparer ma profession de foi, je ne songeais qu'aux démons qu'il faut exorciser lorsque l'on gouverne. Dès qu'arrivait une lettre, je l'ouvrais fébrilement et sous le fard des mots cherchais la nudité des faits. De ligne en ligne la régence me caracolait au nez, chantant l'abondance du blé qui rachetait la disette de l'hiver 1717, la vigne prometteuse, la dette publique qui n'augmentait plus. Suivant la suggestion de mémoires adressés par des particuliers, mon père travaillait à établir un système de taille réelle proportionnelle aux revenus de l'industrie, dont il espérait à la fois plus de justice et un profit accru. Quant au système financier qu'avec sa caution M. Law mettait en place, il allait d'une manière certaine faire pleuvoir l'or comme grêle en mars. La banque de l'Écossais s'appuyait maintenant sur une compagnie commerciale, qu'on nommait la Compagnie d'Occident et à laquelle le Régent avait fait attribuer la concession exclusive de la Louisiane, plus le commerce des castors au Canada. Cette compagnie, dont les bénéfices gagés sur des terres de cocagne ne pouvaient qu'allécher, commençait d'émettre des actions payables au moyen des billets d'État qui formaient l'essentiel de notre dette flottante. Une fois achetés, ces titres étaient librement négociables entre courtiers ou particuliers. Le duc d'Orléans prévoyait que l'engouement du public pour des actions d'un type si nouveau ramènerait dans les caisses publiques les billets abusivement souscrits sur le Trésor, qu'on brûlerait en échange de rentes perpétuelles. Le Parlement, vigoureusement mouché en séance plénière, avait renoncé à lui demander compte de ses actes. Comme personne n'osait le contrarier de front, il s'inquiétait seulement de ce que le temps risquât de lui manquer pour tout mener à bien.

Hélas, il n'y avait pas que le temps. Il y avait sa santé et la façon dont tournait l'opinion. Madame, elle aussi, m'écrivait. Au moins deux fois la semaine, des romans entiers dont la verdeur me mettait le rouge aux joues. Sur cette face-là de la médaille, c'était un autre homme, qui vivait une autre réalité. Un homme presque aveugle, le teint plus rouge qu'un jambon cru, qui respirait en sifflant, marchait avec peine et se maintenait sur le fil du pouvoir par un miracle chaque jour renouvelé. Un vieillard de quarante-trois ans qui jouait aux dés contre lui-même pour forcer l'admiration d'une fille indigne et la reconnaissance d'un roitelet bougon. Un homme bon que déjà on n'estimait plus, un homme courageux dont on maquillait en lâchetés les nécessaires compromis, un homme pur qui irrémédiablement se perdait. Madame se lamentait, Madame s'en remettait à moi pour exhorter son grand garnement à prendre moins de risques. J'écrivais, je priais, je jeunais avec une ardeur redoublée. Mais à quoi bon ? L'œil malade de notre Régent ne distinguait toujours pas les couleurs, et les formes à peine. Le vicaire de la paroisse de Rueil en soignait l'écoulement à l'aide d'une poudre suivie d'une application de fromage mou qui ne produisait guère d'effet. Dans son obstination à refuser le lorgnon, mon père était tombé si rudement sur les marches du Louvre que sa vieille blessure de guerre à l'épaule s'était rouverte. Comme il s'acharnait au travail, présidait chaque jour un conseil différent, exigeait qu'on lui rendît un compte scrupuleux de toutes les affaires, et comme cependant il ne retranchait sur aucun des plaisirs qui jusqu'à son avènement l'avaient aidé à vivre, il s'épuisait. On l'avait vu s'évanouir à table, dont une fois quatre heures sans reprendre conscience. Souvent il sortait du château de La Muette, qu'il avait donné à Élisabeth, la tête ballante et l'air privé de sens. Dans les rues de Paris comme dans les salons, on murmurait que la duchesse de Berry le tuait à petit feu. Que pour le distraire de l'État, en qui elle voyait un rival, elle le harassait sournoisement de mangeaille et de lubricité.

On disait vrai. Dans les petits soupers qu'elle arran-

163

geait pour lui, mon père trouvait en proportion exquise des fillettes de douze ans, des rouées, des duchesses, des repasseuses, des mets étranges et des vins rares. Il s'attardait. Éructant obscénités et blasphèmes pour la gloire d'entendre rire son hôtesse, il roulait sur la nappe. Le soir suivant, affaibli, assotti, il revenait. Ma sœur profitait de l'hébétude où le jetaient ces parties pour exercer sur lui une tyrannie honteuse. Elle le mandait à toute heure et, s'il n'accourait pas, lui chantait pouilles avec une rudesse qui lui tirait des larmes. Elle le tenait en haleine, le traitait en animal familier ou en commis, et le récompensait de ses complaisances en caressant devant lui les vainqueurs des tournois, les gagnants des loteries, les danseurs d'opéra et celles d'entre ses femmes de chambre qui la massaient à son gré. Trop épuisé pour s'arracher à l'envoûtement qui le tenait, mon père à tâtons cherchait le secours de quelque bonne bouteille et agrippait le jupon le plus proche de sa main. Son jugement s'embrumait. M. de Saint-Simon, le duc de Noailles, même l'abbé Dubois s'inquiétaient. Paris, qui avait pour voir d'aussi bons yeux que Madame, Paris, furieux qu'Élisabeth eût interdit les jardins du Luxembourg à la promenade, qu'elle eût perdu au pharaon un million huit cent mille livres en une soirée, qu'elle se pavanât dans un carrosse entièrement doré avec des broderies d'or pur sur les harnais et qu'elle reçût l'ambassadeur du Portugal assise sur un trône surmonté d'un dais fleurdelisé, Paris moutonnait et grondait.

Chaque matin portait sa floraison de libelles orduriers placardés sur les portes du Luxembourg et du Palais-Royal. Monseigneur le Régent était rongé par un mal honteux qui l'emporterait avant la Noël 1718. Monseigneur le Régent complotait d'empoisonner le petit Roi, ainsi que le prouvait certain biscuit trouvé dans la poche de Louis XV, dont un lévrier, auquel M. de Villeroy l'avait jeté, était mort sur-le-champ. Monseigneur le Régent tétait du lait de femme en compagnie de sa fille aînée. La duchesse de Berry portait une ceinture tressée avec les cheveux de son père. Le portrait en Vénus qui ornait son alcôve, où l'on pouvait admirer sa nudité replète, était l'œuvre de Monseigneur le Régent. Ces scandales ne pouvaient durer. Le mal était au cœur du royaume. Il y aurait un déluge. Des nuées de sauterelles. Une épidémie foudroyante. Dieu sévirait.

De fait, peu avant la fête des Rameaux, il se passa une chose étrange. La Seine à ce moment de l'année était grosse et agitée. Un enfant s'y noya sans qu'on pût repêcher son corps. Son infortunée mère, conseillée par un marin, ficha un cierge bénit dans une sébile de bois et lâcha cet esquif au fil du courant, dans l'espoir qu'à l'endroit où il rencontrerait un obstacle se trouverait le petit. La sébile se cala entre deux bateaux chargés de foin que la bougie enflamma aussitôt. Les bateliers, affolés, coupèrent cordes et câbles, et le flot emporta les barges en feu. La première s'échoua près du pont Saint-Michel, la seconde sous le Pont-

Neuf, qui, étant tout cintré et étançonné de bois, flamba comme un ballot de paille. Le tocsin se mit à sonner, et la populace à courir vers les berges en criant au secours. Les bicoques et boutiques construites sur le pont s'écroulaient l'une après l'autre. Les rues s'emplissaient d'eau et de flammes, et le grincement des pompes répondait au feulement de l'incendie. Dans le tourbillon des fumées grouillaient matelots, bourgeois, gardes-françaises et suisses, marchands, capucins, récollets et nonnes chassés des salles basses de l'Hôtel-Dieu par l'inondation qui gagnait. Tout cela galopait, sanglotait, s'empoignait, s'écrasait sur la chaussée transformée en étang, et dans la nuit qui tombait confessait en hurlant ses péchés. Le lendemain, vers les dix heures, pour arrêter le feu qui menaçait la rue de la Huchette, il fallut faire exploser avec des pétards deux grosses maisons. Dans les décombres, les archers du guet ramassèrent une pleine charretée de corps brûlés et mutilés. Je ne sais combien de personnes perdirent jusqu'à leur chemise, et parfois leur raison, dans ce désastre. Je ne sais quelle consolation leur proposa mon père. Mais moi, je reconnus le signe annonciateur des temps à venir, le premier cri de la colère qu'Élisabeth attirait sur nos têtes.

Allongée comme aujourd'hui sur ma couche de recluse, exsangue et fiévreuse, je serrais les paupières sur ces effrayantes visions. Appliquée à me purifier avant de prononcer mes vœux, depuis des semaines je ne mangeais que de la soupe claire et jamais ne dormais plus de trois heures. Lorsque je regardais mon visage dans l'eau verte des bassins, il me semblait voir celui de la mère du Christ. Je n'avais plus d'âge, plus de rang, plus de beauté. Je ne reconnaissais de la princesse Adélaïde que mes yeux trop clairs, et cette bouche dont les lèvres charnues trahissaient ce qui en moi m'effrayait et que je cherchais à tuer. Je ne savais plus si mon père méritait cet amour si âpre, si exigeant, dont je découvrais à ma grande confusion qu'il parlait dans mon cœur plus fort que Dieu Lui-même. Était-ce pour le bâillonner que je m'allais vouer au silence, ou pour, dans le secret du cloître, l'écouter à loisir ? Quelle passion m'apprêtais-je à vivre, et en quel nom ? Dans mon désarroi, je priais à genoux nus sur le gravier. J'inventais des macérations qui consternaient mes camarades. J'aspirais à n'être qu'un corps meurtri, qu'un esprit rompu, et dans le vertige de mes forces déclinantes j'implorais le Ciel de m'aider à consommer ma mort.

*De Son Altesse Royale le duc d'Orléans
à Mlle d'Orléans, sa fille,
retirée en l'abbaye de Chelles.
Aux bons soins de la sainte mère abbesse.*

Ma chère enfant,

Demain, quand le cardinal de Noailles au nom du Christ aura reçu votre foi, comment vous nommerai-je? Vous aurez dépouillé votre rang, mutilé vos grâces, et vous serez livrée au seul mari avec lequel, en conscience, je ne puisse entretenir de commerce raisonnable. Sous votre chasuble et vos cheveux taillés, que restera-t-il de celle à qui, en lui donnant le jour, j'ai cru tout offrir? Ne vous connaissant plus, pourrai-je vous garder vivante dans mon cœur? En aurai-je même l'envie, alors que, sourde à mes supplications autant qu'à ma colère, vous m'aurez bafoué, vous m'aurez nié? Ne vous ai-je pas, ces derniers mois, comblée de ces marques d'estime, de ces preuves de tendresse que vous m'accusiez de réserver à votre sœur aînée? Ne vous ai-je pas écrit davantage, et avec plus d'abandon qu'un père, et un père qui gouverne, n'a coutume de le faire? Que trouvez-vous encore à me reprocher? Sont-ce mes plaisirs, mes écarts de langage, mon insouciance à l'égard du divin? Ma vie est moins scandaleuse que pour me nuire on ne le prétend, et, s'il fallait juger tous ceux qui s'adonnent aux mêmes délassements que moi, c'est la moitié de la cour que vous enverriez en enfer. La mode de se donner du bon temps ne vient pas de mon exemple mais d'un désir profond qu'en avaient les gens de notre société, un désir qui exprime une saine vigueur, et que les années difficiles dont nous sortons expliquent aisément. Certes, je me reconnais des travers, et l'âge qui vient leur accorde sur ma faiblesse plus d'emprise. Mais ces inclinations qui vous emplissent d'horreur, ces agissements où vous voyez l'influence du démon, ne m'empêchent pas de mener vaillamment la seule croisade qui me paraisse sainte. Je lutte pour un royaume, pour un peuple, pour l'avenir d'un enfant-roi dont je me sens responsable. De tout ce que je fais, je tire fierté, ma fille, autant que vous en concevez de honte. Pourquoi auriez-vous raison plus que moi? Pourquoi, parce que vous en édictez la condamnation, devrais-je réformer mes goûts et mes façons? Vos vingt ans, votre virginité, votre austérité valent-ils plus que l'expérience, les souffrances, les combats de votre père? J'ai été blessé en héros sur les champs de la guerre d'Espagne; j'aurais pu, j'aurais souhaité servir le feu Roi mon oncle, mais sa tyrannie

169

jalouse m'a constamment tenu éloigné du trône; si, tant d'années durant, j'ai gaspillé les belles qualités qu'on me reconnaissait, c'est par impuissance à les faire valoir utilement. Votre mère ni la plupart des femmes que j'ai distinguées ne m'ont aimé. Votre sœur de Berry, à qui j'ai consacré la passion qui en moi se trouvait sans emploi, n'a pris âme et corps sous mes mains que pour me tenir tête. Et vous? Vous dont j'allais découvrir les attraits, vous qui auriez pu devenir ma complice, voici que par un éloquent affront vous me rejetez.

« C'est votre vie, Monsieur, qui me fait offense. » Ces mots-là, que vous me dîtes derrière vos noirs barreaux, me reviennent chaque fois que je pense à vous. Votre justice, ma fille, si elle reflète celle de Dieu, ne mérite pas qu'on l'encense. L'an passé, lorsque dans votre retraite vous avez commencé mon procès, vous me citâtes la parabole des talents. Pour l'avoir méditée sous des lumières crues, je vais vous dire ce que, selon moi, il en faut retenir. L'homme naît incarné dans un corps, dans un lieu, dans un temps. Dans ce lieu, dans ce temps, se dessinent pour son incarnation plusieurs voies. Il ne peut en choisir qu'une à la fois, et lorsqu'il y avance les autres s'effacent. S'il se repent, s'il rebrousse chemin, s'il emprunte des sentes traversières, il ne retrouve jamais le point de son départ. Il lui faut aller, toujours aller, et à tâtons chercher pourquoi il va, et où il va. Quelque soin qu'il prenne pour les préserver, son manteau d'innocence se tache à mesure de ses pas et la couronne de ses illusions sans remède s'effeuille. Le monde est gras, Adélaïde, il poisse,

170

il ruisselle, il sent la sueur, le suint, le sang. Vous tordez le nez, et pour vous soustraire aux éclaboussures, pour vous garder de la contagion, vous vous réfugiez derrière les colonnes du cloître. En cœur fier je dis, moi, qu'«à vaincre sans péril on triomphe sans gloire». Votre choix n'est pas si courageux que vous le prétendez.

Pour que le grain germe, le paysan l'enfouit à mains nues dans la terre boueuse; pour que la vigne rende, il la cisaille; pour que vous mangiez du rôti, le chasseur doit tuer et, pour engendrer, les humains à l'image des bêtes s'accouplent. La vie compromet l'âme, et souvent elle la souille. Chaque matin, je retrouve mes appétits, mes lâchetés, ma fatigue et une solitude intérieure dont vous n'avez pas idée. Ce bagage m'est la bosse du bossu, je ne puis marcher sans lui. Et, lorsque saint Pierre regardera ma vie, c'est sur ce que, malgré le poids de mes humaines faiblesses, j'aurai entrepris et accompli, qu'il me jugera. Vous me voudriez épuré, séraphique. J'avoue n'être qu'un homme, un homme qui désire, un homme qui se débat et qui, devant l'ignominie de la souffrance et de la mort, s'efforce de garder la tête haute. Dans la grande foire de cette vie, je fraie ma route avec les moyens que j'ai reçus en naissant et selon les règles de notre époque.

Cela ne suffit pas? Si hier vous m'avez fui, si aujourd'hui vous me bravez, si demain vous renoncez à l'avenir dont je rêve pour vous, c'est que je vous dégoûte? Mais vous-même, Adélaïde, quel exemple donneriez-vous à ceux qui vous regardent, si vous vous mêliez de vivre? Vous-même, quel compte au jour dernier rendrez-vous

171

des talents que le Créateur, avec mon aide, vous a donnés?

Réfléchissez. Il vous reste une nuit, et cette nuit vous ne dormirez pas. Pour encore quelques heures je veux croire en vous. Si je savais prier, je prierais Dieu d'ôter le voile dont vous aveuglez vos beaux yeux. Il est d'autres destins plus dignes de votre nature. Cette nuit, écoutez ma voix. Dans un espoir bien affligé, je demeure votre très fidèlement affectionné père,

Philippe d'Orléans.

Qu'aurais-je décidé si l'abbesse de Villars, soucieuse de ménager ce qu'elle nommait ma vocation, m'avait remis la lettre de mon père le 22 août au lieu du 24 août ? Avant, avant cette nuit de veille où se sont consumées les dernières tendresses qui m'attachaient au monde, avant, avant ce matin de lumière et d'encens où je suis devenue une autre. Aurais-je repris ma place au Palais-Royal, accepté de vieillir en femme, puis en mère, toléré les façons du duc d'Orléans et de son odalisque, cautionné par une existence docile les hypocrisies de mon siècle ? Aurais-je renoncé à changer le Mal en Bien ? A gagner pour qui j'aimais la grâce éternelle ?

Je ne sais pas, je ne sais plus. Je me revois, étendue, bras en croix et face contre les dalles, devant le maître-autel. Le soleil à travers les vitraux pose près de ma bouche des piécettes rouges et bleues. J'entends comme dans un rêve le cardinal de Noailles me poser les questions qui m'engagent pour la vie, et je m'entends, je m'entends renoncer à tout ce que je suis. De ma famille, personne n'est venu. Ni mon père, ni ma mère, ni aucune de mes sœurs. Pas même Madame, qui pourtant disait m'aimer. A le découvrir j'ai versé d'amères larmes, mais la sorte d'ivresse qui en entrant dans l'église m'a gagnée est telle que je n'y songe plus. Allongée sur la pierre, je ne pense à rien. Je sens la cire passée hier sur les stalles du chœur, et aussi le parfum sucré qui imprègne la robe de l'officiant. Mon crâne résonne du sang qui me bat sous les tempes, de l'orgue dont la voix s'enfle et reflue comme une vague, du timbre angélique des mortes que je vais rejoindre à jamais. Elles sont là, autour de moi, noires brebis au visage de cire, au blanc sourire, elles me veillent, elles m'attendent. Oui, je meurs. Les mèches de mes cheveux, coupées au ras de la nuque, jonchent le sol. Des mains que je sens à peine m'ôtent un à un mes vêtements et me passent la robe aux larges plis d'ombre que je ne quitterai plus. Il fait chaud, entre ces sobres murs que mon père a voulu parer des plus belles tapisseries du Palais-Royal et des plus riches ornements de Saint-Denis. Il fait lourd et moite, Élisabeth, comme le jour de tes noces, et moi aussi, aujourd'hui, je me marie. Lorsque s'ouvre la grille dorée qui sépare le chœur de la nef, lorsque, escortée de mes pareilles, je traverse la foule des courtisans venus se goberger du spectacle d'une princesse rompant avec le monde, lorsque sur le parvis, aux yeux du petit peuple accouru dès l'ouverture des portes, je parais enfin, je ne suis plus Mlle d'Orléans, mais Mme d'Orléans. Je porte au doigt un anneau d'or pareil au tien, ma sœur, et pour moi aussi on apprête un fastueux banquet. Deux nuits de suite dans l'abbaye en liesse on festoie, on tire des feux d'artifice sur le canal, quantité de seigneurs et de dames dansent sous les étoiles, boivent ce vin heureux qu'aime notre père, et, s'égarant dans le labyrinthe des bosquets d'ifs, y cherchent les baisers dont je n'ai point voulu.

Moi, je me couche dans les draps neufs de mon trousseau. Je prête une oreille attendrie aux cris de la populace à qui les valets abandonnent les restes de notre dessert. Personne ne s'inquiète de ma personne, mais je ne suis plus seule, je ne serai plus jamais seule. De tout mon cœur, je le crois. Je lisse l'oreiller à côté de ma tête, et, m'allongeant en retenant mon souffle, je me raconte que le Christ, dans son mystère, me tend les bras.

— N'est-ce pas gentillesse de ma part, petite sœur, de faire tant de chemin dans la poussière des routes pour m'enquérir de vous ?

Élisabeth, qui est vêtue de soie beurre frais depuis les nœuds dans ses cheveux jusqu'à ses souliers, retrousse sa manche et se penche vers le jet de la fontaine. Comme chaque fois qu'on annonce une visite, les religieuses ont quitté les deux jardins, celui de roses et celui de senteurs, où Mme d'Orléans, qui a pris nom de sœur Bathilde, aime à se promener. Derrière la palissade frisée de clématites on entend le bourdonnement des ruches. Adélaïde, raide dans sa robe noire, les mains retirées sous ses manches, le visage nu bordé d'un fin bandeau de batiste, regarde le bras rond sur lequel l'eau gicle et glisse. Lèvres entr'ouvertes, Élisabeth ferme à demi les yeux.

— C'est que je m'inquiétais, savez-vous, de connaître si maintenant vous vous sentiez heureuse...

— Votre bienveillance me touche infiniment, et

votre curiosité encore davantage. Allons, ma chère, si vous aviez souhaité m'assister dans les heures graves que je vis, c'est le mois dernier, pour mes vœux, que vous seriez venue.

— Notre père l'a défendu à tous ceux de son sang, devais-je passer outre ? Il affiche un courroux ! Depuis votre vêture, on ne l'a pas entendu prononcer votre nom ! Cependant je vais vous dire : s'il ne s'est pas montré et s'il nous a empêchés de paraître à cette cérémonie, ce n'est pas tant par crainte de s'émouvoir que par hantise du ridicule auquel, pour ce qui vous touche, il se montre extrêmement sensible.

— Je ne m'en offusque pas. En envoyant ses officiers pour décorer l'église, dresser les tables et servir les repas pendant le temps des réjouissances, il m'a témoigné qu'à sa manière il pensait à moi. Et puis il a fait don d'une somme considérable à l'abbaye, et m'a dotée comme pour des épousailles royales.

Élisabeth joint les mains.

— C'est vrai ! Vous voici mariée ! Alors, qu'en sentez-vous ?

— Une paix profonde.

— Le joli mot ! Apaisée par sa lune de miel ! Cela assurément n'est pas commun, mais vous ne faites rien comme on l'attend, aussi ne dois-je point m'étonner. Contez-moi cependant votre nuit de noces. Vous voici femme, nous allons nous comprendre.

Adélaïde se penche vers un rosier dont elle écrase entre pouce et index les pucerons.

177

— Élisabeth, que venez-vous chercher ici ?

— Savez-vous, petite, j'ai souvent pensé à votre sort, depuis l'an passé où je suis venue vous visiter en ces murs. J'ai réfléchi à ce dont nous parlâmes alors, et je crois que, tout bien pesé, vous valez mieux que ce que vous paraissez.

— C'est un puissant réconfort que vous m'apportez là.

— J'ai découvert que je vous avais donné trop de raisons de me jalouser.

— Je ne vous jalouse pas !

— Oh si ! Vous me l'avez avoué.

— Je vous ai dit qu'enfant, je vous enviais.

— Vous m'enviez maintenant d'une envie plus sournoise, et c'est cette envie-là qui vous a poussée à chercher le secours de Dieu. Ne levez pas le sourcil. Sans doute suis-je dissipée, inconstante, parfois cruelle, mais accordez-moi pour l'esprit quelque crédit. D'ailleurs je ne me fâche point, et même je vous pardonne volontiers.

— Dois-je vous remercier ?

Très à son aise, Élisabeth s'assied sur la margelle du bassin aux carpes, étale son léger manteau autour d'elle en sorte que ses pieds jusqu'aux chevilles soient au soleil, et ouvre à demi son ombrelle.

— Oui, vous m'allez remercier. Pour racheter ce dont, peut-être, mon aînesse vous a privée, je ne puis vous offrir les hommes qui m'ont désirée ni les jouissances que j'ai connues. Mais je vais faire mieux.

Ouvrez grandes vos oreilles, petite sœur : pour le restant de votre vie, je vous cède notre père.

Adélaïde, les doigts verdis par les pucerons, continue d'inspecter ses roses.

— Je ne vous comprends pas.

— Si, vous me comprenez. Vous voici pâle, et votre bouche tremble. Écoutez-moi. Cette chose-là, que je vais vous dire, est simple et terrible comme la vie. Vous aimez un homme, le duc d'Orléans, qui aime passionnément ailleurs. C'est ainsi. Ni vous ni moi ne l'avons décidé. Baissez cet œil terrible. Je n'ai jamais jugé mon père et je ne vous juge point. Depuis toujours, l'homme que vous aimez me montre plus d'amitié qu'à vous, et, je le reconnais, j'ai usé et abusé de cette amitié. Vous avez porté votre croix, et c'est parce que vous ne pouviez plus la soutenir en public que vous vous êtes réfugiée ici. Mais ce temps touche à son terme. Le sentiment que notre père me porte ne vous torturera plus. Je me retire du jeu.

— Vous prenez le voile ?

— Non, je ne suis pas d'un grès dont on construit les cloîtres. Je ne change pas de vie, mais j'ai changé de cœur. Celui que j'avais battait le pouls de mes plaisirs. Celui qui m'est venu n'aspire qu'au recueillement. Dans sa limpidité, je ne puis abreuver qu'un seul amour. Il n'y a plus de place pour le duc d'Orléans, pour le Régent de France. Je vous le rends. Qu'il soit vôtre.

Adélaïde essuie machinalement ses mains sur le

179

devant de son habit. Elle a maintenant les joues enflammées et la bouche si sèche qu'elle boirait l'eau des carpes.

— Comment osez-vous parler de la sorte !

— Je ne soupçonnais pas que cela fût possible. Je suis si fort éprise que je ne sais l'exprimer. J'aime le chevalier de Rions, dont vous vous souvenez peut-être. Il est mon calice, mon hostie. Pour lui je me veux pure. L'autre, toujours à me presser, me fait devant cet autel-là l'image d'un crachat au front.

— Taisez-vous !

— Je suis lasse, ma sœur, de l'étrangeté de certaines passions. J'ai épicé la vie de notre père, j'ai bu à toutes les coupes qu'il m'a présentées. Pour lui, je me suis faite liqueur, sel et parfum. J'ai été la nuit, le jour, la naissance, la mort. J'ai été la fée et la sorcière, le souffle et le temps. Je redeviens humaine. J'ai soif de cette eau fraîche qui coulait à l'instant sur ma peau. Je revendique la fierté d'abdiquer ma superbe entre les bras du cavalier que j'ai choisi. Je veux m'en remettre à lui comme vous vous êtes confiée au Christ. Comprenez-vous ?

Adélaïde cherche du regard un coin d'ombre où cacher le feu de son visage.

— J'essaie.

— Le véritable amour n'est-il pas toujours un miracle ? Celui-ci me régénère et me sanctifie. Je songe à me marier.

— Avec ce Rions ?

— Les règles de la morale ni du monde ne m'ont jamais retenue d'agir au gré de mon caprice, et j'ai commis pire offense, dans ma courte vie, que je n'en commettrais en épousant un homme qui n'est pas prince du sang!

— Notre père vous donnera-t-il son accord?

— S'il le refuse, je m'en passerai. Il se consolera avec les affaires de politique et de finances dont il jabote depuis trois ans. Son beau dessein de relever le royaume ne change pas l'idée que j'ai de lui. Je le connais trop pour m'illusionner, et je ne veux plus le servir.

— Vous vous exprimez d'une manière...

— Si crue? Mais d'où crois-tu, petite, que je tienne ce langage? Qui m'a formée, dis-moi?

— Je vous en prie...

— De quoi t'effraies-tu? Notre père ne saurait nouer avec aucune de ses filles les liens qu'il a tissés avec moi. Sois-en heureuse, et libre. Oublie ce que tu appelles ma honte. Écris au duc d'Orléans de venir te voir, et montre-lui le fond de ton cœur. On peut en amour jouir de bien des manières et même, tu l'apprendras, sans se toucher.

— Dois-je vous rappeler que je suis religieuse?

— Et alors? Je connais des nonnettes, et aussi des abbesses, qui n'ont froid nulle part!

— Vous me dégoûtez.

— Non. Je sais que non. Tu me le disais la dernière fois: nous sommes femmes toutes deux, toutes deux

181

dans la fleur de notre âge, et un sang pareillement fougueux brûle nos veines. Écoute-moi, Adélaïde, et, pour une fois, ne refuse pas la tentation d'où peut naître ton bonheur : prends notre père, prends-le ainsi que tu l'entendras.

Adélaïde continue de frotter ses mains sur sa jupe maculée. Elle regarde vers le bout du jardin, là où, derrière les hauts murs de pierre, partent les allées forestières. Le bois à la tombée du soir, le cerf acculé, pantelant, l'âcre odeur des viscères, les cris, la bien-heureuse fatigue, les mains noires des valets rattachant les chiens. Chasser. Vivre. Le visage indéchiffrable, elle se retourne vers Élisabeth, qui rouvre son ombrelle et, rieuse, lui envoie un baiser.

Le chevalier de Rions. Du temps que je vivais à la cour, ce gentilhomme servait, je crois, dans un des régiments que parrainait ma sœur. Un gaillard à tête ronde, aussi gras que mon père, le faciès rustique, le rire sonore et un parfum de musc qui disait assez comme il faisait carrière. Ce damoiseau-là portait son trésor dans ses chausses, et le partageait avec une prodigalité si merveilleuse que toutes les dames recherchaient ses faveurs. Il était né, et il demeurait dans l'esprit et dans les façons, Gascon. Sa parenté avec le duc de Lauzun, galant émérite lui aussi, dont la chronique amoureuse avait égayé mon enfance, lui tenait lieu d'apanage et de recommandation. Hors son talent pour les joutes d'alcôve et le soutien de son mentor, Rions ne possédait rien sous le soleil ni la lune qui dût attirer l'attention. Fort laid, d'une laideur jaunâtre et bourgeonnante, assez pauvre, l'esprit court autant que sa taille, au demeurant honnête homme et joyeux compagnon, il eût croupi dans son obscurité si la

183

curiosité d'Élisabeth n'avait voulu tâter de sa phéno-
ménale vigueur. Je sus par Madame, qui m'adressa
dans une lettre cocasse tout le conte, que le crapaud
étonna la princesse. Ainsi tourne la roue du monde.
Un frisson décida de la fortune de Rions et de la perte
de ma sœur. Élisabeth, du moment qu'elle entraîna
son chevalier au lit, résolut de ne plus s'y ébattre
qu'avec lui. Sa surprise tourna en inclination, et son
inclination en fureur. Portant cet engouement jusqu'aux nues où elle croyait loger, elle le souhaita
envié de tous, et chanta la louange du monsieur
comme la poule chante l'œuf sous son séant. Il
devint le cavalier le mieux tourné, le plus délicat, le
plus avisé, le plus dénué de vices et paré de vertus
qu'on pût rêver. Lui, d'abord flatté d'être si éloquem-
ment aimé de la première figure du royaume, étouffa
vite sous le poids des qualités dont Élisabeth le parait
et que, médiocre nature, il ne pouvait soutenir. C'est
alors que la marquise de Mouchy entra en scène. Cette
étrange poulette, née d'un commis aux parties casuel-
les et de la première femme de chambre de la duchesse
de Berry, fille elle-même du premier chirurgien de feu
Monsieur, avait été élevée avec ma sœur. Mariée très
jeune par ses soins au vieux marquis de Mouchy, elle
avait le cœur et le ventre dans la tête. Elle calculait tout
et ne ressentait rien. Le visage aussi innocent que son
âme était retorse et sans scrupules, elle joignait à la
ruse la patience et la grâce dans un mélange irrésistible.
Élisabeth, qui prisait son genre de beauté, lui avait, dès

184

l'année qu'on l'avait placée auprès d'elle, passé toutes ses fantaisies. Elle couvrait ses galanteries, réglait les dettes de sa toilette et lui gardait bourse ouverte pour ses dépenses de jeu. Elles avaient le même âge et la même canaillerie dans le sang. En débauche, Mme de Mouchy montrait une santé exemplaire, gardant le menton haut et le verbe acéré quand ses compagnons s'effondraient. Elle ne s'effarouchait ni ne se dégoûtait de rien. Aussi ma sœur la tenait-elle en haute estime et, dans les débuts de sa toquade pour Rions, la mit-elle en tiers dans leurs entretiens. Cette familiarité allait jusqu'aux détails les plus grivois, qu'Élisabeth prenait plaisir à étaler ainsi qu'on ferait de son linge à blanchir. Si bien que Mme de Mouchy finit par connaître le chevalier de Rions aussi intimement que s'il eût été son amant. De là à ce qu'il le devînt, le pas fut d'autant plus aisément franchi que Rions, effaré de sa conquête et ne sachant hors du lit comment se comporter avec elle, songea fort naturellement à consulter sur ce point la personne qui connaissait le mieux Élisabeth. La Mouchy vit son avenir assuré. Elle fit ondoyer sa taille, qu'elle avait fort déliée, et son esprit, dont elle jeta mille feux. Rions, ébloui, tomba dans ses bras qui en filet se refermèrent sur lui. Les deux complices établirent alors de tenir à ma sœur une bride si serrée qu'elle ne songerait à rien qu'à mâchonner son mors, et, campés sur son large dos, de la mener où bon leur semblerait. Ce furent d'abord pour la marquise des dentelles et des diamants, pour Rions la lieutenance des gardes que ma sœur faisait caracoler dans les rues de Paris, puis, dès la fin de juillet 1716, le régiment du Soissonnais, qu'Élisabeth paya sur sa cassette trente mille livres comptant. Le vieux duc de Lauzun, qui est un cep de vigne frotté de poudre à fusil, vers ce moment entra en scène. La situation de son petit cousin lui rappelait le temps où, passionnément aimé de la Grande Mademoiselle, nièce du feu Roi, il tâchait à se faire épouser d'elle. Il bailla à Rions une longue leçon sur l'art de ferrer les princesses du sang, d'où le chevalier sortit atrabilaire et tyrannique. Du jour au lendemain il se mit à blâmer la mise d'Élisabeth, ses pierreries, l'agencement de ses journées, les audiences qu'elle donnait, tordit le nez sur ses présents et lorgna les danseuses à la mode. Il manqua ses rendez-vous, reçut grossièrement ses messagers, se fit attendre des nuits entières. Mais, comme entre les draps son talent s'augmentait de cette rudesse affectée, ma sœur s'en sentait chaque semaine plus émue. Elle avait enfin rencontré son maître. Elle prit habitude de lui dépêcher vingt fois, pendant sa toilette, des envoyés pour demander ses instructions concernant les couleurs, les bijoux, la coiffure qu'il souhaitait lui voir porter. Elle décommanda des bals, elle modifia ses menus. Rions ne s'adoucit point, lui refusant, lorsqu'il la quittait, les baisers auxquels elle trouvait tant de ragoût. Redoutant qu'il ne se heurtât, hors de chez elle, à quelque aventure fâcheuse, Élisabeth s'épuisait en conjectures. Le sommeil la fuyait. Elle qui avait toujours traité les larmes d'autrui par le mépris commençait de pleurer en cachette, et, plus elle pleurait, plus elle aimait. Rions s'effrayait que si grossier expédient produisît si véhément effet mais, craignant de tout perdre s'il changeait à nouveau de manière, il s'en tenait à sa froideur et attisait également le chagrin et la flamme de sa maîtresse.

Mon père, lui, s'inquiétait sérieusement du tour que prenait cette mesquine fable. Jamais Élisabeth ne l'avait pareillement délaissé, ni n'avait montré à son endroit une telle brutalité. Il avait pressant besoin d'oublier auprès d'une âme chère les tracas causés par le gouvernement, et voilà qu'avec des mots et des gestes cruels la seule femme qui pût le soulager de lui-même se dérobait à son désir. Il ne la reconnaissait plus, il ne savait par où l'atteindre, ni comment la rejoindre. Il fallait chasser Rions et la Mouchy, il le comprenait bien, mais sitôt qu'il s'armait pour les abattre, ma sœur, par cet étrange pouvoir qu'elle gardait sur lui, le désarmait. Les colères, les menaces restaient sans effet. Il suppliait, il criait vengeance, il hurlait à la mort, et après les pires scènes revenait au Luxembourg implorant et soumis. Il n'était plus le duc d'Orléans, ni le régent de France. Seulement un pauvre homme trahi par sa raison de vivre.

C'est alors qu'Élisabeth se découvrit grosse. Elle avait déjà perdu plusieurs enfants mort-nés ou malformés, et les docteurs pensaient que sa matrice ne donnerait plus de fruit. La nouvelle qu'en elle avait germé la chair de son amour lui fut comme aux âmes élues la révélation de la foi. Elle y puisa la détermination d'épouser Rions à n'importe quel prix.

Je n'ai jamais porté de petit dans mon ventre, mais il me semble aujourd'hui, ma pauvre sœur, que je te comprends. Je te vois, tu mords tes lèvres fardées, tu presses tes mains sur tes flancs. Tu as résolu de cacher ton état à notre père et de vivre comme à l'accoutumée, sans rien changer à tes soupers ni à tes sorties. Tu t'y tiens, et dans les premiers mois personne ne devine rien. Au-dedans de toi, pourtant, tout est bouleversé. Toi si frondeuse, toi qui moquais le Ciel, l'enfer, la maladie, la mort, tu commences de douter. Tu es trop ancrée dans tes goûts et dans tes pratiques pour t'arracher à eux, mais tes jouissances ne te satisfont plus. Une moitié de ton être s'abîme dans l'ivresse. L'autre, à genoux sur le prie-Dieu près de la cheminée, songe que la vie peut-être finit le jour où l'on s'y attend le moins, la nuit où justement on guette l'aube comme la promesse du bonheur à naître. Tu as peur, Élisabeth. Comme jamais tu désires vivre, et comme jamais te guérir de la vie que tu mènes. Tu ne parviens pas à choisir. Pour l'enfant, pour toi, pour ce Rions dont les bras ouvrent le seul paradis dont tu aies la certitude, tu veux ensemble les plaisirs, la gloire et le pardon. Tu es petite-fille de roi, fille de régent, et tu as dans le sang plus d'orgueil et de feu qu'une reine. Tu te persuades que Dieu, si tu Lui parles, te comprendra. Qu'Il t'accordera cette absolution que les prêtres te refusent, cette réconciliation à laquelle maintenant tu aspires.

Élisabeth, je sens ce que tu sens. Tu es dans le carrosse d'une de tes dames, accompagnée seulement de Mlle de La Vaise, ta femme de chambre. Tu fais arrêter devant le porche des carmélites du faubourg Saint-Germain. Tu demandes asile, et tu dors là, dans une cellule pareille à celle où Mme de Villars m'a logée le soir de ma retraite à Chelles. Tu retournes au couvent le jour de Noël, et tu y passes l'après-dîner. La mère supérieure a choisi pour t'entretenir deux religieuses fort intelligentes, ayant connu le monde, dont l'une est d'une remarquable beauté. Sous le regard de Dieu la vérité ne peut blesser. Elles te remontrent avec franchise tes scandales, entrant dans des détails prouvant qu'elles n'en ignorent rien. Elles ne comprennent pas ce que tu viens faire dans leur maison. Tu souris, tu acquiesces. Tu t'apaises. Tu reviens, dimanche après dimanche, en dépit du souper et du bal de l'Opéra, pour assister aux saluts du carmel. Sous ces voûtes dépouillées, tu es une autre. Modeste, silencieuse. Tu te mets à me ressembler. Ton âme s'allège et s'élève. Tu goûtes un repos que tu croyais perdu. Tu demandes qu'on meuble pour toi deux chambres. Si l'abbesse le veut bien, tu vas venir souvent, le plus souvent possible.

Vers ce moment, l'enfant dans ton sein commence de bouger.

Dans la grande galerie du Palais-Royal où sont exposées ses collections, Philippe surveille l'accrochage d'une « Scène » de Poussin. Il plisse les yeux pour mieux apprécier la composition du tableau et, n'y parvenant pas, cherche l'épais lorgnon dont il use au théâtre. Il aime cette toile d'un sentiment charnel, comme toutes celles rassemblées ici à force de patience et de ténacité. A travers l'Europe entière, ses commis repèrent et négocient pour lui les chefs-d'œuvre. Il leur faut parfois des années avant de convaincre les propriétaires de céder leurs trésors, mais le désir du prince est souverain, et Philippe, comme en tout ce qu'il fait, accepte de payer le prix. Aussi le musée personnel de Son Altesse a-t-il peu de rivaux dans le monde.

Élisabeth, assise sur un coffre, coiffe à grands coups de brosse son bichon roux. Elle est nerveuse. Elle regarde son père par-dessous et se retient, chaque fois qu'il s'approche, d'agripper sa manche.

Philippe, sans quitter du regard le tableau, lui caresse la joue.

— Il est merveilleux, n'est-ce pas ? Il vous plaît ?

Élisabeth baisse la tête. Étonné, le Régent s'assied à ses côtés.

— Vous ne vous sentez pas bien, mon ange ?

— Allons, Monsieur ! Vous savez ce que j'ai !

— Moi ? Ce que vous avez ?

— Mon père ! Mon père, vous ne pouvez m'arracher Rions !

Philippe se relève et tire les basques de sa veste. Une grosse veine lui bat sur la tempe gauche.

— Je puis ce que je veux, et j'ai mes raisons, qui pour aller à l'encontre des vôtres n'en sont pas moins solides. Votre nouveau soupirant me déplaît, ses façons envers vous m'irritent et les vôtres envers lui m'exaspèrent. Il quittera donc la cour.

— Il ne la quittera pas ! Je l'aime !

— J'ai maintes fois entendu cette chanson.

— Je l'aime de toute mon âme.

— Ne forcez pas mon rire ! Je connais, moi, où loge votre âme !

Élisabeth se dresse comme un aspic sur qui on a marché.

— Comment osez-vous !

— Votre sœur Adélaïde ne vous a-t-elle pas dit qu'on est souvent puni par où l'on a péché ?

— Vous vous vengez de ce que je vous préfère un autre homme !

— Dois-je vous rappeler que je suis votre père?

— Un père dénaturé! Tyrannique! Vicieux! Un père à donner de la honte!

— Je crains que ce mot-là sonne étrangement dans notre famille.

— Je vous hais, savez-vous, je vous hais!

— Vous vous oubliez, Madame. Vous parlez au Régent.

— Je parle à qui je vois! Et qui je vois est un homme sans grandeur, sans générosité, qui tire sa jouissance du déplaisir d'autrui!

— Je vous souhaite ainsi qu'à votre chevalier toutes les satisfactions au monde. Mais séparément, et non l'un sur l'autre.

— Vous avez le cœur et le verbe grossiers! Vous n'êtes qu'une bête égoïste et rageuse!

— C'est vous, ma très belle, qui ragez.

— Vous me défendez le seul commerce qui me soit cher! Vous construisez votre bonheur sur mon malheur à moi, et encore vous prétendez m'aimer!

Philippe met un doigt sur ses lèvres et, prenant sa fille par les épaules, l'entraîne dans l'embrasure d'une fenêtre.

— Mais je t'aime, petite sotte, et je veux ton bien. C'est pourquoi j'essaie de te dessiller, de te dégriser, de te faire reconnaître, enfin, de qui tu es entichée.

— Et pourquoi, s'il vous plaît, pareille sollicitude? D'ordinaire vous n'y regardez pas tant sur le choix de mes amants.

— C'est que vous ne me les fourrez pas sous le nez! Je bute sur Rions chaque fois que j'entre chez vous, où vous me recevez en sorte que je comprenne combien je dérange. L'impudent rôde alentour tout le temps de nos entretiens, et sitôt qu'il s'éloigne fait porter des billets qui vous jettent dans des transports grotesques. Bientôt je le trouverai assis avec vos chiens dans votre édredon, grognant sur l'intrus que je fais et découvrant les crocs pour me chasser promptement!

Élisabeth esquisse une révérence narquoise.

— Et si cela était?

— Cela ne sera pas!

— Vous n'êtes point le maître dans ma maison.

— Il m'importe que personne ne le soit plus que moi!

— Et pourquoi, s'il vous plaît?

— Pour la raison que je suis votre père et qu'il en a toujours été ainsi!

— J'ai changé.

— Je ne vous le permets pas!

— Alors, ne venez plus.

Philippe se force au calme, mais la colère lui gonfle le cou.

— Gardez-vous, Élisabeth, de me pousser à bout! Le jour que je ne viendrai plus...

— Sera un tel soulagement que j'irai rendre grâces.

— Mauvaise que vous êtes!

— A qui la faute?

— Un jour, je vous étranglerai de mes mains!

193

— Faites ! Ceux qui en ont tâté disent que l'étouffement procure un plaisir sans pareil.

— Gredine !

— Tiens ! déjà vous voici moins fâché.

Philippe sourit malgré lui. Il attrape l'éventail
qu'Élisabeth porte glissé dans sa ceinture, et s'évente
en soufflant.

— Quelle mouche vous a piquée, aussi, de choisir un
néant comme votre chevalier ?

— Je ne vois à M. de Rions que des qualités.

— Et moi que des défauts.

— Il est beau. Il est brave.

— Brave ! Il n'a jamais combattu qu'en salle et au
fleuret moucheté ! Quant à sa beauté, Madame dit
qu'il ressemble pas mal à un crapaud chancreux et je
la trouve clémente. Un nabot pustuleux, avec les épaules de guingois, une démarche sautillante, et, à seulement vingt-cinq ans, moins de cheveux que moi à
quarante-quatre !

— Il m'aime, et me le prouve de fort bon gré.

Philippe éclate d'un rire d'auberge.

— Point n'est besoin d'aimer pour besogner vigoureusement une femme ! Votre damoiseau a les chausses
bien garnies et de puissants motifs d'exercer ses talents !

— Il a pour motif une passion très tendre.

— Une passion d'intérêt, certes, je ne le nie point.

— Mon intérêt et le sien se confondent.

— Ajoutez alors celui de Mme de Mouchy, car sur ce
chapitre il vous faut partager.

Élisabeth pâlit.

– Qu'entendez-vous par là ?

– Que votre galant coquette avec votre dame d'atour. Qu'à deux ils se sont accordés sur le point de vous traire comme un pis. Qu'ils vous ont surnommée « la vache aux paniers » et disent sur vous des impertinences à rougir.

– Cessez ! Le dépit vous fait devenir encore plus méprisable ! Mme de Mouchy m'est une amie très chère, qui partage mes veilles et mes secrets, qui me rend des offices délicats et sur toutes choses s'ingénie à me plaire. Elle est obligeante, discrète, douce, gaie, pleine d'esprit et d'instruction, elle a le visage d'un ange et la tournure d'une reine, je suis fière de la produire, heureuse de ses succès, et si M. de Rions lui trouve quelques appas, je ne puis que me féliciter de lui voir apprécier celle que j'ai distinguée. De surcroît, Mme de Mouchy est mariée.

Singeant sa fille, Philippe s'incline pour un salut moqueur.

– Cela, vous le savez mieux que personne, est le plus sûr remède contre la fidélité.

– Mon chevalier me sert trop bien pour s'employer ailleurs.

– On lui prête une vigueur peu commune, qui à l'image du Phénix renaît sitôt après s'être consumée.

– Votre nez s'allonge ! Bas le masque, Monsieur ! Voilà ce qui vous ronge et vous emplit de fiel ! Oui, M. de Rions montre au lit une santé admirable ! Cette même santé qui depuis quelques mois vous fuit fâcheusement!

— Je n'ai que faire, Madame, de vos railleries. Je ne crois pas que Mme de Châtillon soit mécontente de moi, ni Mme de Nicolaï, ni Mme de Tencin, ni la princesse de Léon, ni Mme de Sessac, ni Mme de Brossay, ni Mlle de Portes, ni Mlle Cavalier, ni Mme Dorvaux et Mme Lévesque, qui pour être bourgeoises n'en sont pas moins ardentes, ni aucune des deux sœurs Souris qui dansent à l'Opéra, ou encore la petite Heuzé, la petite Leroy, ou Émilie Dupré. Quant à Mme de Parabère, que j'ai rencontrée chez vous, elle dit volontiers de ma personne tout le bien qu'elle en pense.

— On en dirait à moins! Vous lui avez donné pour près de deux millions de livres de porcelaine et allez lui acheter le duché de Dampierre, qui vaut trois cent mille livres!

— Vous êtes fort avertie de mes largesses.

Élisabeth reprend son éventail des mains de Philippe et le referme sèchement.

— C'est autant que je n'ai point pour moi.

— Mme de Parabère met à me plaire tout le soin que vous employez à me peiner.

— Chaussez vos besicles, mon père! Votre sultane vous trompe avec Richelieu, avec Clermont, avec Nocé, et avec le chevalier de Beringhen dont elle conte merveilles.

— Je n'y vois pas grand mal. Elle a vingt ans, de la

196

curiosité comme il sied à cet âge, et son benêt de mari vient de la laisser veuve. Beringhen m'agace un peu, mais j'y mettrai bon ordre.

Rencoignant Philippe à l'abri des regards, Élisabeth se hausse jusqu'à son oreille.

— Moi aussi, vous me préféreriez inconstante ?

— Certes oui ! Quand on se prête beaucoup, on ne se donne à personne.

— Je ne vous appartiendrais pas plus.

— J'en aurais davantage l'illusion.

— Je n'ai plus le cœur au partage.

— Qui vous parle du cœur ?

— C'est que maintenant chez moi il règle tout le reste.

Philippe doucement la repousse.

— Enfin, ne me dites pas que jusqu'à la fin de vos jours vous vous bornerez à ce Rions ?

— Il me comble.

— Il est sale !

— Vous aussi.

— Il ne lit ni un livre ni une note. Il lorgne toujours ses pieds, qui sont affreusement grands. Il porte des bouclettes qui lui donnent l'air d'un singe. Il n'aime pas la chasse.

— Je ne chasse plus qu'en carrosse. J'ai trop grossi. J'ai même dû cesser mes promenades à cheval, dont j'avoue qu'elles me manquent.

— Vous vous rattrapez sur l'alcôve et le jeu.

— Chacun de nous compense à sa manière.

— Trouvez-en qui siéent à votre condition. La rumeur se nourrit de vos dépenses et de vos soupers, et cela me dessert.

— Je n'ai plus vocation à vous servir. Adressez-vous sur ce fait à vos ministres ou à ma sœur de Chelles. Quant au chapitre des plaisirs, vous êtes mal placé pour me sermonner.

— Ce que je fais, je le garde à couvert.

— Vous souhaiteriez que je sauve les apparences ?

— J'y verrais un signe d'amendement.

Élisabeth tire un petit miroir de son aumônière et essuie le noir qui a coulé au coin de ses yeux.

— Fort bien. Je vais donc épouser M. de Rions. Le monde, votre conscience et la mienne y gagneront la paix.

Philippe lui arrache la glace, qui se brise en tombant.

— Perdez-vous le sens commun ? La duchesse de Berry épouser le chevalier de Rions !

— Louis XIV a bien épousé Françoise d'Aubigné.

— Un mariage secret.

— Le mien peut l'être aussi. D'ailleurs, peut-être l'ai-je déjà épousé.

— Vous vous moquez ?

— Peut-être pas.

— Élisabeth, je ne trouve pas ce propos à mon goût !

— Vous ne m'étonnez guère.

— L'avez-vous épousé ?

— Devrais-je vous l'avouer ?

— Bien sûr, vous le devez !

— Mais vous seriez furieux ?

— Je vous tuerais, oui !

— Et vous voulez que je parle ?

— Ne me faites pas brûler ! Je vous somme de répondre !

— Personne ne me commande !

— Je vais vous battre !

— Battez-moi. Ah !

— En voulez-vous encore ?

— Je ne l'ai pas épousé.

— Bon.

— Je le ferai bientôt.

— Ah ! Çà ! Mais vous me rendrez fou !

— Assez ! Assez ! Un rustre doublé d'un lâche, voilà ce qu'est mon père ! Vous avez la main leste mais vous n'osez me regarder en face ! Allons, regardez-moi ! Là ! Ne baissez pas les yeux !

Philippe l'empoigne et la presse contre lui.

— Mon cœur, je vous aime plus que tout. Cessez de me torturer.

— Je ne plierai pas.

Il la serre à l'étouffer.

— Vous vous rendrez.

— Vous me faites mal. Je vous connais, c'est vous qui finirez à mes genoux.

Philippe laisse baller ses bras.

— J'y suis déjà, en dépit de ce que vous m'infligez. Mais je n'avalerai pas Rions.

199

— C'est que vous ne m'aimez pas.

— C'est que je vous aime trop.

— Je n'ai que faire de cet amour méchant.

— Que puis-je vous offrir d'autre?

— Donnez-moi mon chevalier. A l'obtenir de votre main, il me semblera le chérir par tendresse pour vous.

Philippe relève la tête comme l'assoiffé devant le puits.

— Par tendresse pour moi?

— Par extrême tendresse.

Saluant d'un signe de tête les ouvriers qui achèvent de fixer le Poussin, il entraîne Élisabeth vers le couloir qui mène à ses appartements.

— Me donneriez-vous quelque gorgée de cette tendresse?

— Il se peut.

— Le feriez-vous céans?

— Qui sait?

— Ne soyez pas cruelle...

— Venez, et ne dites plus rien.

Relevant le bas de sa jupe, Élisabeth le précède dans l'escalier dérobé qui aboutit derrière son lit clos.

Il est des heures, ma sœur, où malgré mes efforts je ne puis vous pardonner. Les pénitences que je m'impose au lieu de l'adoucir aigrissent ma rancœur, et avec ma rancœur mon courroux contre vous. Sans l'horreur que m'inspirait votre nature, j'aurais connu les médiocres et chères douceurs d'une existence ordinaire. J'aurais un passé d'émois et de frissons, un avenir de vertu, de trahison, d'attente et de dissipation, de ce qui peuple, enfin, les jours et les nuits des mortels. Je serais un être humain, et non une héroïne tragique comme M. Corneille en montrait autrefois sur le théâtre. J'aurais le droit de décevoir, de déchoir ; j'aurais droit au pardon. Je pourrais m'abandonner. Oublier qui je suis, et ce que je veux être. Je me connaîtrais des amis, et non seulement des hypocrites qui m'encensent ou me raillent sans rien comprendre de moi. Je n'ai ni ami, ni amant. Je n'ai que Dieu, et Dieu n'est que silence.

Je voudrais prier pour votre âme, Élisabeth. Je ne

puis m'y contraindre. Mes lèvres forment les mots de mon bréviaire et mon cœur en crie d'autres. Putain. Maudite. J'ai honte de moi, et de cette honte je me mords jusqu'au sang. Vous n'irez pas en paix. Quel sens cela aurait-il? Au plus loin que remonte mon souvenir, vous commandez, vous exigez. Vous avez faim. Vous avez toujours faim. Faim de ragoûts et de sucreries, de vins à la glace, de crèmes, de pains farcis. Et faim d'hommes. La table. Le lit. Sans mesure, sans relâche. Moi je reste là, immobile et muette, derrière un pilier. J'ai six ans, j'ai onze ans, j'ai vingt ans, encore aujourd'hui où vous n'êtes plus qu'une ombre, je me colle à la pierre froide et je vous épie. Rien ne me distrait. Sans que vous songiez même que j'existe, je vous regarde. J'apprends de vous le trouble. J'apprends certain frisson, au creux du ventre, dont mes jambes tremblent encore. J'apprends le désir et le dégoût, le dégoût de vous, de moi, le dégoût de toute chair, de toute joie. Votre rire, le souffle de l'homme penché, l'homme sans visage, avec ses mains, sa peau moite qui retient la lumière, l'homme qui sent le musc, la chaleur du foin sous le midi d'août, le cheval emballé et une autre odeur, encore, que je ne sais nommer et qui me tire des larmes. Je n'ai jamais touché cet homme-là. Tu le gardes, Élisabeth, tu le gardes pour toi. Lui, ses pareils, et tous les plaisirs qui sur ton corps coulent comme une liqueur. Je ne puis détourner mes yeux. Je sens, aussi, et je pleure.

Élisabeth se retourne dans son lit et gémit. Le tronc de vieux chêne que le valet Basile a tisonné sans réveiller sa maîtresse flambe avec des crépitements d'artillerie. Une gerbe d'étincelles illumine la chambre, lançant des escarbilles jusque sur le tapis. Élisabeth remonte ses genoux et agrippe son drap. Le bichon endormi contre son épaule grogne doucement. Le visiteur est là, à moins d'un mètre, la tête tournée vers l'âtre. Son profil se découpe sur la clarté des flammes, le nez busqué, le front dégagé par des cheveux noués en queue. On lui donnerait trente-cinq ans. Élisabeth ne l'a jamais vu sous cette forme, mais elle sait qui il est. Dans son sommeil, elle amorce un geste vers le cordon à sonnette. Le diable avec un mouvement de chat se retourne. Il a les yeux jaune d'ambre, qui irradient comme le reflet du feu. Il est grand, peu épais, de noir vêtu, et porte le petit collet qu'ont les ecclésiastiques de condition modeste. Il s'incline très bas.

— Princesse, c'est grande civilité de me recevoir à cette heure.

Élisabeth n'a plus de voix, plus de corps, rien que de l'eau qui coule d'elle et la dissout. Sa chemise trempée lui fait un suaire poisseux, elle a froid, si froid. Elle serre les lèvres pour empêcher ses dents de claquer, elle voudrait appeler, sonner, la suivante qui couche au pied de son lit n'entend donc rien, la sotte ronfle, et lui, lui qui ôte posément sa cape et tire un fauteuil dans la ruelle...

— Me permettez-vous de m'asseoir, Madame? Là d'où je viens, il faisait fort humide et j'ai mal au genou.

Il n'est pas laid. Il ne ressemble ni à un bouc, ni à un singe, ni au vieillard lubrique des estampes coloriées. Il ne sent pas le soufre mais la tubéreuse, il porte des souliers fins, il a le teint cireux, la tête poudrée, les doigts grands, très blancs, un anneau à l'index de la main droite et une grosse bague d'évêque à la main gauche, ses dents semblent égales, il croise les jambes, il attend. Élisabeth est un caillou, une feuille sèche, le vent qui coule sous les rideaux, le papillon de nuit, dans le coin de l'alcôve, que saigne une araignée.

— Vous m'attendiez, n'est-ce pas?

— Moi?

Elle s'est dressée d'un sursaut, sans égard pour la chemise qui, délacée il y a peu par les soins de Rions, lui découvre largement la gorge. Le regard du diable glisse et sa bouche s'entr'ouvre. Élisabeth connaît cette lueur-là. Elle a chaud, maintenant, chaud partout, comme une peau brûlante appliquée sur la sienne, elle résiste à arracher son linge, et l'autre, là, si près, qui respire trop vite.

— Oui, vous. N'est-il pas temps ?

— Temps ?

— Que nous nous connaissions un peu, puisque ensemble, bientôt, nous partirons d'ici. Je n'enlève pas une femme de votre qualité sans m'être fait connaître d'elle. J'aime à me faire aimer. C'est une faiblesse que je partage avec Dieu. M'aimez-vous ?

— Moi ?

— Vous m'aimerez. Je vous deviendrai aussi précieux que vous l'êtes pour moi. Car je ressens à votre endroit, savez-vous, une inclination très particulière, nourrie d'une entente inavouée plus savoureuse que toutes les redditions. Je vous trouve idéale. Vos abaissements font ma gloire, vos colères ma musique, vos débauches ma jouissance. Votre impiété est ma revanche, votre immoralité ma victoire.

— Que voulez-vous ?

— Définir notre avenir commun, ma chère.

— Notre avenir ?

— Je vous trouve si parfaitement pécheresse que m'est venu le souci de vous préserver des tentations du Bien. Ne déflorons pas nos plaisirs. Vous commencez de souffrir par la tyrannie du chevalier de Rions, et vos amies carmélites vous content que chaque larme versée rachète un de vos péchés. Dans l'inquiétude qui vous gagne de ne pas mériter votre amant, vous accueillez la peine en amie, vous lui offrez cœur, ventre, tout votre être soumis sur lequel se vautre votre gros Gascon. Ces simagrées me déplaisent. Vous êtes à moi avant que d'être à vous, et je n'entends pas que vous soyez jamais à Dieu.

— Mais je ne veux pas de vous !

— Je ne m'attendais guère à ce que, même en rêve, vous me tendiez les bras. Je l'aurais apprécié, pourtant, j'aurais été ému.

— Vous !

— Pourquoi non ? Quelle nature croyez-vous que je sois ?

— Vous êtes... Satan.

— Certes. Je suis un ange. Un peu mieux, un peu plus, mais un ange tout de même. Et les anges, savez-vous, ne sont pas les fades emplumés que les peintres brossent sur leurs toiles pieuses !

— Me conduirez-vous en enfer ?

— Pensez-vous que j'habite l'enfer ?

— On me l'a dit.

— Me voyez-vous loger dans un chaudron où bouillonne tout un peuple de pécheurs vagissants ? Quelle enfance ! Apprenez, chère beauté, que je vis nulle part et partout, dans le présent, le révolu et le futur. C'est là que je vous emmènerai. Vous serez avec moi la tentation du Mal au fond de l'âme des hommes, vous serez le mal commis par chacun d'eux, le mal subi par chacun d'eux, leurs coupables délices mais aussi leurs tourments et leurs remords, que vous ressentirez dans leurs moindres détails. Tout pareillement à moi, sans jamais me quitter.

— Vous ne ferez pas de moi votre esclave !

— J'en userai ainsi que je voudrai, et quand je le voudrai. Mais je vous estime trop pour vous prendre de force. Je suis venu dans votre sommeil pour vous dire que tout maintenant est résolu, et qu'il faut vous préparer à me suivre. J'entends vous épargner le désagrément d'une dernière maladie. Je vous enverrai quelque apoplexie qui vous enlèvera d'ici-bas sans ces douleurs du corps qui réjouissent tant Dieu.

— Vous me confondez avec mon père ! C'est lui qui rêve de passer d'un coup, à table ou sur une gueuse, mais ce qui sied à un homme mûr ne se peut attendre d'une femme de vingt ans !

— Vingt-trois. Vous avez vingt-trois ans, et vous avez beaucoup servi. Fiez-vous à moi, je vous connais du dedans. Vous ne durerez guère.

— Je me sens à merveille.

— Vous mentez.

— Je suis grosse de cinq mois. Les malaises en cet état sont chose commune.

— Justement, j'y venais. Vous allez avorter.

— Quel est cet odieux marché ? Je suis vivante, entendez-vous, vivante, et personne ne m'ôtera mon enfant !

— C'est lui qui par mes soins vous tuera.

— Vous ne m'aurez pas de sitôt ! Je vais changer de

façons, je vais me repentir, prier chaque nuit et faire prier pour moi. Je me mortifierai au point de vous dégoûter de ma personne !

— La vertu ne vous sera que le dernier sursaut de la bête aux abois. Il vous servira peu. Dieu aime les humbles efforts, les menus sacrifices quotidiens qui, égrenés au long des ans, font un chapelet auquel s'agripper pour grimper jusqu'à Lui. Il faut de la constance, de la volonté et du temps. Vous n'avez que de la frayeur et de la précipitation. Il est trop tard.

— Soyez maudit !

— Ce mot n'a pas de sens, ma chère. Je suis le diable.

— Hors de ma vue !

— Je ne suis pas dans votre chambre, Madame, je suis dans votre cœur. Regardez-y, oui, là, n'y suis-je point ?

Élisabeth ouvre grands les yeux et se redresse sur ses oreillers. Les coudes raidis, elle se hisse, elle se pousse en secouant la tête comme font les chevaux harcelés par les mouches. Une brume rougeâtre lui brouille la vision. La sueur lui coule en rigoles sur les joues. Elle halète. Ses prunelles dilatées fixent, dans la ruelle, le siège sur lequel Rions a coutume de s'asseoir pour délacer ses jambières. Le lit craque, le baldaquin vacille. La femme de chambre, endormie sur sa couchette de sangles, grogne et s'étire.

— Partez... De grâce...

— Son Altesse m'a appelée ?

— Puisque vous êtes réveillée et que vous m'en priez, Madame, je m'en vais. A vous revoir bientôt, très bientôt.

— De grâce... De grâce...

Élisabeth sanglote si violemment que la fille, effrayée, sonne à l'aide. Mlle de Braches et Mme de Vineuil entrent en tenue de nuit, chiffonnées de sommeil. Elles bercent Élisabeth, elles la baisent, la caressent, remontent ses cheveux humides sous le bonnet, elles changent les draps, allument tous les flambeaux, chauffent du chocolat, proposent une lecture. Élisabeth ne cesse de trembler.

— Votre Altesse a la fièvre, il faut mander les docteurs.

— Non ! Non ! Je ne suis point malade ! Je me porte bien ! Très bien ! Le mieux du monde ! Je vais manger ! Manger, c'est vivre, n'est-ce pas ! Mangeons ! Qu'on réveille Mme de Mouchy, qu'elle vienne manger avec nous. Oui, céans. Mon écritoire, aussi. Un mot pour M. de Rions, je le veux près de moi dans l'instant. Non, il serait fâché. Qu'on ne le dérange pas. Alors mon père !

— Madame, l'aube ne s'éclaire pas encore et nous sommes à La Muette ! Il faut presque une heure pour venir du Palais-Royal jusqu'ici. Monseigneur le duc d'Orléans sûrement s'est couché tard, il a besoin de repos.

— Moins que moi je n'ai besoin de lui ! Qu'on aille le chercher !

— Si je puis me permettre, Son Altesse le Régent n'est pas un laquais qu'on sonne en pleine nuit.

— Il est ce que j'en fais! Qu'on envoie après lui!

— Madame, par pitié...

— Je n'ai point de pitié, ne le savez-vous pas? Je n'ai que du caprice! Mon père, des cartes et du vin de Champagne, voilà ce que je veux! Obéissez! Il n'y aura plus de nuit quand M. de Rions ne sera pas ici! Plus de nuit, jamais! Nous jouerons, nous boirons, nous ferons cent folies! Qu'on ne me laisse pas m'endormir! Et qu'on prépare mon carrosse pour onze heures, j'irai au carmel le restant de la semaine.

Moi aussi, je connais le diable. Moi aussi, je vis avec lui. Cependant, depuis que j'ai compris que le Mal ne vient pas de son pouvoir mais de la nature humaine, je ne le crains plus. C'est moi seule, maintenant, que je crains.

Il pleuvait dru. Je me tenais dans la bibliothèque de Chelles, occupée d'un recueil sur l'art des artificiers, lorsque la petite sœur Geneviève me vint avertir qu'une dame assurément de qualité parce que épaissement voilée demandait après moi. On avait camouflé les armoiries sur son carrosse mais, des essieux aux harnais, tout en était doré et d'un travail ravissant. La personne semblait dans une hâte et une agitation indescriptibles. Sœur Geneviève n'avait pu obtenir de connaître son nom. Je me levai, arrangeai ma coiffe et, tâchant à lisser pareillement mon front, me rendis à la salle des licornes où je reçois par temps maussade mes visites. Ma dernière rencontre avec Élisabeth m'avait troublée au point que mon directeur de conscience

211

commençait à regretter l'honneur qu'on lui avait fait de me confier à lui. Le monde, que j'avais toujours cru nettement partagé entre l'ombre et la lumière, m'apparaissait maintenant sous une multitude de teintes intermédiaires, offrant quantité de sentes traversières entre le vice et la vertu, la récompense et le châtiment. Je n'y retrouvais plus le chemin que j'avais, en quittant la cour, vu s'ouvrir devant moi. Où que je portasse les yeux, le visage de la tentation me souriait avec les traits de mon père. Plus je le regardais, plus il lui ressemblait. Mon cœur à cette vision battait comme il n'avait jamais battu pour Dieu, je le sentais chaque jour davantage et, chaque jour davantage, les raisons qui avaient commandé ma retraite me devenaient suspectes. J'essayais de retenir mon esprit de se tourner vers le Palais-Royal, de penser qu'Élisabeth aimait Rions, que sa place auprès du duc d'Orléans allait se libérer, que peut-être bientôt je la pourrais occuper. Hélas, mes efforts ne servaient qu'à me remontrer ma faiblesse, et mon scrupule cédait à des délices d'autant plus vives que je les savais coupables.

Or voilà que, pour la troisième fois, Élisabeth s'en revenait à Chelles. La confusion de mes sentiments était trop grande pour que je pusse espérer lui opposer l'apparente sérénité qui m'avait jusqu'alors protégée. Elle allait lire en moi, me féliciter de ce que je comprenais enfin la vie et me poser ces questions crues qui l'enchantaient. Je ne voulais pas la voir. Je l'entendais plaisanter la petite sœur Edmée dans l'escalier de la tour, et, pour gagner du temps, je m'inventais des comptes d'épicerie. Qu'elle repartît. Qu'elle me laissât dans ma cellule, dans mes livres, dans mes prières, dans ce monde en dehors du monde où personne ne me prenait en défaut. J'avais beau me représenter que cette femme était ma sœur, d'à peine deux ans mon aînée, qu'il me fallait lui porter la parole de paix, je ne pouvais remuer un doigt. L'oreille tendue, je guettais l'avancée de ses pas qui sonnaient comme des fers de coursiers sur les dalles de la grande galerie. Elle approchait. Elle ne riait plus, elle toussait avec les mêmes quintes rauques que notre ancienne sacristine, morte à la fin de l'été.

Machinalement je me levai, et cherchai le secours de mon reflet dans les petits miroirs qui encadraient la porte.

— Qu'avez-vous fait à vos yeux ?

Adélaïde porte la main à son visage et se détourne.

— Vous avez l'air d'une femme qui n'a dormi de tout un mois ! Allez, je sais ce que c'est, ma vie aussi me coule du corps pendant la nuit...

Élisabeth a baissé le ton. Elle ôte les foulards qui protégeaient ses cheveux et s'adosse au vitrail par où filtre le soleil de midi, en sorte que son visage et le haut de son corps baignent dans une ombre bleutée. Elle a considérablement engraissé, et respire avec bruit. La tête penchée sur l'épaule, elle fixe d'un air soucieux le bras du fauteuil sur lequel, sans attendre son invite, Adélaïde s'est assise.

— Petite, croyez-vous véritablement en Dieu ? Répondez, je vous prie, sans détour. Entre nous point n'est besoin de feindre, et votre sincérité m'importe plus que tout.

— Bien sûr, je crois en Dieu, puisque je me suis vouée à Lui.

214

— Ne doutez-vous jamais ?

— Non point.

— Pensez-vous qu'il y ait un paradis ?

— Les âmes méritantes seront récompensées.

— Et les autres ?

— Les autres iront vers le pays de l'éternel remords.

— Mais moi, serai-je damnée ?

Élisabeth tombe à genoux et agrippe la jupe de sa sœur, qui reste interdite, bras écartés.

— Écoute-moi ! Tout n'est pas fini, tout n'est pas joué ! Je ne suis pas mauvaise ! Si tu m'aides, je pourrai me racheter ! Je t'en prie !

Élisabeth enfouit son visage dans le tablier de moniale. Elle sanglote, elle hoquette. Adélaïde, médusée, regarde le chignon dont les mèches collent sur le cou moite. Une émotion inconnue l'envahit, l'alanguit. Elle ferme à demi les yeux. La chaleur de la pénitente blottie contre ses jambes remonte jusqu'à son ventre. Sans presque savoir ce qu'elle fait, du bout des doigts elle caresse les boucles pommadées. Élisabeth relève un visage perdu où le blanc mélangé au bleu, au brun, au vermillon forme des coulées de carnaval.

— M'aideras-tu ?

— Le puis-je seulement ?

— C'est toi qui es près de Dieu !

— Dieu est partout, Élisabeth, comme l'est le diable...

— Ne me parle pas du diable ! Tu crois, toi aussi, que j'irai en enfer ?

215

— Serait-ce si terrible ? Il me semble que l'enfer ne doit pas être pire que certains moments d'ici-bas.

— Ne te moque pas ! Irai-je ?

— N'y es-tu pas déjà ?

— Adélaïde, sauve-moi ! Guéris-moi ! Tu dois savoir les mots ! Je vais mourir, je te le jure ! Je vais mourir !

— La mort est parfois le seul remède pour guérir de certaines pratiques.

— Mais je ne suis plus la même ! Ce n'est plus une princesse, ce n'est plus une femme, qui vient te trouver, c'est juste une âme en peine qui cherche la voie du Bien.

— Voilà qui est nouveau, en effet !

— Je veux connaître la paix. Attendre mon chevalier comme antan les dames faisaient à leur tour ronde, et partager avec lui le simple bonheur d'exister. Regarder grandir mon fils...

Adélaïde d'un coup s'est raidie.

— Votre fils !

— Je suis grosse, on ne te l'a pas dit ? C'est là l'objet de mes plus chers espoirs et de mes plus cruelles terreurs. J'ai des visions, sais-tu, presque chaque nuit. Je vois le diable qui me tend les bras, je vois le feu Roi qui m'agonit de reproches, je vois les gisants de Saint-Denis qui jouent mon avenir aux dés, et je me vois, moi, toute nue, le ventre ouvert jusqu'aux côtes, et les chirurgiens posent mon cœur sur la table, contre le visage bleu de mon enfant déjà froid. Adélaïde, je tremble de perdre ce petit, et en même temps je sens

216

que c'est lui qui me tire vers la tombe. Ce que j'endure dans mon corps depuis que je le porte ne se compare à rien. Pour ne pas dégoûter de moi M. de Rions, je mène pire train que par le passé, mais à quel prix! J'urine du sang. Je vomis du sang. Mes membres sont parfois si gourds, si lourds, qu'il faut deux grandes heures de massage, à quatre femmes, pour me permettre de me lever. Tu ne sais pas, toi, ce qu'est la maternité, et sans doute ne pourras-tu jamais...

Adélaïde repousse sa sœur et se lève avec une brusquerie qui la laisse vacillante. Le dos tourné, elle arrange du plat de la main le désordre de sa jupe. Elle a le visage dur et le regard absent.

— A combien de mois en êtes-vous?

— Cinq, peut-être un peu plus.

— Il est trop tard pour vous délivrer seule.

— Est-ce là votre conseil? L'infanticide est le plus monstrueux des crimes!

— Un crime! Sur le nombre de poupons dont vous êtes accouchée avant terme, ceux de M. de Berry et ceux des autres, me direz-vous combien...

— Je ne vous permets pas! Vous n'êtes qu'une pisse-froid purgée à l'eau bénite!

— Lâchez ce ton, Élisabeth, ou je vous jette dehors!

— Essayez seulement!

Elles sont très près, comme des lutteuses avant l'engagement; elles se mesurent, elles se soufflent dans la bouche; Élisabeth, montée sur la pointe de ses souliers, le menton arrogant, et Adélaïde, la nuque basse, les doigts serrés sur son rosaire. Élisabeth lâche pied la première et se laisse couler sur un des coffres qui ornent le mur du côté des fenêtres. Elle paraît épuisée.

— Adélaïde, secours-moi !

— Depuis quand faites-vous si grand cas de mon aide ?

— Je t'en conjure ! Je ne suis plus ta rivale. Je ne suis plus ton ennemie. Adélaïde, ne me refuse pas...

— Pourquoi prendrais-je votre parti ? D'ordinaire, vous crachez sur tout ce que je suis. Depuis l'enfance je subis votre morgue, j'endure vos sarcasmes. Pas une fois, m'entendez-vous, pas une fois vous ne m'avez abordée sans me faire sentir combien je valais moins que vous. Et aujourd'hui il faudrait que je m'entremisse à seule fin de vous soulager d'un remords mérité !

— Vous valez plus que moi ! C'est moi qui ne suis rien !

— Qui donc a changé votre mesure des êtres ?

— J'étais aveugle !

— Et maintenant ?

— Maintenant je vois que le salut me peut venir de toi !

— C'est cela ! La nonnette va servir à quelque chose ! Je n'aurai pas gâché ma vie puisque je vais sauver votre âme ! Grand merci !

— Comment Dieu me pardonnerait-Il si toi, qui es ma sœur, tu ne me pardonnes pas ? Adélaïde, entends-moi ! Où que j'aille je me fuis, le plaisir ni l'ascèse ne me donnent le repos, le diable me visite avec la figure d'un amant, d'un mari, avec même la figure d'un père, je tâche à régler ma conduite et retombe aussitôt, la peur me consume, c'est par là que le démon me tient, il me ronge, enfin regarde ce que je suis devenue !

Élisabeth tire sa sœur vers le vitrail et se place face à elle dans le rai de lumière. Adélaïde, qui maîtrise à grand-peine le tremblement de ses mains et de sa bouche, se force à la dévisager. Elle a tant envié, non sa beauté, qu'elle sait moins régulière que la sienne, mais son éclat, son piquant, sa fraîcheur et sa sensualité. De ces roses-là sur le visage enflé elle ne trouve plus trace. Une graisse blafarde noie les traits, et sous le blanc plâtré de poudre, raviné par les larmes, on devine la peau cireuse et crevée de boutons.

— C'est vrai, vous avez mauvaise mine. Le chevalier de Rions vous aime mal.

— Qu'importe ? Moi, je lui fais du bien.

— Dans ses lettres, Madame prétend qu'il vous trompe et vous bat.

— Il a de la fougue et de la force, je ne m'en plains pas.

— Il ne vous sait aucun gré de votre passion ni de vos largesses.

— Je lui sais, moi, un gré infini du bonheur qu'il me donne.

Adélaïde s'entend rire d'un ton qui semble celui d'une autre.

— Parce que vous êtes heureuse ?

— Je vous répondrai ce que vous me dîtes la première fois que je vous vins trouver ici : «Je ne suis point aise, je suis contente.»

— Connaissez-vous que votre bel amant sitôt qu'il sort de votre couche s'en va dans celle de votre chère amie, la marquise de Mouchy?

Élisabeth la regarde froidement.

— Je n'en veux rien connaître, et M. de Rions me l'avouerait-il que je ne le croirais pas.

— A-t-il de la tendresse? Des attentions? Se réjouit-il de l'enfant que vous allez lui donner?

— Ma tendresse et ma joie suffisent pour nous deux.

— Cette obstination-là vous mènera droit au gouffre!

Élisabeth caresse le chapelet qui pend jusqu'aux genoux de sa sœur et, d'une main, en soupèse les grains.

— Si mon chevalier tient mon bras, j'irai sans sourciller. Ne comprenez-vous pas combien je suis changée?

— Vous péchez comme avant. Vous buvez, vous jouez, vous forniquez. Il circule sur vos soupers des couplets à frémir. Notre père a honte de vous au point...

— Honte! Je le trouve mal placé pour me faire la morale!

— Taisez-vous!

— La belle ardeur! Mais je ne vous dispute plus le duc d'Orléans, Madame la sacristine! Je vous l'ai soldé en lot et en détail, pour tout usage à votre convenance!

— Et moi je sais ce que vous avez fait de lui! Oui, je le sais! Je l'ai compris le jour du supplice des époux Montrival, au moment où je vous ai vue serrer sa main entre vos cuisses! Devant moi! Jamais je ne vous le pardonnerai!

— Tout le mal vient de lui! C'est lui qui m'a faite ce que je suis!

— Le mal est né avec vous! Le mal a grandi avec vous! Vous êtes la fiancée du Malin! C'est pour cela qu'il vous hante la nuit! Il vient vous chercher parce que vous êtes sa créature! Il ne vous lâchera pas! Et quand il vous emmènera...

— Taisez-vous!

— Oui, vous partirez! Vous paierez!

— Vous ne me défendrez pas?

— Vous paierez!

— Vous me haïssez donc si fort...

Adélaïde s'appuie à la croisée dont elle masque la lumière. Elle cache ses yeux de sa main droite, où brille l'anneau marial.

— Allez-vous-en, Élisabeth. Moi aussi, vous me rendez mauvaise.

Élisabeth titube en levant les bras pour remettre son châle. Elle a le cou marbré et des plaques granuleuses derrière les oreilles.

— Je cherchais auprès de vous la consolation. Je vous croyais meilleure que moi parce que plus proche de Dieu. Je pensais que, si je trouvais les mots pour vous toucher, vous prendriez soin de l'avenir de mon âme.

221

— C'est le salut de notre père, et non le vôtre, qu'en m'enfermant ici j'ai prétendu gagner.

— Notre père se moque de la vie de l'au-delà. Il ambitionne la gloire terrestre, la reconnaissance d'un peuple, l'admiration de l'Europe. Notre père depuis qu'il se veut homme d'État n'est plus homme de chair que par lassitude ou par distraction. Il ne songe ni à la mort, ni à Dieu, mais plutôt aux actions que la compagnie de M. Law vient de lancer sur le marché, à la bulle *Unigenitus* et aux intrigues de la cour espagnole. Il n'attend rien de vous. Vous verrez qu'à l'heure dernière son âme vous échappera. Mais la mienne, ma sœur, la mienne se trouve entre vos mains.

Adélaïde, tournée vers la *Samaritaine* qui orne le mur du fond, se force à respirer lentement pour recouvrer son calme.

— Vos amies carmélites vous prêteront secours mieux que moi.

— Ce sont tes prières que je veux. Je t'en paierai en ce monde et Dieu dans l'autre. Crois-moi, tu y gagneras.

— Vous m'avez déjà cédé le seul bien que je pusse désirer.

— Le cœur de notre père? Je te l'ai donné, c'est vrai, mais je le possède encore. Je puis le reprendre.

— Je ne crois pas. En épousant le chevalier de Rions, vous avez perdu à jamais le duc d'Orléans.

— Comment sais-tu que je me suis mariée?

222

— Parce que l'une de vos dames a jasé sur votre habit de noces, et aussi parce que le nonce Bentivoglio, qui fait la meilleure des commères papales, l'a écrit à la cour de Rome, dont l'étonnement a percé jusqu'à nous. Il n'est guère de secret, ma chère, sans traître pour l'éventer.

— Je me moque du nonce et des perruches de palais. Il m'importe seulement que le duc d'Orléans accepte de publier cette union.

— N'y comptez pas. Je vous garantis que sur le sujet il sera intraitable.

— Mais puisque, à t'entendre, il ne m'aime plus ?

— Sa passion pour vous s'est muée en rage de vous. Maintenant il vous hait, et vous haïra jusqu'à la fin de vos jours de lui préférer un médiocre.

— Parle-lui pour moi.

— Pourquoi le ferais-je ? Vous n'avez à mon endroit qu'une amitié d'intérêt, et ce que je sais de M. de Rions m'incline peu à le servir.

Élisabeth joint les mains. Elle est livide, et sa respiration fait un curieux chuintement.

— Honorez par l'effort que vous vous imposerez l'habit que vous portez. C'est vrai, il n'y a pas de tendresse entre nous, mais d'une religieuse on peut attendre au moins de la charité. Tout à l'heure, quand je pleurais, vous m'avez caressé les cheveux.

— Une faiblesse.

— Elle vous seyait délicieusement.

— Le « délicieux » n'est pas mon registre mais le vôtre.

— Nous pouvons partager.

— Grand merci, je préfère rester à ma place. A l'heure du Jugement, je me féliciterai de vous avoir abandonné le « délicieux ».

— Quelle satisfaction dans votre voix !

— Je trouve les rôles plaisamment répartis.

— Vous aimez, n'est-ce pas, me voir dans le désarroi qui m'a poussée jusqu'ici ?

— J'y apprécie une justice terrestre présageant celle d'après la mort. Vous avez eu votre content de roses et moi mon lot d'épines.

— Ne vous réjouissez pas si tôt, petite. Vous aussi, vous serez châtiée. Comme moi vous perdrez le repos, le goût du jour à naître, comme moi vous ne saurez vers qui vous tourner, comme moi vous craindrez la nuit et votre reflet au miroir. Vous vous dessécherez. Vous apprendrez la honte. Vous apprendrez la peine. Vous me rejetez ? Je ne vous quitterai plus. Ce que je vous dis aujourd'hui vous hantera jusqu'à votre heure dernière. Dedans de vous vous ne trouverez plus que vide, et dans ce vide je lèverai mon écho. Dieu sera votre diable. Vous vous maudirez comme vous me maudissez. Adieu, Madame. Nous ne nous reverrons pas.

Élisabeth se drapa dans ses voiles et sans me saluer sortit. Je l'entendis qui toussait en traversant le cloître. Je mis mes mains glacées sur mes joues, qui brûlaient comme après un soufflet. Je murmurai : « Qu'elle crève. »

Savez-vous ce qu'est le remords ? Le dégoût de soi, qui fait aspirer à la lâche inconscience du sommeil ? A l'instant où le carrosse de ma sœur tourna la première grille de Chelles, où, quittant le pavé des cours et roulant sur le gras de l'allée, le vacarme de ses roues se perdit, une nausée me plia par le milieu du corps. Je vomis sur ma jupe. Moi qui me voulais d'une pureté, d'une noblesse irréprochables, qu'avais-je dit, qu'avais-je fait ? Était-ce là comme une princesse du sang traite ceux qui implorent son soutien ? Était-ce la façon dont une épouse du Christ maîtrise ses mauvaises tendances ? Le noir de ma robe de recluse me teignait-il le cœur ? J'avais brûlé, pourtant, moi aussi, il n'y avait pas si longtemps, d'une flamme que mon rang ne pouvait permettre de sanctifier. Avais-je perdu tout souvenir du tendre chevalier de Saint-Maixent? La femme en moi était-elle si morte qu'un chagrin parent ne l'émût aucunement? Était-il concevable que je me laissasse à ce point dominer par la face sombre, jalouse, rancunière, de mon orgueil? Moi dont l'ambition me commandait d'incarner la vertu dans un siècle damné, moi qui avais pris le voile pour devenir l'ange de ma famille! Je courus à mon cabinet et, sans m'accorder de réflexion, j'écrivis à Élisabeth. Je lui demandai pardon de mon emportement, pardon de ma dureté, pardon de ne la pas mieux aimer. Elle ne me répondit point. Je me confessai. L'absolution ne me réconcilia pas avec l'idée que j'avais prise de moi. Je me faisais horreur. Le moindre de mes gestes, le mouvement spontané de mes pensées me paraissaient indignes. J'aurais voulu ne jamais me connaître.

Les semaines passèrent sans m'apaiser. Je priais avec une exaltation dont j'attendais quelque effet. Les nouvelles qu'on me portait du Luxembourg balançaient comme le pendule avec lequel je m'initie aux lois de la physique: chevalier de Rions, duc d'Orléans; Opéra, carmel; orgie, jeûne; bal, retraite; folle gaieté, crise de terreur. Il semblait qu'à mesure qu'elle multipliait ses exercices de dévotion, Élisabeth augmentât dans la même proportion ses dissipations. Ma nature supportant malaisément ce qu'elle ne comprend ni ne maîtrise, je m'impatientais d'autant plus que je n'étais pas si sûre que le grotesque mariage d'Élisabeth eût tout de bon dégoûté mon père de l'aimer. J'envoyais force lettres à Madame, qui avec une ponctualité scrupuleuse continuait de me tenir le journal de la cour. Mon père boudait ma sœur. Mon père s'affichait avec elle. Il refusait de la recevoir. Il réglait les dettes de Mme de Mouchy. A Paris, il ventait. Au commencement de janvier 1719, la croix du clocher de Saint-Germain-l'Auxerrois, plus quantité de lanternes, d'arbres et de cheminées se trouvèrent arrachés. En février, mon père manqua passer d'indigestion, puis d'apoplexie, dont il ne revint qu'à l'aide d'un remède composé de tabac. Pendant le carême, la marquise de Nesles et la marquise de Polignac, sa belle-sœur, jalouses toutes deux à cause du beau marquis d'Alincourt, se battirent au couteau dans le pré aux Clercs, du côté des Invalides, se blessant cruellement au sein et au visage. La Banque générale de M. Law, convertie sur ordre de mon père en Banque royale et qui avait vers la fin 1718 ouvert des bureaux à Lyon, Orléans, Amiens, Tours et La Rochelle, offrit au public une nouvelle race de billets libellés non plus en écus de banque mais en « livres-papier », dont la valeur était garantie en dépit des variations affectant les pièces d'or et d'argent. Cette monnaie-papier permettait de régler commodément tout ce qui se payait d'ordinaire en louis et en écus, avec l'avantage que, lorsque le cours du louis d'or chutait de trente-six à trente-cinq livres, celui du billet restait fixe. La Banque royale avait reçu par arrêt du conseil des finances autorisation d'émettre pour cent soixante millions de billets. Aux guichets, on se les arracha. Dans l'esprit de M. Law, cette innovation constituait le pas décisif qui délierait l'or des espèces, dont mon père et lui-même attendaient un essor commercial sans précédent. Pour comprendre ces phénomènes, je lisais force mémoires et traités, dont je retenais que le bateau sur lequel l'Écossais avait embarqué notre Régent s'engageait dans une traversée aussi périlleuse qu'exaltante. Je commençais des neuvaines pour que les génies qui président aux destinées des grandes ambitions se montrassent cléments. Je les lâchais. Je me sentais impuissante, et terriblement seule. Le 30 mars, vers les six heures du soir, les promeneurs virent une éclipse totale de la lune, suivie de l'apparition d'une terrifiante figure blanchâtre cornue et griffue. Ce phénomène produisit au même moment en Picardie et en Angleterre un feu inexplicable qui incendia tout un bourg. On parla aussi d'un fer à cheval enflammé dans le ciel, puis encore d'un arbre de flammes, et l'abbaye de Saint-Riquier, près d'Abbeville, s'embrasa comme fétu, causant plus de quatre cent mille livres de dégâts. Je ne sus qu'en penser. Il me semblait surtout que l'hiver s'éternisât. Dans le parc du couvent, les branches se rompaient sous le givre. Une nuit de brume épaisse, poisseuse, acre et lourde comme une fumée de bois vert, tombait sur les cinq heures. Les loups éventraient deux ou trois villageois par semaine. Mes chevaux toussaient. Les jeunes religieuses avaient le rhume, et les vieilles des fluxions. Il en mourut plusieurs. Je ne chassais guère. Comme mon office de sacristine me laissait beaucoup de liberté, j'étudiais la chimie. Je rêvais au paradis, où je me présentais devant saint Pierre tenant, de ma main droite, mon père, et de ma main gauche, ma sœur. Bien que l'ordinaire de Chelles manquât de raffinement, je mangeais trop. Je dormais mal. Il fallait bien, à la fin, que quelque chose arrivât.

— Monseigneur votre père, Madame, vous attend au parloir.

Adélaïde lâche la mesure à grain avec laquelle elle comptait le blé à moudre pour le pain de la semaine. Le gobelet de bois cerclé tombe avec un bruit mat sur la terre battue. Il fait moite, dans la grange aux fourrages, une touffeur poussiéreuse et dorée qui dit l'effort sous le soleil, le torse luisant des moissonneurs, les aisselles des faneuses, le vin coupé d'eau claire, la miche partagée à l'ombre des premières meules, la sieste oublieuse et le chant du retour vers la ferme. Par les interstices de la charpente coulent des colonnes de lumière blonde où les moucherons et les brisures d'épis dansent un pas capricieux. Adélaïde essuie ses joues et rajuste sa coiffe.

— Menez Son Altesse au cabinet où j'ai mes livres. Le prince aime cette pièce, il s'y distraira le temps que je me change.

— Monseigneur le Régent m'a commandé de vous

mander promptement. Il ne pourra, m'a-t-il dit, passer en nos murs qu'un moment et il a un pressant besoin de vous entretenir.

– A-t-il l'air malade ?

– Il a la mine défaite, avec une apparence d'épuisement sur toute sa personne...

– C'est bon. J'arrange ma figure et je viens.

Philippe retient un mouvement de surprise. Il n'a pas revu Adélaïde depuis sa vêture, et la digne personne qui se tient devant lui ressemble bien peu à la jeune fille qu'il menait danser trois ans plus tôt. Adélaïde sourit.

– Vous ne vous habituez pas à ma mise ?

– Ma foi ! Vous paraissez si sèche et si sérieuse, sous ces plis qui cachent tout de vous !

– Ne m'avez-vous pas toujours trouvée sèche et sérieuse ?

– L'étiez-vous ?

– Plus que ma sœur de Berry, je vous le concède.

Philippe blêmit. Il s'affale sur le fauteuil à oreillettes qu'Adélaïde a fait copier sur celui de Mme de Maintenon. Il cache son visage dans ses paumes et gémit. Sa perruque, basculée en arrière, laisse voir le haut de son front, qu'il a rouge et pelé. Adélaïde s'approche et lui effleure l'épaule d'une main hésitante.

– Mon père...

– Elle va mourir sans les derniers sacrements !

Tout le sang d'Adélaïde reflue vers ses pieds.

— Qui donc ?

Elle le sait bien. Son cœur sonne comme une horloge géante.

— La foudre est tombée devant sa chambre. La peur l'a roidie à ne plus pouvoir s'asseoir dans son lit. Ensuite lui sont venues des convulsions aux extrémités. On l'a saignée à deux reprises, et moi aussi, car je défaillais...

— Vous qui craignez la saignée plus que l'enfer !

— Attends que je te dise ! Elle a été en apoplexie pendant près de trois heures, privée de sens, comme morte. Elle est revenue, puis retombée, encore saignée, à nouveau convulsée, cela durant quatre jours. Les médecins la jugent perdue. L'abbé Languet, qui est curé de Saint-Sulpice, a refusé d'administrer les sacrements sans l'accord du cardinal de Noailles, qui les a soumis à la condition que le chevalier de Rions et Mme de Mouchy quittent le Luxembourg. Ce qu'Élisabeth, sitôt qu'elle reprend ses esprits, contredit avec des cris et des menaces qu'on entend à deux pièces de sa chambre. Je n'ai pu depuis le commencement de sa maladie l'entretenir seul à seule. Le Rions et sa Mouchy sont enfermés avec elle, et c'est avec la marquise qu'il faut parlementer par l'entrebâillement de la porte. Je n'ose forcer l'entrée, de crainte que la contrariété ne jette ta sœur dans une nouvelle crise. Je ne sais quel parti prendre. C'est pour cela que je suis venu te trouver. Tu es sage, toi, et tu as l'oreille de Dieu. Tu vas me conseiller, n'est-ce pas ? Surtout, tu vas prier pour elle ! N'est-ce pas ?

La gorge d'Adélaïde se serre.

— Comme vous l'aimez encore...

— Crois-tu qu'on se déprenne si aisément ?

— Je croyais qu'à cause du chevalier de Rions...

— Bien sûr ! Je le maudis, ce Rions, et je la maudis, elle, avec lui ! Mais si elle trépassait, vois-tu...

— Je vois. Hélas, je vois.

— Adélaïde, je me ronge, je me consume d'elle ! Chaque fois que je la rencontre, je manque la tuer tellement son absurde toquade me met en colère. Je la déteste, je la vomis, mais aujourd'hui où elle menace de me quitter à jamais, je crois que si elle mourait je mourrais avec elle.

— Mon père, quelle est cette folie ?

— Tu ne peux pas comprendre.

— Quels que soient les mouvements de mon cœur, je puis tout entendre et dois tout pardonner. Je suis religieuse.

Philippe marche de long en large en bousculant les meubles.

— Justement. Tu ne sais rien des brûlures du désir, des tourments de la jalousie, de cette consommation de l'être qu'engendre la passion.

Avec un sourire triste, Adélaïde ramasse les livres qui jonchent le sol.

— Ta sœur est ma victoire sur la bêtise des hommes et sur l'indifférence de Dieu. Elle est ma création, le meilleur et le pire de moi. Je l'ai pétrie de toutes mes fièvres, de toutes mes faims, au long des jours à lui enseigner les beautés de cette terre, au long des nuits à veiller sur ses rêves. Je l'ai sculptée en forme de femme, je l'ai gorgée de sève, d'orgueil et d'appétits, je l'ai vernie sous mon souffle, je l'ai...

— Taisez-vous, je vous en prie.

— Je l'ai rêvée unique, indomptable, implacable, ma muse de sang violent et d'airain, ma déesse fougueuse. Je lui ai tout appris, je lui ai tout donné, et par elle, enfin, j'ai vécu. Avant, je n'étais rien. Personne n'avait besoin de moi et je n'avais besoin de personne. Ma femme ne m'aimait pas et je n'aimais pas mon père. J'avais un rang sans le moindre pouvoir, du feu sans en trouver l'emploi, de la fierté sans qu'on m'estimât, du vice sans plaisir véritable. Mes talents se perdaient, et ma vie avec eux. Grâce à Élisabeth, pour Élisabeth, j'ai pris âme.

— Vous vous êtes voué au Mal, mon père !

— Qui sait... Là-haut, peut-être me pardonnera-t-on mes offenses lorsque l'on connaîtra l'immensité de mon amour. Je te le dis, tu ne peux pas comprendre. Tu ne sais pas ce que c'est que d'aimer.

Adélaïde entoure son front de ses deux mains glacées.

— De grâce, ne me forcez pas à vous répondre.

— Que me répondrais-tu ? Élisabeth dit vrai, même moi, tu ne m'aimes pas. Tu as voulu cesser d'être mon enfant, tu as choisi le Christ contre ton père. Ma fille seconde est morte le jour où elle s'est donné au mépris de ma volonté un époux, et de sœur Bathilde, sacristine en l'abbaye de Chelles, je ne connais qu'un nom et un visage spectral dans un large suaire noir. J'ai besoin d'être aimé, Adélaïde, et plus encore j'ai besoin d'aimer. Même si cette émotion n'est que voile sur le néant, même si je suis trompé, même si je suis bafoué. Le temps que je frémis, que je désire, le temps que j'espère et que je pleure, je me sens vivre. Hors ce temps-là, il me semble n'être rien.

— Et le royaume, et l'enfant-roi qui attendent tant de vous ?

— La tâche que je me suis fixée en prenant la régence pouvait me distraire de ne pas trouver auprès d'Élisabeth plus de douceur, elle m'était aussi un moyen, en me haussant à mes propres yeux, de me faire valoir auprès de mon élue. Mais la gloire de régner ne saurait me consoler de perdre mon seul amour.

— Cette mort au contraire vous libérera.

— Elle sonnera mon glas.

— Mon père, reprenez-vous !

— Si tu pries pour elle et que tes prières me la ramènent, je te donnerai tout ce que tu voudras.

— Vous ai-je jamais demandé quoi que ce soit ?

— Je te ferai abbesse.

— Le pouvoir ne m'attire pas. Avant de commander, il faut apprendre à obéir. J'ai fait vœu d'humilité.

Philippe se campe devant sa fille et, lui prenant entre deux doigts le menton, il la force à le regarder.

— Tu n'es pas humble, mon petit. Tes macérations, ni tes veilles, ni ce cilice, que tu portes, m'a-t-on dit, contre ton sein, ne te plieront. Tu es pétrie d'orgueil jaloux, et pareilles natures ne souffrent point de maître. Ce n'est pas Dieu que tu sers en ce cloître, mais une idée de toi-même.

Adélaïde doucement se dégage.

— N'avez-vous jamais songé, mon père, que ce pouvait être vous que je servais ?

— Le moment est venu, alors, de me prouver ton amitié. Conseille-moi. Ta sœur est au bord de la tombe. Dois-je accepter de publier son mariage avec Rions ou connais-tu le moyen de la faire renoncer à sa folie ?

— A cette heure elle s'accroche à ses certitudes terrestres, c'est sa manière de rejeter le néant. Élisabeth est femme de chair, les délices promises aux âmes réconciliées sont trop éthérées pour la séduire. Elle ne renoncera pas. Elle se bat, et quand on se bat on croit toujours qu'on peut vaincre.

— Mais si elle meurt ?

— S'est-elle confessée ?

— Cela ne suffit pas ! Il faut l'extrême-onction !

— Je croyais que vous vous riiez des sacrements de l'Église.

— Quand il s'agit de ce que j'aime le mieux au monde, je raisonne autrement. Enfin, je ne sais plus... Si je lui refuse ce qu'elle me demande, elle mourra en me maudissant, et si je cède, le prêtre ne la bénira pas. Dis-moi ce que je dois faire !

Adélaïde ferme les yeux. Le temps, peut-être, va suspendre son cours. Peut-être elle va se réveiller dans sa cellule, sous son drap frais, alors que l'aube rosit le tour de la rosace qui orne sa fenêtre.

— Alors ?

Le dos un peu voûté, elle s'appuie contre la rangée des ouvrages de médecine. Elle est plus blanche que le bandeau qui encadre ses tempes.

— Non, Monsieur, en conscience vous ne pouvez accorder à ma sœur ce qu'elle exige de votre désespoir. Je songe à son bien, mais je songe aussi à votre honneur. La petite-fille du Roi-Soleil ne peut être l'épouse d'un obscur intrigant. Écoutez l'abbé Languet et restez ferme.

— Je chasserais donc le Rions et la Mouchy ? Tu crois vraiment ?

— Oui, je crois.

— Mais tu vas prier ? Quand j'ai quitté Élisabeth, elle avait encore sa conscience. Elle peut en réchapper, elle est vaillante, tu sais !

— Si ce que vous aimez le mieux au monde a besoin de ma prière, pour l'amour de vous, oui, je prierai.

Philippe saisit les mains de sa fille et les baise fougueusement. Adélaïde détourne le visage. Les larmes qui gonflent sa gorge ne veulent pas couler. Elle respire avec peine. Son père attrape le manteau qu'il a jeté sur la table, et d'un élan il sort comme on claque une porte. Adélaïde reste là, immobile, devant la fenêtre entr'ouverte, les yeux attachés aux abeilles qui dans le verger butinent les fleurs de pommier.

Je tins parole. Dieu seul connut l'amertume des larmes que je versai, et pour qui elles coulaient réellement. A Chelles, on crut que je chérissais Élisabeth au point de souhaiter mourir à sa place. Comme au temps où je me préparais à prononcer mes vœux, je ne mangeais ni ne dormais plus. Craignant de perdre avec ma personne la manne assurant l'avenir du couvent, mes compagnes, sur ordre de Mme de Villars, me gavèrent et me cantonnèrent dans mon lit. J'échangeai avec l'abbesse des mots brutaux. Mon confesseur me refusa l'absolution. Peu m'importait. Je ne pensais qu'à mon père. Nos entretiens étaient si rares que je ne pouvais me pardonner de n'avoir pas tiré meilleur parti de notre dernière rencontre. Je ne lui avais parlé ni du Ciel ni de moi. Je n'avais fait que lui conseiller ce que me dictait ma jalousie. Maintenant je voyais clair dans mon cœur. Je ne voulais pas sauver Élisabeth. Je voulais que, enragée qu'il lui refusât Rions, elle s'arrachât au duc d'Orléans sans retour possible. Je voulais entre eux la haine ou bien la mort.

Ce fut le dégoût. Je ne sais qui, de Dieu ou de Satan, écouta mes prières, mais Élisabeth se releva avec un ventre raisonnablement plat et une insolence inchangée. Elle avait perdu l'enfant qu'elle portait, mais elle vivait. Pour célébrer ce miracle, elle envoya les officiers de sa maison ainsi que ses cent-suisses et tous ses domestiques avec tambours, trompettes, timbales et hautbois jusqu'à l'église des Carmes-Déchaussés, où l'on chanta un *Te Deum,* suite à quoi la procession continua jusqu'à l'église des Jacobins de la rue Saint-Honoré, avant de s'en retourner, à la nuit tombée et avec autant de chahut, au Luxembourg. Paris en fit des bouts-rimés pendant une semaine. Ma sœur se jugea à nouveau reine de la mode. Annonçant qu'elle se vouait au blanc pour six mois, elle commanda à l'intention de ses gens une livrée blanche jusqu'aux nœuds de souliers, et pour elle-même un carrosse d'argent, avec les harnais et les ornements assortis. Puis, comme elle ne pouvait encore marcher sans soutien et se sentait moins faraude qu'elle ne le prétendait, elle se retira à Meudon, où elle souhaitait passer l'été.

C'est là qu'elle apprit que mon père, sans l'en avertir, avait expédié M. de Rions à Perpignan, avec consigne de rejoindre son régiment qui appartenait à l'armée d'Espagne du maréchal de Berwick. Le bruit courait qu'un cachot attendait le Gascon au château de Pierre-Encise dans le cas où il envisagerait de se soustraire à cet ordre. Élisabeth, qui venait de racheter pour lui au financier Crozat le marquisat de Tancarville, qu'elle comptait faire ériger en duché-pairie avant de déclarer publiquement son mariage, Élisabeth qui avec la santé avait cru recouvrer sa toute-puissance, Élisabeth qui se ruant chez le duc d'Orléans trouva la porte close, Élisabeth sentit le froid du glaive sur son cou amaigri. Elle tempêta. Elle supplia. Elle envoya tout ce qu'elle put inventer de jolies femmes et de roués complaisants pour plaider sa cause. Elle tenta de circonvenir le cardinal de Noailles, puis Madame, puis la duchesse d'Orléans notre mère. Rien n'y fit. Mon père, saigné par ses odieuses rudesses et ses cajoleries hypocrites, ne réagissait plus. Il semblait qu'il se vidât de son amour ainsi qu'une brèche dans le flanc de la montagne vide le lac qu'aucune pluie ne vient plus ressourcer. J'avais gagné.

Au commencement de mai, je quittai Chelles et m'installai à l'abbaye du Val-de-Grâce. Le Régent avait tenu sa promesse. Mme de Villars, après une lutte de pure forme, avait accepté de prendre une retraite honorable, et l'on attendait de Rome les bulles nécessaires à ma prise de fonctions. J'allais devenir abbesse de Chelles. Seule maîtresse à bord du noble navire de pierre qui croisait en marge de ce monde sous pavillon divin. Abbesse, à vingt et un ans. Toute à l'excitation de séjourner quelque temps à Paris où je ne m'étais pas rendue depuis trois ans, j'évitais de songer au prix dont j'avais acheté cet honneur, et plus encore à la puérile fierté que l'idée m'en donnait. Je savais qu'Élisabeth, à nouveau dolente, prenait les eaux à La Muette et ne sortait qu'en litière close, aussi ne craignais-je pas de la rencontrer. Chaperonnée par ma fidèle Clonard, qui avait pris le voile avec moi et ne me quittait jamais, je descendis me promener. L'air des rues, que j'avais respiré antan miséreux et contraint, me parut fastueusement canaille. Sur le parvis des églises, des hommes à joues vermeilles causaient Banque royale, Compagnie des Indes, billets au porteur, roue de la Fortune, et leurs compagnes en cheveux naturels rutilaient de bijoux. Pourtant, sans que je parvinsse à m'expliquer ce sentiment, leur belle humeur et leur insolente santé me parurent factices et sournoisement précaires. Je me rendis à la cour afin d'y saluer le petit Roi, qui ne me reconnut pas. Sans cesser de jouer avec un jeune Indien coiffé de plumes qu'on lui avait donné pour compagnon, il répondit à ma révérence avec un sérieux teinté d'impatience et me demanda si je connaissais son ange gardien. Je répondis qu'il en avait un très beau, plus emplumé que son ami des Indes et qui depuis le Ciel veillait au salut de son âme, plus le duc d'Orléans, qui logeait près de lui et travaillait à sa grandeur terrestre. Sa Majesté rit, et se laissa de bon gré embrasser. Quittant les Tuileries fort réjouie de ce bref entretien, je visitai ensuite les maisons religieuses d'où mon père, sur le conseil de M. Law, tirait les fils et filles de France destinés à s'en aller peupler les colonies d'Amérique. Comme toujours, dans les commencements on avait envoyé là-bas les vagabonds et les filles publiques que les exempts de police ramassaient sur le pavé, plus les condamnés aux galères et les pensionnaires de La Salpêtrière et de l'Hôpital général. Après accouplement par tirage au sort, cette racaille se voyait mariée en l'église Saint-Martin-des-Champs, puis escortée jusqu'à La Rochelle, où on l'encageait sur des navires spécialement affrétés. Sitôt débarquée en Louisiane, elle ouvrait commerce de crapule, renvoyait ses femmes sur le trottoir, s'assommait d'alcool et mourait de malaria ou d'insolation sans avoir seulement procréé. Aussi mon père, révisant ses théories, avait-il résolu d'améliorer le recrutement en y adjoignant quelques charretées d'orphelines élevées dans la crainte de Dieu et la soumission au Roi. A ces ingénues, qui devaient savoir prier, coudre et compter; avoir entre quinze et dix-sept ans; enfin être saines de corps et d'esprit, il offrait un modeste trousseau plus un petit coffre rempli de piécettes, qui les faisait surnommer «demoiselles de la Cassette». Sur la foi de son enthousiasme, j'étais persuadée que pareil départ était une bénédiction pour ces enfants sans avenir. Je revins des hospices où, dans l'attente du grand jour, on les parquait, bouleversée autant par leur décrépitude physique que par leur horreur du sort qui les attendait. Au fond de mon cloître, apprivoisée à admirer John Law, je croyais en la noblesse des ambitions qu'il partageait avec le Régent. Me leurrais-je moi-même, ou avais-je simplement oublié qu'en ce monde cruel aucune félicité ne va sans son tribut de larmes ? Perplexe, je me retirai dans les appartements que les bénédictines avaient fait apprêter à mon intention, et décidai d'y attendre sans plus bouger qu'arrivassent mes bulles. C'est alors qu'un petit valet de blanc vêtu m'apporta une invitation.

— Monsieur, la fête que je vais donner en votre honneur ne dissipera-t-elle pas la grisaille entre nous ?

Philippe, qui s'est rendu à La Muette comme on marche vers la potence, lâche la poire dans laquelle il mordait et ôte sa serviette.

— Mon cœur est sans nuages, ma chère, et je ne me soucie guère de ce que pense autrui.

— Laissez-moi dire. Je veux que toutes choses redeviennent ainsi qu'en nos belles heures. Je ne vous querellerai plus, vous n'aurez plus de peine. Nous rirons à nouveau, nous prendrons du plaisir. Vous me confierez vos pensées, vos ambitions, vos tracas, et je vous soutiendrai. Lorsque l'on gouverne, on perd ses amis. Il est doux, en de certains moments, de trouver près de soi une main secourable.

— La vôtre ne s'est jamais tendue que pour recevoir les fruits d'une bonté dont vous ne me savez aucun gré.

Élisabeth se redresse sur le divan où elle passe maintenant ses journées, et lance à son père la pivoine qui ornait son corsage. La fleur tombe sur le sol de la terrasse sans que Philippe se penche pour la ramasser.

– J'ai abusé de votre générosité, mais je n'entends plus y recourir sans donner moi aussi. Je serai tendre. Je vous aimerai. Je vous aimerai si bien que vous oublierez qu'un instant vous avez pu songer à ne m'aimer plus. Je puis faire encore beaucoup pour votre bonheur, et vous tenez le mien sous votre signature. Vous avez renvoyé M. de Rions si brutalement qu'il n'ose pas m'écrire. N'ayant plus que vous, mon père, je vais ne plus me consacrer qu'à vous.

– Voilà un langage auquel vous ne m'avez pas habitué.

– C'est que vous ne me l'aviez pas enseigné.

– Qui vous l'a donc appris ?

– Votre dédain. Ces jours et ces nuits où je vous ai attendu sans que vous daigniez seulement vous enquérir de ma santé. Savez-vous que j'ai eu la semaine passée de la fièvre jusques aux convulsions ?

– Cela vous est déjà arrivé le mois dernier, par la faute des galantes œuvres de votre affreux Gascon.

– Mais le mois dernier, vous n'avez pas quitté mon chevet.

– C'était le mois dernier.

– Vous ne m'avez même pas plainte d'avoir perdu mon fruit !

– Au contraire, je vous en félicite ! Que ce deuil soit une nouvelle naissance !

245

— Barbare! Ne me poussez pas à bout ou je vous dirai crûment...

— Ce que je ne me soucie pas d'entendre.

— Conçoit-on pareille indifférence!

— Les étés trop brûlants donnent des hivers brutaux.

— J'ai manqué trépasser et vous n'êtes pas venu!

Philippe achève de vider le compotier de framboises.

— Les affaires publiques me tenaient occupé.

— A mon tour de vous dire: « Voilà un langage auquel vous ne m'avez pas habituée. »

— Je suis las, Élisabeth.

— Las de moi?

— Las de ma vie et las de vous, oui, plus encore que de moi. Ne vous embarrassez pas de tendre vos filets, j'ai fini de nager dans vos eaux.

— Vous ne me croyez pas sincère.

— Vous n'avez jamais eu de sincérité que celle de votre désir, et je sais bien ce que vous nommez notre réconciliation. J'ai perdu un œil mais l'autre voit clair derrière vos afféteries. C'est Rions que vous aimez, c'est Rions que vous voulez retrouver, pas moi. Vos ruses n'agiront plus. Le temps où votre cœur battait dans le mien et le mien dans le vôtre est trop loin pour que de son souvenir nous nous vivifiions. Nous sommes morts l'un à l'autre, il faut vous y résoudre. Il est trop tard, ma fille, nous sommes trop usés. Je me console en songeant que, depuis votre grande maladie d'enfance jusqu'à la mort du feu Roi, nous avons ensemble connu des moments que je ne changerais pas contre le pardon de mes fautes. En vous mariant, j'ai commencé de vous perdre. En prenant la régence afin de vous offrir le monde, j'ai achevé de me perdre. Je n'ai plus été que l'instrument de vos folies, un instrument docile et dérisoire car j'étais moi-même fou, fou de vous, et dans l'égarement où me jetaient vos caprices incapable de vous résister.

— Pour me parler ainsi, c'est que vous ne m'aimez plus.

— Je suis sourd de vos cris, dévasté, ruiné, compromis jusqu'aux cieux par vos dissipations. J'ai souillé pour vous plaire une âme et un royaume dont on me demandera compte. Je vous en veux.

Sèchement, Élisabeth referme la boîte en or dans laquelle elle range son tabac à priser.

— Tournez votre hargne contre votre personne. Vous me parlez en amant et je suis votre fille. On ne se plaint pas d'une enfant qu'on a formée, on ne la congédie pas sous le prétexte qu'après avoir dispensé l'ivresse elle soulève la nausée. Vous êtes responsable de moi. Le chagrin qui vous est venu de mes actes, c'est à vous qu'il faut l'imputer. Sans votre faiblesse, je n'aurais pas été impérieuse. Sans votre bestialité, je n'aurais pas été vicieuse. Et sans l'excès de votre amour, je vous aurais sûrement aimé.

Philippe repousse la petite table sur laquelle il a pris sa collation. Les assiettes et les coupes, les carafes et les confituriers se fracassent sur les dalles. A genoux aux pieds d'Élisabeth, qui n'a pas cillé, les valets balaient les débris.

— Il suffit.

— Au contraire, que ne parlons-nous enfin de ce dont jamais nous n'avons débattu ? Regardez-nous, mon père, et cessez de jérémier. Vous régnez sur la France et je règne sur vous. Nous avons tout osé, tout bravé, tout goûté. On nous envie, on nous admire, on nous idolâtre, on nous conspue. Peu de mortels vivent comme nous avons vécu. Nous sommes des monstres sacrés, des idoles païennes, des dieux de chair sur lesquels aucune règle humaine ne trouve à s'appliquer. Regardez-nous, vous dis-je, et soyez fier au lieu de nous renier.

— Je ne renie rien, Élisabeth, mais vous vous trompez : la France est à son Roi, je ne suis plus à vous, et déjà nous avons commencé de payer pour l'orgueil de n'avoir voulu accepter d'autre loi que la nôtre.

— Notre passion dans le Mal et le Bien, dans le manque et l'excès, ne pouvait aller sans souffrance. Je sais, je vous ai malmené. Mais pensez-vous que moi, je n'aie jamais pleuré ? Je vous en conjure, remisons nos rancœurs. Si nous n'en triomphons aujourd'hui, nous n'en guérirons pas. Vous me reprochez d'être telle que vous me subissez. Je vous en veux de ne pas me laisser être celle que je désire devenir. Oui, j'aime un autre que vous. Oui, je rêve de laisser là mon masque de duchesse de Berry, de favorite du Régent, pour vivre en simple épouse d'un homme sans renom. A tort ou à raison, j'ai élu le chevalier de Rions. Vous me le refusez. Je ne puis être à la face de la cour sa femme ni la mère de ses fils. Vous me ravalez au rang de ce que vous avez fait de moi, une figure de l'ombre, luxurieuse, scandaleuse, une débauchée sur laquelle Paris crache et qui pourtant dort seule, une malheureuse qui trompe le vide des heures dans tous les bras et ne rêve qu'à un corps, une errante qui gémit, qui supplie et dont chacun se rit. Voilà une vengeance qui vient en son heure, mon père. La douleur qu'elle me cause vaut, je vous l'assure, toutes les peines que je vous ai causées.

— Je ne puis en disposer autrement.

— Comme je vous trouve durci !

— Je suis une lame passée aux feux de l'enfer.

— Ne me laisserez-vous pas même espérer ? Croyez-vous que j'aie si longtemps à vivre qu'il faille me torturer ainsi ?

Philippe relève les yeux. Élisabeth est debout, en pleine lumière. Sa main fait sur le rideau rouge qu'elle vient de lier une fleur extraordinairement pâle. Il ne l'a pas vue depuis sa rechute. C'est à peine s'il ose la regarder au front. Elle a tant maigri que sa peau sur les joues, sur le cou, à l'arrière de ses bras, ballotte comme une vessie crevée. Ses clavicules saillent, et sous la poudre, ses épaules sont tavelées de rouge. Ses yeux très enfoncés, charbonnés sous les orbites brillent d'un éclat qui dit l'impuissance rageuse et les nuits d'insomnie. Elle s'est si furieusement rongé le dedans

249

de la bouche qu'un peu de sang, mêlé au carmin du fard, forme une croûte sombre au coin de ses lèvres. Son corps informe se raidit de la taille à la nuque, bandé pour un combat dont il pressent la lamentable issue.

— Quelle mine, Monsieur ! A croire votre air, vous quittant tantôt je devrais aller prestement choisir le chêne de mon cercueil ! Et moi qui vous parlais réjouissances et tendresse ! Ainsi je ne suis plus désirable ? Finis nos soupers et nos jeux ? Je n'ai plus qu'à me coucher pour le seul motif qui me puisse déplaire ?

— Ne parlez pas de la sorte.

— Au moins, si « cela » devait être, viendriez-vous me veiller ?

Philippe baisse le nez. Étrangement, il ne souffre pas. Il ne ressent qu'une incontrôlable répulsion. Cette femme pour qui il a vécu, pour qui il serait mort, cette femme ne lui est plus rien.

— Je me rendrai à votre souper, ma fille, et vous en remercie.

Vers la demie de cinq heures, le 24 de ce mois de mai 1719, je me présentai à Meudon avec au cœur le plus trouble des sentiments. Sous couvert de civilité, c'est à une mise à mort que je venais assister. Je ne savais quand ni comment sonnerait l'hallali, mais en posant le pied sur les gravillons de la cour ronde, je sentis sur ma langue la fade saveur du sang. Élisabeth, par cette fête qu'elle avait annoncée sans égale, jouait son va-tout. Hors Madame et ma mère, qui ne trouvaient à sa société aucun ragoût, tout ce qui comptait en rang, en fortune et en beauté à la cour avait été réuni. Dans les escaliers, au coin des pots à feu et des ifs taillés, les têtes poudrées accolaient leurs bouclettes et, friction-nant leurs pendants d'oreilles et leurs mouches de velours, bourdonnaient sourdement. Le désespoir qu'Élisabeth affichait depuis le renvoi de Rions, sa santé chancelante et le refroidissement du duc d'Or-léans à son endroit tenaient depuis deux mois le centre des conversations. Les bien-pensants et les médisants trouvaient à l'effilochage des courtines de ce ménage à trois une satisfaction également sournoise. Les premiers y voyaient une juste revanche de la morale sur la débauche, les seconds l'alléchante approche d'une splendide curée. Aussi, pour tromper leur impatience, les uns et les autres se pressaient-ils contre les balustrades qui dominent le parterre d'orangers. Emboquant avec force grimaces massepains et cerises confites, tous prenaient leurs paris. Cette soirée allait être le feu d'artifice qui illumine le ciel avant de le rendre à la nuit. La duchesse de Berry, déjà si délabrée qu'assurément ceux qui ne l'avaient approchée ces dernières semaines hésiteraient à la reconnaître, la duchesse de Berry, donc, n'y survivrait pas. Ou si par quelque distraction du Ciel elle s'en relevait, ce serait pour achever de ruiner une faveur irrémédiablement ébranlée. Rongé par le sel de ses larmes, le duc d'Orléans romprait sous peu ses amarres pour ancrer ses désirs et ses félicités en un port plus clément. Après avoir butiné chignons et rondes épaules, un à un les regards se tournaient vers moi. Moi la vierge noire, la souris de couvent, le fantôme sans sexe. Au fond, pourquoi pas ? La fille cadette après la fille aînée, après le règne des sens, celui de l'esprit, la beauté de l'âme détrônant celle de la chair, le sacrifice victorieux du vice. Cela certainement ferait une suite inattendue au conte de la régence. La nonnette et le prince libertin. Oui, pourquoi pas ?

Ma sœur parut au bras de mon père sans que les

conversations cessassent ni qu'aucune des bruissantes figures qui m'entouraient se détournât. Élisabeth me lança le regard du Commandeur conviant Dom Juan à souper. Je frissonnai et, laissant mes flatteurs ébahis, me levai pour lui emboîter le pas. Afin de donner plus de publicité à ce qu'elle nommait son retour en grâce, elle avait fait dresser les tables sur la grande terrasse, d'où la vue est exquise. Ses médecins lui avaient représenté qu'elle relevait à peine d'une fièvre double tierce dont le feu couvait encore, sans quoi on ne lui eût pas dénombré tant de ganglions durcis à l'aine et aux aisselles, mais, espérant surprendre mon père et par là forcer son admiration, elle avait tenu bon. Bien qu'on approchât de l'été, à sept heures il faisait frais, et à dix fort humide. Après la musique, qui joua dehors, on porta trente et un potages, soixante moyennes entrées et cent trente-deux hors-d'œuvre, suivis de deux fois cent trente-deux entremets chauds, soixante entremets froids et soixante-douze plats ronds garnis de viandes et de volailles, dans lesquels on comptait six gendarmes, qui sont des manières d'oille à l'espagnole composées d'un carré de mouton, de deux perdrix et de deux poulets gras arrosés de jus de veau, des terrines de poitrine, de queues de bœuf et de petit lard aux lentilles, des carpes à la Chambord garnies de fricandeau d'anguilles, des cochonnets fourrés aux saucisses et à la moutarde, des perdrix aux laitances de carpe, des bécasses braisées aux huîtres, des ragoûts de tortues à l'espagnole, des foies gras aux truffes vertes, des

253

salades de culs d'écrevisses, enfin pour le dessert cent corbeilles de fruits crus, quatre-vingt-quatorze de fruits secs, cinquante soucoupes de fruits glacés et cent six compotes. Deux cents Suisses servaient les mets et cent trente-deux valets versaient à boire. Mon père et ma sœur, qui trouvaient dans la ripaille un terrain sans danger, s'empiffrèrent extraordinairement et lampèrent plus encore. Élisabeth dut sortir deux fois pour se faire vomir. Au moment qu'on présentait les liqueurs avec les sucreries, elle perdit connaissance et se renversa en arrière sur sa chaise. D'un même mouvement mon père, qui soupait à sa table, et moi, qui tenais la table voisine, nous jetâmes à ses genoux. Je lui frottai les tempes et le cou avec des glaçons, et mon père commença à la délacer. Au vu de sa gorge flétrie, luisante d'une sueur nauséabonde, ses doigts se nouèrent. Il recula le haut du corps, avec sur le visage une expression d'égarement telle que je me rejetai également en arrière. La duchesse Sforza lui tendit la main pour qu'il se relevât, mais c'est mon poignet qu'il saisit et convulsivement serra en se penchant vers mon oreille.

— Viens, et ne dis rien.

Laissant Élisabeth entre les bras de ses dames qui piaillaient comme autant de perruches menacées par une buse, il m'entraîna vers une gloriette qui, au bas du grand degré, servait d'ordinaire aux collations de Madame. Les convives qui s'étaient levés à notre départ se rassirent sur les instances de la duchesse

Sforza, qui courait de l'un à l'autre en annonçant un montreur d'ours savants. Le bohémien entouré d'une nuée de danseuses à demi nues, chacune portant un singe agrippé à sa hanche, entra à point pour capter l'attention. Dans le vacarme des cymbales et des applaudissements, c'est à peine si l'on remarqua que deux valets houspillés par Mme de Mouchy portaient Élisabeth dans le salon bleu, où l'attendait avec lancette et bassin son médecin. Sous les lierres du petit pavillon où mon père et moi nous étions réfugiés, les hourras et les rires arrivaient par bouffées. L'air immobile sentait la forêt tôt le matin, après une averse. L'humidité piquait la gorge. Je songeai à mon châle de cachemire blanc oublié sur une chaise et cherchai à glisser mes mains dans mes manches. Mon père, qui s'était assis sur un tabouret de pierre, surprit mon geste. Prenant mes coudes, il m'attira sur ses genoux.

— J'ai froid, moi aussi.

Dans le creux du bras de Philippe qui lui ceint la taille, Adélaïde contemple les feuilles vernissées qui par endroits luisent comme si un escargot les avait traversées. Les gouttes de la dernière pluie une à une glissent le long de leur nervure pour se perdre dans l'obscurité des mousses avec le bruit d'un infime baiser.

— Vous, mon père? Vous vous plaignez toujours d'avoir trop chaud!

— J'ai froid au cœur... Écoute : je vais rentrer à Paris, et toi, tu resteras ici.

— Si vous partez, tout le monde voudra vous suivre.

— Tu vas veiller Élisabeth à ma place, et si elle meurt, tu lui fermeras les yeux.

Adélaïde dans la pénombre cherche le regard du Régent.

— C'est vous qui me parlez ainsi ?

— C'est un homme qui est moi et que je découvre. Un homme neuf et plus vieux que ce Juif qui, sur le chemin du Calvaire, refusa une gorgée d'eau à ton Christ. Cet homme-là ne peut demeurer au chevet de la duchesse de Berry. Il ne peut la regarder suer, haleter et gémir. Il ne peut pas. Il s'en va. C'est tout.

— Mon père, que vous arrive-t-il ? Le mois dernier, quand vous vîntes me trouver à Chelles, vous juriez de mourir à l'instant où ma sœur trépasserait ! Vous m'avez suppliée de lui consacrer mes prières, vous m'avez promis tendresse et récompense si mes efforts auprès du Très-Haut la sauvaient ! Elle était alors ce que vous aimiez le mieux au monde, et ce soir elle n'est plus qu'un objet de dégoût ?

— Pourquoi te révolter ? Est-ce que je ne souscris pas enfin à tes vœux les plus chers ?

— Je ne vous comprends pas.

— Tu me comprends très bien. Crois-tu que j'aie jamais été dupe de tes mines sentencieuses ? Crois-tu que j'ignore le secret de ton cœur et quelle braise couve sous la cendre de ton prétendu sacrifice ? Tu ne serais pas ma fille si tu n'étais que ce que tu parais. Ce soir, vois-tu, nous nous ressemblons. Comme toi, je suis las d'attendre, de souffrir en silence, las de me laisser humilier. Tu désires secrètement la mort d'Élisabeth parce que, espères-tu, cette mort te donnera la vie. Non, ne te lève pas. Je suis ton père et je puis, sans que nous rougissions, te conter l'étrange morale de notre sang. Tu ne seras jamais la sainte que tu espérais devenir en renonçant au monde. Sous ton masque vertueux, tu es un glaive taillé dans de la glace. Si ta sœur s'est remise de sa fièvre puerpérale, c'est à sa passion pour M. de Rions qu'elle doit ce sursis, et non à tes neuvaines. Il n'y a que l'amour qui sauve, je le sais pour l'avoir pratiqué. Toi qui n'as jamais voulu aimer, toi qui n'aimeras jamais, tu ne peux sauver personne.

— J'ai prié de tout mon cœur, je vous le jure !

— Ton Dieu ne lit-Il pas dans les âmes ? Pourquoi t'aurait-Il exaucée, toi dont la virginité cache tant de trouble ruse ? Non, Élisabeth ne te doit rien. C'est son appétit de vivre qui a triomphé. A sa place, tu te serais laissé mourir.

— Vous en trouveriez-vous aussi placide ?

— Comment savoir ? Tu ne m'as donné loisir ni de m'éprendre, ni de me déprendre de toi. Mais notre histoire peut commencer ce soir...

Adélaïde écarte le bras qui s'est resserré autour d'elle.

— Mon père, avez-vous bu plus que de raison ?

— J'ai bu, et tu sais bien que je n'ai guère de raison.

— Il suffit, Monsieur. J'entends mal ces sortes de plaisanteries. Apprenez-moi seulement, je vous prie, ce que je répondrai à Élisabeth lorsqu'elle me trouvera penchée sur elle, au lieu de vous.

Le Régent fait le geste de chasser un insecte importun.

— Raconte-lui que j'avais affaire au Palais-Royal. La forme sera sauve, mais elle comprendra.

— Vous allez la tuer !

— La regretteras-tu ?

— Vous, vous la regretterez ! Vous avez beau jouer l'indifférent, moi aussi je vous connais ! Je vous en supplie, ne vous mettez pas dans la situation de porter un remords plus lourd encore que votre amour !

— Un amour éteint ne pèse que le poids du regret, et il ne me déplairait pas, au fond, d'éprouver dans ma chair cette amertume griffue qu'on dit celle du remords. La vie ne me fournit plus tant de sensations, en mon âge avaricieux, que j'en veuille bouder une inconnue. A jamais je porterai le deuil de celle qu'Élisabeth a été. Mais ce deuil-là, je le cache déjà sous mon pourpoint depuis plus d'une année. Quant à la femme que je perdrai cette nuit, dans une semaine ou dans trois mois, elle n'est plus ma mie, et je ne la pleurerai pas. Élisabeth était belle surtout dans mes yeux, et je l'eusse aimée défigurée. Il y avait quelque chose, en elle, qui la plaçait au-dessus des critères ordinaires. C'est ce quelque chose dont son cafard de Rions l'a privée, ce quelque chose-là dont je ne guérirai point. Ta sœur n'est plus qu'une femme banale. Banalement souffrante de couches clandestines et d'abus de mangeaille. Banalement amoureuse d'un fat qui ne la chérit ni ne la mérite. Une femme avec des ambitions communes, des larmes et des criailleries de ménage, des exigences bourgeoises : une alliance bénie sur l'autel, une portée de marmousets, se montrer en public au bras du cher élu. Pareils goûts me semblent bienvenus chez la plupart des dames et je les contrarie

259

rarement. Mais je n'ai pas taillé Élisabeth de cette étoffe-là. Ces rêves étriqués lui siéent comme le grand habit à une harengère. Je l'adorais nue sous ses robes et vivant dans l'instant. Elle ne songe plus qu'à se parer selon la fantaisie de son « Riri » et à se mijoter des lendemains confits. Ainsi troussée, elle ne m'attire en rien. Cela est terrible à avouer, mais cela est pourtant vrai. Je la préférerais morte à pareillement déchue.

— Mon père !

— Il te faut l'accepter, mon petit : je suis un prince de peu de foi...

Adélaïde prend la main de Philippe et la presse sur son cœur.

— Vous avez plus de sentiment qu'aucun des hommes que j'aie pu approcher. Au moins, promettez-moi que vous reviendrez la voir demain matin !

— Que t'importe ?

— Il m'importe de vous garder d'un malheur plus grand que votre peine d'aujourd'hui.

— Je verrai.

— C'est ce que disait toujours le feu Roi quand il pensait non.

— J'ai beaucoup appris de lui depuis qu'il n'est plus. Souvent on écoute mieux les morts que les vivants. Peut-être, quand ta sœur nous aura quittés, l'aimerai-je mieux que je n'aurai su le faire de son vivant.

Adélaïde tourne la tête vers les éclairs des premières fusées, qui au-dessus du grand bassin rayent le ciel d'encre, et d'une voix sans timbre elle murmure :

– Quand Élisabeth sera morte, c'est moi que vous aimerez.

– Tu dis ?

Se penchant, elle effleure des lèvres la perruque de son père.

– Dieu puisse-t-Il vous pardonner votre égarement, et vous guider vers Sa lumière.

Mon père ne revit Élisabeth que douze jours plus tard, à La Muette où elle s'était fait transporter couchée entre deux draps dans un grand carrosse tapissé de matelas. Il assura qu'elle éprouvait un mieux sensible et recouvrerait promptement la santé. Le 16 et le 28 mai 1719, il la visita encore, brièvement et en compagnie d'un gentilhomme de sa chambre et du maître de sa garde-robe, qu'il avait emmenés en sachant que, devant eux, ma sœur n'oserait aborder le sujet de Rions. Le 12 juin, il vint avec la duchesse d'Orléans ma mère, et le 18 avec Madame. Élisabeth avait pris les eaux de Passy et accepté la saignée à la cheville. Pourtant elle brûlait de fièvre et ne dormait pas une heure, de jour ni de nuit, tant les élancements qu'elle souffrait aux extrémités la tenaillaient. Il lui était venu à la plante des pieds de grosses ampoules qui lui faisaient comme l'application de fers rouges sur les chairs. On l'entendait crier jusqu'aux cuisines. Le 20 juin, un mieux se fit sentir; le 24, elle donna un concert à La Muette ; le 30, essaya une promenade en litière dans le bois de Boulogne, et le 5 juillet, reçut mon père assise et non couchée. Ils se disputèrent si violemment que la duchesse Sforza et Mme de Mouchy durent mettre fin à l'entretien. Mon père jura qu'il ne reviendrait de sa vie, mais le 14 Élisabeth eut une nouvelle crise, et, malgré ses résolutions et les serments en lesquels j'avais eu la faiblesse de croire, il accourut et resta jusqu'à ce qu'on eût saigné la malade. Au milieu de la nuit, les médecins firent envoyer à Saint-Cloud, pour dire qu'ils éprouvaient les plus vives inquiétudes. Ils saignèrent derechef au bras et au pied, puis, après avoir beaucoup balancé en raison de la brutalité de ce remède, administrèrent une dose d'émétique. Élisabeth vomit du sang clair. Le mal céda d'autant moins que la patiente mettait une malignité sans exemple à faire, sitôt que ses docteurs tournaient le dos, l'exact contraire de ce qu'ils lui recommandaient. Il lui fallait, pour que se refroidisse son sang, jeûner et dormir. Ses douleurs se relâchaient à peine qu'elle tirait ses verrous et mandait à Mme de Mouchy de lui bailler quelque friandise qui pût lui réjouir les papilles. Cette odieuse femme, connaissant parfaitement que c'était là tuer sa maîtresse comme si elle lui eût enfoncé un couteau dans la gorge, la régalait de fricassées, de petits pâtés, de melons, de salade, de lait, de prunes, de figues, de bière et de vin à la glace, après quoi elles jouaient aux cartes ou aux dés jusqu'à l'aube en causant du chevalier de Rions, sur lequel

Mme de Mouchy dissertait avec une éloquence merveilleuse. Ma sœur s'accrochait à ces moments d'insouciance et, dans l'égarement où la jetaient la fièvre et la privation amoureuse, voyait en la pire félonne que la cour eût nourrie son bon ange. La Mouchy eût pu l'achever en lui avouant le trivial secret qui l'unissait à Rions. Elle cachait sur son sein les lettres que le chevalier depuis sa garnison lui envoyait, et dans le médaillon de sa ceinture une boucle de cheveux qu'à l'heure des adieux elle avait coupée sur sa nuque. La main lui démangeait de porter ce coup-là, mais, pour tirer le plus possible de sa victime, elle se forçait à la ménager. Quatorze nuits d'affilée elle s'enferma avec Élisabeth. Ma sœur lui donna ses bagues, ses diamants, des robes rebrodées d'or et de perles, des déshabillés, des fichus et cent autres galanteries qu'elle prenait une joie enfantine à lui voir essayer. Le 16 juillet, il sembla à Mme de Mouchy qu'elle avait engrangé de quoi festoyer pendant un nombre raisonnable d'hivers. Aussi, décidée à porter l'estocade, pressa-t-elle par une curieuse délicatesse sa maîtresse à se réconcilier avec l'Église. Élisabeth confessa ses péchés en ordonnant que les portes de sa chambre restassent grandes ouvertes, et elle reçut la communion devant ses gens assemblés avec les apparences d'une vive piété. Après quoi, s'esclaffant que c'était décidément là mourir avec grandeur, elle s'applaudit de la fermeté qu'elle venait de montrer, et, par la main de la marquise, se donna une monstrueuse indigestion de fruits et de vin frais.

L'archevêque de Tours, premier aumônier, administra le viatique et l'extrême-onction. Élisabeth sombra dans l'inconscience. Mon père crut que, l'ayant ressuscitée une fois avec des remèdes ignorés des médecins, il la pourrait guérir une seconde fois. Il fit appeler l'empirique Garus, dont l'élixir produit d'étranges merveilles, et en fit boire lui-même quelques gouttes à ma sœur. Elle reprit connaissance, baisa la bouche de son sauveur avec des transports de larmes et demanda à manger, ce qu'on lui refusa. Elle hoqueta qu'elle craignait qu'en enfer on ne l'affamât, qu'elle se consumait déjà du dedans, qu'elle avait peur, si grand-peur, que par pitié on lui donnât au moins un peu de lait ou de sirop. Garus et mon père tinrent ferme. Les couleurs revinrent aux lèvres de la mourante. C'est alors que Chirac, premier médecin du Régent, s'avisa que l'affaire tournait dans un sens peu favorable à sa réputation. Sa position à la cour commandait que la duchesse de Berry ne dût sa vie ou sa mort qu'à ses soins. En cachette de Garus, il fit prendre à Élisabeth un purgatif. En un moment elle se vida d'une matière sanglante avec des hurlements à donner le frisson. Mon père empoigna Chirac au collet et le jeta à terre. Ma mère, qui était avec lui, tâcha à le calmer sans qu'il parût seulement l'entendre. Il arpentait la chambre en se rongeant les doigts, déchiquetait sa perruque qu'il semait ci et là, marmonnait des phrases coupées de gémissements, enfin offrait le spectacle d'un homme dont la raison vacille. Ma mère, assise, comptait les mailles de son mouchoir. La duchesse Sforza pleurait à petit bruit. Mme de Mouchy, au su qu'Élisabeth agonisait, s'était évanouie ainsi qu'un vilain songe. L'archevêque de Tours tricotait du soulier. M. de Saint-Simon, de qui je tiens le détail de cette scène, prit doucement mon père par le coude et, le tirant sans avoir l'air de rien, commença de l'entretenir des mesures à prendre dans le cas où... Notre Régent, qui semblait frappé de stupeur, se laissa conduire vers les salons puis les jardins, où le petit duc le promena comme un simple d'esprit jusqu'à la nuit tombée. Quand la lune parut, il voulut remonter. Le lit d'Élisabeth était resté ouvert. Elle respirait si faiblement que, penché dessus sa bouche, mon père n'en sentit pas le souffle. Il lui parla longuement, très bas. Enfin, se relevant ravagé de sanglots, il fit signe qu'on fermât les rideaux. Minuit venait de sonner. Les carrosses attendaient au-dehors. Mon père prit place en s'épanchant sur les malheurs de ce monde et le peu de durée de ce qui est agréable, et rentra avec la duchesse ma mère à Paris. Une heure après, Élisabeth rendait le dernier soupir dans les bras du cardinal de Noailles. L'autopsie prouva qu'un miracle seul eût pu la sauver. On lui trouva la tête remplie d'eau, un ulcère dans l'estomac, un autre à la hanche, le foie attaqué et le reste comme de la bouillie. De surcroît, sans qu'on osât comprendre comment, elle était grosse.

Le samedi 22 juillet, par une chaleur de four, l'abbé de Castries accompagné de Mlle de La Roche-sur-Yon, plus Mmes de Saint-Simon, de Louvigny, de Brassac et de Châtillon, porta le cœur de la défunte au Val-de-Grâce, où je passai une étrange nuit à le veiller. Le lendemain, son corps fut mis sur un carrosse à huit chevaux caparaçonnés, entourés d'une quarantaine de gardes et de pages munis de torches. Deux autres carrosses suivaient, avec dans le premier les aumôniers, dans l'autre les dames de la duchesse de Berry. Le convoi sortit par la porte Maillot et arriva, par la plaine Saint-Denis, à l'abbaye où la cérémonie fut réduite à l'essentiel. Dans l'embarras de pouvoir louanger ma sœur et ne pouvant en dire du mal à l'heure de la porter en terre, on n'en dit rien du tout. Élisabeth partit vers le pays du silence sans un mot de regret, sans même un adieu pour lui souhaiter bonne route.

Ce même soir où, pour la première fois, sa maîtresse dormait seule dans le noir et le froid, la marquise de Mouchy soupa à Paris en brillante compagnie, but du champagne à rouler sur la table et tint des discours si crus qu'ils bouleversèrent les assistants. Ma mère prit le deuil en habits ordinaires et reçut dans son lit, comme à l'accoutumée. Selon l'usage, le grand service funèbre fut prononcé au commencement de septembre. Sans aucun apparat. Après quoi cette femme tant aimée, tant haïe, cette femme vêtue d'or, de soufre et, sur la fin, du lin blanc des martyrs, cette femme qui incarnait à elle seule la folie et la superbe d'un règne, cette femme qui avait été ma sœur sombra dans l'oubli que commande la honte. Mon père paya ses dettes, qui se montaient à près d'un million de livres, car la duchesse de Berry n'avait pas réglé les gages de ses gens depuis deux ou trois ans. Il reprit Meudon, La Muette et le Luxembourg, dont il rouvrit les grilles à la grande joie des promeneurs. Mme de Mouchy et son mari reçurent enfin l'ordre de quitter Paris. Le chevalier de Rions vendit son régiment de dragons puis le gouvernement de Cognac, et se renfonça dans l'obscurité qui seyait à son piètre mérite.

Mon père pleura à attendrir une pierre pendant dix jours. Puis moins. Puis plus du tout. J'appris qu'il s'était donné une maîtresse dans le peuple, une lingère ou une saucière, dont la tournure lui rappelait ma sœur. Ce change parut le consoler comme une babiole neuve distrait un gamin du jouet qu'il vient de perdre. Pour ma part, je passai par des états que je n'avais jamais connus. Après cette stupéfaction incrédule qu'on voit aux galériens libérés de leur chaîne, me vint une poignante angoisse. Qu'était-il advenu d'Élisabeth, dans cet au-delà que je ne parvenais pas à me figurer ? Son repentir et ses tourments avaient-ils été jugés suffisants pour que l'on pardonnât ses immenses fautes ? Et moi, quand Dieu à mon tour m'appellerait, me serais-je assez rachetée des pensées que je taisais à mon confesseur, pour mériter de siéger au royaume des justes ? J'aurais voulu plaindre ma sœur, et qu'elle me manquât. Or, au lieu de chagrin, je ne trouvais dans mon cœur que du soulagement et, à mesure que s'apaisaient mes émotions premières, une grandissante allégresse. Je m'endormais et me réveillais en répétant : « Elle est morte. » Morte, ma seule ennemie. Morte, la négation de moi. Morte, celle qui m'empêchait d'exister. Je venais de passer vingt et un ans, j'avais résisté aux fluxions, à la petite vérole, au jeûne, aux chutes de cheval, au froid de la solitude et au poison de l'envie. Mon heure sonnait enfin, et je ne voulais plus rien perdre de ce présent qu'hier j'affectais de mépriser.

Tout juste trois semaines après qu'Élisabeth eut rendu l'âme, je quittai le Val-de-Grâce dans le carrosse de Madame, avec ma sœur Charlotte-Aglaé, que mon père venait de fiancer au sinistre prince de Modène. Bien que n'ayant pas encore reçu les bulles que le cardinal de La Trémoille avait demandées en audience particulière à Sa Sainteté Clément XI, je m'en allai prendre possession de mon abbaye. Mon équipage fit étape à Bagnolet, dans la maison de campagne où la duchesse ma mère aime à recevoir ses familiers. Mon père m'y attendait. Il me serra dans ses bras et, se reculant, il me regarda longuement. On nous observait, aussi n'échangeâmes-nous que des mots de circonstance. Mais au moment des adieux, comme il m'embrassait avec toute l'émotion qu'autorisait son deuil, il me souffla : « Je n'ai plus rien à te refuser. » Je crus entrer au paradis.

Le 14 de septembre, j'étais abbesse de Chelles. Rien ne saurait rendre la magnificence de ce que fut mon sacre. Dans le chœur de l'église conventuelle orné des

269

tapisseries de Versailles siégeaient, sur des fauteuils décorés à leurs armes, Madame, le duc d'Orléans mon père, mon frère le duc de Chartres, ma sœur de Valois, qu'on nommait maintenant duchesse de Modène, enfin Louise-Élisabeth, notre cadette, qui n'était encore que Mlle de Montpensier. Les princesses et princes de moindre rang, plus toutes les personnes composant la cour de Madame et du Régent, les entouraient, en ordre et place correspondant à leur naissance. Je trônais, moi, toute seule, devant l'autel, sous un dais fleurdelisé. A ma droite et à ma gauche, légèrement en retrait, sur des sièges spéciaux, se tenaient les abbesses de Villers-Cotterêts, du Val-de-Grâce, de Montmartre, de Saint-Pierre-de-Reims, du Parc-aux-Dames de Senlis, ainsi que les coadjutrices de Saintes et de Saint-Corentin et les prieures de Notre-Dame-des-Prés et de Mont-Denys. Le cardinal de Noailles officiait pontificalement et l'évêque de Châlons, général de la congrégation de Saint-Maur, qui était venu avec quarante religieux de son ordre, lui donnait le répons. Les gardes du corps de mon père plus deux compagnies de Suisses veillaient à notre sécurité. Dehors, la foule piétinait avec des clameurs qui couvraient le grand orgue. Après le dîner où l'on servit six cents couverts, lorsque vers les cinq heures les carrosses repartirent vers Paris et que les pauvres de la paroisse se jetèrent sur nos restes en bénissant mon nom, je me sentis reine à son couronnement. Un printemps me venait sous la peau. Mes mains, sans que je m'embarrasse plus de les cacher dans mes manches, se tendaient vers la vie, et vers mon père, qui personnifiait la vie. A mon tour j'avais faim, non plus d'étude et de méditation, mais de réalité. Je voulais plonger dans mon temps, me colleter avec lui et l'enfourcher comme un cheval de chasse. L'arbre de la régence portait enfin ses fruits, et le duc d'Orléans, conforté par John Law, se préparait à les partager avec la France entière. La malédiction qu'incarnait ma sœur semblait ensevelie avec elle. L'avenir s'offrait à nous.

Marie la cuisinière croit aux miracles. A ceux qui doutent, elle donne pour preuve son logis, sa mise et les diamants qu'à l'Opéra elle arbore. Marie vient du Berry. Placée tout enfant comme frotteuse de carreaux chez le père Mars, à la barrière de Paris, sur la route de Fontainebleau, elle a tôt appris que la vie sent la sueur, le graillon, la boue et la vinasse, que les hommes ont des mains crochues, des écus qui sonnent beau, les façons de Matamore et les soupirs de Tartuffe, qu'ils braillent, geignent, pincent, giflent, rotent et dissertent avec grande estime d'eux-mêmes, que pour les attirer il faut leur battre froid et pour les attacher ne point les retenir. Marie en son âge frais était grasse, brune et le teint comme un marbre. On lui trouvait un air cousin de la duchesse de Berry, dont Paris chansonnait les débauches. Louis XIV vivait encore et le petit peuple de France ne s'imaginait de lendemains qu'affamés. Marie trimait du premier coq à la lune haute sans autre récompense que la soupe et la paillasse où, les

272

soirs de bamboche, l'écrasait quelque cocher. A l'avènement du Régent, le père Mars, gageant qu'une servante tournée à l'image de Mme de Berry appâterait, la
fit passer en salle. Les marchands d'étoffes, de grains,
de chevaux grimpèrent en nombre croissant l'échelle
de la soupente. Marie accueillit même des valets de
bonne maison et trois ou quatre noceurs parfumés
qui portaient des diamants aux éperons. L'un d'eux
lui donna la bague verte qui ornait son index. Ce fut
le commencement du bonheur de Marie. Elle se rendit
derrière l'église Saint-Germain-l'Auxerrois, face le
palais du Louvre, dans le quartier des orfèvres. L'émeraude du bellâtre était vraie. Marie en obtint assez
pour racheter son tablier et sa coiffe à maître Mars,
louer une chambre chez la mercière qui tient l'angle de
la rue Vivienne et de la rue des Petits-Champs, et
chercher une place qui lui permît de venir arpenter
vers le soir les galeries du Palais-Royal. Cette ressem-
blance qu'on lui trouvait avec la fille préférée du
Régent lui semblait la marque de son destin. A l'auberge, les convives chuchotaient sur le nouveau maître
bien des confidences, dont il ressortait que Monseigneur Philippe, à la différence **des** autres princes, avait
des idées, des amis, guère plus de faiblesses que la
moyenne des mâles mais davantage de cœur, qu'il
travaillait dur, et pour le bien commun, qu'il aimait
la bonne chère, les bons mots, les bonnes fortunes et
plus que tout au monde sa fille aînée. Confiante en
son étoile, Marie se fit tailler une robe ballante comme

la duchesse de Berry en portait alors pour masquer son embonpoint, elle apprit le langage des mouches, frisa et releva ses cheveux noirs, enfin, se rendit au bal public de l'Opéra. C'était là un divertissement sans pareil, que le Régent avait inventé et dont il se plaisait à régaler les Parisiens. Une machine rehaussait le plancher du parterre en sorte qu'il s'emboîtait dans celui de la scène sans qu'on sentît en dansant aucune différence de niveau. Quatorze lustres et une infinité de girandoles à six bougies de cire blanche éclairaient juste assez pour donner à voir ce qui se voulait montrer, et cacher ce qui ne devait s'avouer. Depuis onze heures du soir jusqu'à quatre heures du matin pour un écu on entrait librement, et sous le masque le marquis ne se distinguait pas du commis. Aux deux bouts de la salle, quinze violons jouaient avec entrain. Chacun s'asseyant là où il rencontrait un tabouret, sans qu'il y eût aucun siège de distinction, chacun, homme ou femme, invitait à danser le menuet, la courante ou la gavotte qui lui plaisait. Au plus fort de la presse, on comptait bien trois cent soixante personnes, plus quantité de couples retirés dans le secret des loges. C'était à qui exhiberait le plus de chair poudrée, de joyaux, de plumes, d'audace dans les façons et les propos. Les gardes, fort nombreux, hauts de taille et de bel air, surveillaient les extravagants afin de les garder dans les bornes sinon de la décence, du moins de la prudence. Pourvu qu'on s'abstînt de tirer l'épée et de forniquer au milieu des danseurs, on pouvait en toute impunité s'interpeller, se bousculer, se secouer, échanger de méchants mots ou de vilains gestes, tourner court, s'ancrer plus loin et en toute insouciance y serrer, tâter, palper et embrasser.

Philippe remarqua Marie dès la première fois qu'elle ôta son masque devant lui. Il était peu friand de détours et elle ne s'embarrassa pas de mines. Tout fut dit promptement, et Marie en rajustant son corset se sentit une envie de pleurer. Philippe approcha de son visage le bougeoir qu'il avait posé sur le tapis.

– Souris, petite, ce moment qui t'attriste te vaudra de grandes joies. Sais-tu à qui tu ressembles?

– Je le sais, Monseigneur. On me l'a souvent dit. Est-ce pour cela que vous m'avez voulue?

– N'est-ce pas pour cela que tu me guettais?

– Vous êtes fâché?

– Au contraire, j'y vois un signe de la vie qui renaît. Quel âge as-tu?

– Dix-neuf ans, Monseigneur.

– Souris, te dis-je, tu as les mêmes fossettes qu'elle. Je ferai ta fortune.

Philippe, qui promet à dix quémandeurs la même faveur sans généralement l'accorder à aucun, a bien servi Marie. Depuis la mort de la duchesse de Berry, il ne se passe pas trois soirs sans qu'il la mande auprès de lui, et pour récompense du plaisir doux-amer qu'il prend à la contempler nue, il lui donne des billets de banque frais sortis de la presse, des actions de la

Compagnie d'Occident rebaptisée Compagnie des Indes occidentales, ainsi que des conseils sur la manière de faire valoir ces beaux morceaux de papier.

A Paris, en cet automne 1719, la richesse s'offre à qui lève la main au bon moment. Petits et gros spéculateurs se pressent du même pas, dès huit heures du matin, vers le quartier Quincampoix. Les places dans les coches et les voitures de poste sont réservées des semaines à l'avance et revendues par les loueurs de chevaux, les aubergistes d'étape, les voyageurs eux-mêmes, contre des sommes stupéfiantes. Du fond des provinces, de l'autre côté des frontières, on accourt à Paris. La Banque royale que dirige M. Law a reçu pour neuf ans la concession de frappe et de refonte des monnaies, ainsi que le privilège de régler les dettes et les pensions de l'État moyennant trois pour cent d'escompte. L'Écossais s'est converti au catholicisme et se montre jusque sur le chapitre de la galanterie plus français qu'aucun Français. Le peuple, d'abord inquiet de ne lui découvrir que réformes aux lèvres, se fie maintenant à son génie. Après s'être fait attribuer la ferme des tabacs, les gabelles de l'Alsace et de la Franche-Comté, le commerce des castors canadiens et celui des nègres africains, sa compagnie commerciale a absorbé la Compagnie des Indes orientales plus celle de Chine. Sa flotte assure le commerce des soieries, des épices, des essences rares, des pierres et des métaux précieux depuis les rivages orientaux jusqu'à ce Nouveau Monde qui fait tant rêver le vieux royaume de

France. Les estampes que les agents distribuent par les rues vantent la Louisiane comme la Terre promise. L'Eldorado. Il suffit d'y poser un pied pour côtoyer des merveilles inouïes, et de planter une graine pour la retrouver au bout de la semaine poussée en bananier ou en arbre à pain. Des rochers d'émeraude, des forêts d'essences rares dont les fûts touchent au ciel, de bons sauvages tout nus, qui travaillent comme dix bœufs et cèdent leurs femmes contre un canif. Le soleil toujours, et la mer d'un bleu céleste. Des animaux à plumes, à poil, à écailles, qui vous mangent dans la main et se laissent égorger sans songer à s'enfuir. Les colons y sont accueillis en sauveurs, et sur ces terres bénies jouissent du plaisir sans restriction au milieu des nudités de l'âge d'or. Le paradis d'avant la faute et la garantie de bénéfices ronds comme des perles. Le profit sans effort. La récompense sans mérite. Pour le premier venu, même le plus obscur, le petit porteur, la cousette, le gamin des barrières, le vitrier et le valet. C'est bien là cette société nouvelle qu'annonçait le duc d'Orléans en prenant le pouvoir, les fruits de la prospérité partagés entre tous les Français sans distinction de naissance, de sexe, d'âge ni de fortune, tout comme le spectacle et les baisers, les soirs de bal public à l'Opéra.

La recette est si simple que Marie, qui sait à peine lire ses lettres, s'y est trouvée en peu de temps experte. Le Régent la prévient de chaque émission d'actions de la Compagnie des Indes ainsi que du jour de leur entrée sur le marché. Pour le premier lot, qui était de deux cent mille actions au prix de cinq cents livres, il lui a donné une poignée de livres-papier et le nom d'un commis. Marie, pour son bonheur, a tout misé à la première heure du premier jour. Au bout d'une semaine, le capital d'un million ayant été couvert, les gens ont commencé d'agioter, et les prix ont monté jusqu'à atteindre dix-huit mille livres pour une action souscrite à cinq cents. Marie a revendu une partie de son pactole avec un gain suffisant pour lui permettre d'acheter les « filles » des premières actions, puis leurs « petites-filles », dont l'acquisition était réservée à qui possédait au moins une « mère » et deux « filles ». Et ainsi de suite. Entre juillet et décembre 1719, Marie a gagné à ce jeu près de dix millions. Ayant constaté que son courtier s'était roulé une pelote encore plus grosse, elle l'a congédié et se charge elle-même de ses transactions. Le marché public se tient dans la rue Quincampoix, sur une longueur de cinq cents mètres fermée à chaque extrémité par une forte grille. D'un bout à l'autre, les maisons y sont découpées en compartiments et prolongées sur les trottoirs par les baraques en planches où s'opérait jusqu'alors le trafic usuraire des ordonnances de paiement sur le Trésor, des lettres de change, des monnaies étrangères et des bijoux. Depuis que la fièvre de l'agio a saisi la France, on ne voit plus guère dans ces parages de Juifs, de banquiers véreux ni de commis crottés. Leurs échoppes et leurs appentis se louent à prix d'or, et, s'ils prêtent encore à la pendule, c'est-à-dire à deux pour cent l'heure, c'est sur des sommes dont ils n'auraient osé rêver il y a seulement six mois. Le temps des gagne-petit est révolu. Maintenant, rue Quincampoix, on parle par millions. Ceux qui venaient autrefois en rasant les murs engager leur montre, leurs créances ou leur parole accourent le nez haut. Ils ont rendez-vous avec la fortune, et rien au monde ne les détournerait. Les gentilshommes, les magistrats et les élégantes entrent par la rue aux Ours, et le fretin mêlé aux laquais par la rue Aubry-le-Boucher. Mais entre les deux palissades il n'est plus rang, raison, ni dignité. Sitôt que sonne la cloche, seigneurs, valetaille, trousse-chemises, gens de chicane et de boutique, petits collets et lie du peuple s'encaquent, s'emboquent et, se frayant à coups de coude et d'ombrelle un passage, hurlent leurs offres avec la véhémence de poissardes éméchées. Pour un paquet d'actions, les ducs se collettent avec les bouchers, les bourgeoises supplient leur cuisinière, les marquises se laissent pincer par leur coiffeur, et cela brame et geint et se serre et s'empoigne dans une poisseuse odeur de boue, de musc, de poudre et de suint. La pluie colle les perruques et sur les joues plâtrées trace de risibles rigoles, la bousculade déforme les paniers des robes et arrache les dentelles. Entre les jambes se glissent des gamins de cinq ans qui, profitant de la presse, dérobent les aumônières, coupent les boutons de guêtres, les boucles de souliers, les nœuds de fil d'or, et dégrafent les bracelets. Personne ne les remarque. Cette foule que deux corps de garde maintiennent à grand-peine hurle d'un désir affolé que rien ne peut satisfaire. La demande pousse l'offre qui, savamment contenue par les agents de Law, se dérobe avec des minauderies de putain. Quitte à y perdre sa santé et son honneur, il faut miser, miser encore. Le miracle est qu'avec un minimum de sens de l'observation on gagne presque à coup sûr. Quarante millions pour un ramoneur savoyard; cinquante pour un laquais; cent pour une mercière de Namur, qui vient de racheter l'hôtel de Pomponne pour y ouvrir une table d'hôte gargantuesque où chaque jour les agioteurs engloutissent un bœuf, deux veaux, deux cents moutons, cent poulets et autant de perdrix. Une escabelle contre un mur se loue deux cents livres, et un rusé bossu tire des écritures qu'on passe en s'appuyant sur son dos mille livres à la journée. Tout est cul par-dessus tête. Des fous, des fauves, des perdus, des bienheureux. Ceux qui ne trafiquent pas sur les actions vendent à l'encan leur personne. Noms et titres ont une cote, et ceux qui sur ce point haussent le sourcil se font traiter de sots. Contre une rente annuelle de vingt mille livres, le marquis d'Oise, de la maison de Villars-Brancas, s'est engagé à épouser la fille d'un maraîcher prodigieusement enrichi qu'on nomme André le Mississippien. Si le marquis reprend sa parole, les versements cesseront, mais s'il se marie à date convenue, c'est dire dans dix ans, la dot sera de quatre millions, sans compter le trousseau et les pierreries. La fiancée marche encore en lisière et le père garde sous les ongles la terre de ses plates-bandes, mais les deux parties se disent enchantées de l'accord, et la mode du « mariage à réméré » profite si bien que les petites filles riches jettent leurs poupées en réclamant des marquis d'Oise pour jouer.

Marie la cuisinière, à qui un mâle sans visage a laissé un souvenir à longs cils et jupon volanté qui grandit humblement dans une ferme berrichonne, Marie songe que peut-être, si Monseigneur Philippe continue de bien la conseiller, sa petiote connaîtra un sort comme les fées en réservent à leurs protégés. Un sort de poudre et de velours. D'amour et d'oisiveté. Marie serre ses gains sous son matelas, de belles liasses si moelleuses qu'en s'allongeant elle rit toute seule. Bénis soient ensemble M. Law et le Régent de France. Bénie soit la vie.

La France entière s'enrichissait. Et, comme cette richesse flambant neuf brûlait de s'afficher, on ne trouvait plus de brocarts ni de dentelles en dessous de six fois leur prix habituel, et mon père avait dû interdire aux orfèvres de fabriquer aucuns balustres, bois de chaises, cabinets, tables, bureaux, torchères, chenêts, corbeilles, caisses d'orangers, marmites, seaux, plats et autres ouvrages en or ou en argent, sous peine de voir s'épuiser les maigres réserves de métal précieux du royaume. L'abondance des nouveaux moyens de paiement encourageait extraordinairement les initiatives. Dans le cours de la seule année 1719, où les taux d'intérêt chutèrent à cinquante centimes pour cent francs, le nombre des manufactures s'accrut des trois cinquièmes. On traça et on pava des routes pour joindre les places de province, on commença à creuser le grand canal de Montargis, et, grâce à l'attribution à l'Université de Paris d'un huitième du bail des postes, l'instruction publique et gratuite fut établie. Une procession solennelle de tous les maîtres ès arts, procureurs, docteurs en médecine et en théologie, bacheliers, syndics, libraires, parcheminiers, écrivains, relieurs et enlumineurs, suivis des messagers jurés en robe couleur de rose sèche recouverte d'une tunique portant les armes de l'Université, quitta la Sorbonne en grand appareil pour défiler devant le jeune Roi qui saluait d'une main distraite. La popularité de mon père s'accrut de cet événement. L'idée enfin matérialisée que le peuple pourrait avoir indistinctement d'avec la noblesse accès au savoir et aux carrières que ce savoir ouvrait fouetta les espoirs. La considération et la richesse devenaient accessibles. Le Régent ni son Écossais n'étaient donc des menteurs. Les visiteurs, qui venaient chaque semaine plus nombreux à mon abbaye, abondaient en louanges.

Plus qu'un engouement pour ce qu'on nommait le « Système » de M. Law, c'était un envoûtement dont même les plus grands seigneurs et les plus hautes dames revendiquaient le joug. Le duc de Bourbon, le prince de Conti, le duc de La Force se rompaient l'échine à force de courbettes. La duchesse de Mercœur criait « Au feu ! » dans l'antichambre du banquier afin de l'attirer près d'elle, et l'une de ses parentes l'accompagnait en lui baisant les mains jusqu'à sa chaise percée. Si les duchesses se comportaient ainsi, le diable sait ce que devaient baiser les autres femmes ! John Law jouissait paisiblement de son triomphe. Arrivé en France sans autre bien ni recommandation que son génie de finance et son talent aux cartes, il ne tirait de sa fortune nouvelle aucune forfanterie. A Paris, outre la merveilleuse bibliothèque de l'abbé Vignon, il avait acheté l'hôtel de Nevers, rue Colbert, où s'était installée sa banque, l'hôtel Mazarin, rue Vivienne, qui abritait sa compagnie, les hôtels de Soissons et de Tessé, deux maisons rue Neuve-des-Petits-Champs et six rue Vivienne, qu'il comptait mettre à bas pour construire sur leurs fondations une vaste Bourse des valeurs ; puis, en province, les terres de Guermantes, les seigneuries de Domfront et de Boissy-en-Brie, la baronnie d'Hallebosc, les comtés d'Évreux et de Tancarville, le marquisat d'Effiat et le duché de Mercœur. Avec ses cent millions de compte en banque, ses cheveux blonds qu'il portait au naturel, sa silhouette souple et la faveur que le duc d'Orléans lui témoignait, il traînait les cœurs et les ambitions après soi. Avec cela simple, gai et généreux comme savent l'être les belles intelligences assorties aux belles âmes. Il personnifiait tous les rêves, et sur son sillage toutes les réussites semblaient à portée de vouloir. Mon père ne voyait que **par lui**. La France ne jurait que par lui. Et moi, bêlant avec la foule, je tendais les mains pour recevoir les pommes d'or qui mûrissaient sous son souffle.

C'est que, le corps d'Élisabeth ne faisant plus écran entre le monde et moi, avec le goût de la vie m'était venu celui du pouvoir. Je découvrais les tentations que suscite la richesse et la griserie qu'on ressent à s'y abandonner. Mon père distribuait les millions comme on fait de bonbons, cinq au petit Roi, deux à Madame, un et demi consacré à l'élargissement des prisonniers pour dettes, un à l'Hôtel-Dieu, un à l'Hôpital général, un aux Enfants-trouvés, plus quelques autres à mon couvent. J'avais, et toutes mes religieuses pareillement, fait vœu de pauvreté, mais sous cette pluie d'argent immérité, qui y songeait encore ? J'étais redevenue une princesse du sang, et même la première d'entre elles. Tout l'hiver 1719, avec une fougue que rien ne rebutait, je m'occupai à mettre Chelles sur le pied d'une résidence royale. Dans mes antichambres, gardes suisses et huissiers de la porte prirent leurs quartiers. J'engageai deux secrétaires, deux intendants, un premier valet de la chambre et quantité de ses subordonnés garçons et femmes. Je me donnai un cocher du corps plus un ordinaire, des valets de pied, des palefreniers, des gardes-chasse joliment dénommés « gardes des plaisirs de Mme l'abbesse de Chelles », un premier médecin, un maître d'hôtel, et surtout un maître de musique dit « sous-intendant de la musique de très haute, très excellente, très puissante princesse Mme Louise-Adélaïde d'Orléans ». J'attachai à ma personne Marie Delafontaine, née Guitton, qui avait été ma nourrice, et sans me méfier des ragots je pris pour écuyer son fils Hubert, que mon père avait fait capitaine au régiment d'Étampes. Je commandai pour le grand autel de l'église conventuelle un tabernacle en argent massif, lançai la restauration du cloître et ordonnai au serrurier qui avait tourné la grille du chœur de Saint-Denis de m'en livrer dans les plus brefs délais une semblable. Je fis fondre quatre cloches colossales, que je baptisai pompeusement Philippe-Charlotte, en l'honneur de mon père et de Madame, Louise-Marie-Françoise, en hommage à ma mère, Marie-Charlotte-Aglaé, en clin d'œil à ma sœur de Modène, et Louise-Adélaïde, par faiblesse pour moi-même. Ma chère Clonard observa que je n'en avais appelé aucune Élisabeth, et je m'engageai à réparer l'oubli. Promesse que, bien sûr, je ne tins pas. Mes jardins, mes vergers, mon potager prirent une tournure telle qu'on venait de Paris et même d'Angleterre, pour les admirer et y puiser une inspiration que ma petite école d'horticulture dispensait volontiers. J'en tirais moins de fierté cependant, que de ce que j'appelais mon « grand œuvre », et qui résumait à lui seul le mélange de mes ambitions. Le meilleur, le plus moderne de la science au service de l'utile et de l'agrément. Une machine hydraulique. Large et haute comme trois coches empilés, capable d'alimenter hiver et été, douze heures sur douze, un réservoir de deux cents muids permettant de couvrir les besoins en eau de l'abbaye plus ceux de ses dépendances, basse-cour, étables, écuries, chenils, cuisines, lavoirs, logements des domestiques et jardins. Le père Sébastien, carme de la place Maubert et ingénieur hydraulicien, s'était, contre l'avis de plusieurs de ses pairs, porté garant du succès des travaux, et j'avais engagé ma cassette personnelle sur ce projet. Sa réussite et la renommée que ma persévérance me valut payèrent au centuple nos frayeurs et nos efforts. On vanta sans mentir qu'en quatre mois de chantier aucun ouvrier n'avait péri ni même été blessé. Que tous avaient mangé à leur faim et qu'ils me vouaient une admiration proche de l'adoration. Tant de louanges me furent un nectar d'ambroisie. Pour ajouter encore à ce que je vivais comme le triomphe de la ténacité sur le caprice, quarante abbesses me vinrent supplier d'accepter le titre de générale de l'ordre de Saint-Benoît. Je pris un plaisir très doux à refuser. Avais-je besoin de ce surcroît d'honneurs ? Tout ne me venait-il pas en son heure, et plus généreusement que je n'eusse osé le souhaiter ? Je voyais mon père presque chaque semaine, et tous les jours il me faisait porter deux ou trois billets qui me prouvaient son amitié. Son gouvernement semblait affermi à la fois par la fin des calomnies qui couraient sur ses rapports avec Élisabeth et par l'enrichissement général du royaume. Mon couvent devenait le plus raffiné de France. Je ne souffrais ni des articulations, ni de la tête, ni de la poitrine, et je ne doutais plus de la miséricorde divine. J'exultais et, dans le débordement de ma reconnaissance, je bénissais jusqu'à ma défunte sœur. En mourant, elle nous avait libérés. Je ne désirais plus rien que de voir pareillement couler les jours.

Le temps vire à la nuit. Transis, les gens avec un étonnement enfantin découvrent qu'il fait hiver et que sous la bruine glacée il fera bientôt faim. Personne ne saurait dire au juste ce qui s'est passé. On était insouciant, on était enthousiaste. On serrait dans ses huches, dans ses coffres, des sacoches bourrées d'actions et de billets de banque à peine froissés. On supputait d'acheter l'an prochain pour son aîné une charge dans l'armée, la chicane ou le commerce, on voyait son cadet studieusement penché sur un gros livre neuf, et déjà l'on songeait mariage flatteur et troisième génération installée dans ses meubles. Et puis, sans qu'on devinât d'où elle venait, une rumeur s'est glissée sous les portes. Bonnes gens, réveillez-vous. Cherchez, là, dans votre bonnetière, sous votre tapis. Penchez-vous, vous verrez l'abîme entr'ouvert. Pour vous, pour vos proches, pour le royaume entier. Escroqués, tous, du vitrier au marquis, tous les agioteurs, tous les enrichis. Hier chaudement vêtus de papier chamarré et soyeux. Demain nus dans la tourmente d'une ruine imminente. Il n'est aucune magie qui survive au tomber du rideau. La fin de la représentation approche. La réalité va reprendre ses droits. On ne construit pas une tour de Babel sur les fondements d'une maison de trois étages. La Banque royale a émis plus de deux milliards de monnaie-papier sur une encaisse métallique du quart. Depuis que le Régent l'a nommé surintendant des finances, le magicien Law, autrefois si modeste, enfle comme la grenouille de la fable, et le système financier qu'il a imposé à la France avec lui. Seul contrôleur de l'émission monétaire, banquier de l'État et maître, grâce à sa Compagnie des Indes, du commerce maritime, l'Écossais se grise avec le public d'une opulence fictive. Du papier, rien que du papier, qui brûle, qui s'envole, qui moisit. Comme les rêves qu'on achète avec lui.

Toujours lutter. Toujours prouver. Philippe, la tête dans ses mains, soupire. Il devait souper à Bagnolet avec ses roués plus quelques cailles à joli bec, mais les soucis de cette dernière semaine l'en ont dissuadé. Il attendra l'aube seul avec la paisible Marie. Marie devenue grâce aux profits de l'agio riche, presque dame, mais restée fille de cœur. Marie qui dit câlinement merci et ne juge jamais. Lorsqu'elle arrivera, Philippe posera la tête entre ses cuisses et lui demandera de verser sur sa bouche le vin et les baisers qui dispensent l'oubli. Sans parler. Sans rien attendre que la fuite des heures. Philippe ce soir ne se sent de goût et de force

pour rien. Il est las, il est triste. Le fier navire que pour
le bonheur et la gloire de la France il a avec Law
affrété, prend eau de toute part. Il écope, il rebouche,
mais cent mains sournoises défont à mesure son
ouvrage. Des bruits alarmants, nés sans doute de trop
de nouveauté en trop peu de temps, rôdent par les rues
et entament la confiance du public. Le clergé, toujours
ardent à desservir la régence, s'en fait le complaisant et
influent écho. A la messe comme au fond des tavernes
on n'entend plus qu'avertissements et menaces. Le
doute gagne, les prix des denrées sur les marchés mon-
tent et le cours des actions commence de chuter. Pour
comble d'ironie, les grands seigneurs parents du duc
d'Orléans, ceux-là mêmes que le Système de Law a
prodigieusement enrichis, donnent l'exemple des rats
sautant à la mer. Le prince de Conti, qui hier embrassait le banquier sur les joues, vient de retirer, en
échange d'un tombereau de billets, trois fourgons de
pièces d'or et d'argent. Le duc de Bourbon l'a en hâte
imité, suivi d'une ruée de seigneurs, de bourgeois et de
petites gens. Aux guichets où voici un mois l'on attendait impatiemment de troquer son métal, on réclame à
grands cris des pièces, des pièces à n'importe quel taux.
L'action a dégringolé jusqu'à neuf mille francs, et le
pain de Pâques 1720 se vendra trois fois son prix du
Nouvel An.

Il y a plus grave encore. La fièvre du gain, dont
Philippe n'espérait qu'une fougue bénéfique, a vicié
les esprits. La liberté de penser, de dire et d'agir,

qu'il concevait comme un supplément de dignité, a dégénéré en un effrayant avilissement des mœurs. Jamais on n'a vu à Paris autant de crimes horribles. Jamais l'impiété et la débauche ne se sont affichées avec une pareille insolence. Sachant qu'on peut beaucoup se permettre, on ne se refuse rien et les plus vils instincts remontent au grand jour. Jouir, voilà le credo de l'ère nouvelle. Jouir égoïstement, par tous les moyens. L'argent, la luxure, le sang. Rien n'effraie ni ne dégoûte, et, de même qu'il n'est plus nécessaire d'être né pour être riche, il n'est plus besoin de naître misérable pour devenir criminel. Dans la rue du Faubourg-Saint-Marceau, la garde a ramassé le mois dernier le corps d'une fille embroché et rôti. A Notre-Dame, à l'église des Carmes de la place Maubert, à Saint-Germain-l'Auxerrois, on a trouvé des paquets de linge enveloppant des tronçons de corps humain. Les particuliers égorgés dans leur voiture, les viols d'enfants, les prostituées suppliciées ne se comptent plus, et l'on chuchote qu'à l'exemple du comte de Charolais qui s'amuse à tuer au fusil les braves gens sur le pas de leur porte, les seigneurs de la cour n'ont pas les mains si blanches qu'on l'imaginerait. Le comte de Horn, d'illustre noblesse, a tenté d'étrangler puis de poignarder un courtier pour lui dérober son portefeuille. Au prince d'Épinoy, qui tâchait d'éviter au coupable un châtiment infamant en rappelant au Régent que les comtes de Horn touchaient d'assez près aux Orléans, Philippe a répondu :

291

«Eh bien, Monsieur, j'en partagerai la honte avec vous.» Horn et son complice, Laurent de Mille, seront le jour du mardi saint 1720 roués en place de Grève. Philippe portera leur honte, tout comme il porte celle de son propre beau-frère, le duc du Maine, emprisonné dans le donjon de Doullens pour avoir comploté d'asseoir le roi d'Espagne sur le trône de France. Son Altesse, qui ignorait le dégoût de soi, vit maintenant avec lui. Son amertume est celle de la lie, au fond de la coupe bue trop goulûment.

Philippe tord la bouche et s'essuie les lèvres. Il songe à Élisabeth, morte révoltée contre lui. Il songe à Adélaïde, dont l'onde pure se trouble depuis quelques mois de trop humains frissons. Il songe que le meilleur peut engendrer le pire, qu'il ne suffit pas de vouloir le Bien pour le faire, ni de chérir autrui pour le rendre heureux. Même l'humble Marie, qui est sa joie des nuits calmes, sa douce nostalgie, Marie qui a le visage de l'amour perdu et la complaisance de l'amour retrouvé, même Marie, il le sait, lui échappera. On ne possède rien en ce monde. Pas même soi.

Après n'avoir durant vingt années voulu regarder de la vie que sa face d'ombre, je n'en voyais plus qu'un sourire lumineux. Debout devant une mer chaque jour plus menaçante, j'admirais les dentelles de l'écume et les reflets moirés sur le dos rond des vagues. Malgré le vent qui tournait en tempête, je m'endormais sereine et me levais joyeuse. Je donnais mes ordres à Mme de Fretteville et à Augeard, mon intendant, je jetais un œil à mes bâtiments, à mes chevaux, à mes cornues, et, si le temps le permettait, je courais visiter Mme de Bréauté à l'abbaye de Malnoue, ou Mme de Rohan-Soubise à celle de Jouarre. Nous étions toutes trois jeunes, jolies, détachées du monde sans que le monde se fût dépris de nous, et toutes trois riches abbesses. Nous nous disions amies, et ce mot-là en bouche me faisait comme une gorgée de vin doux. Laissant à Dieu la place du chapelain assoupi au coin de l'âtre éteint, nous causions ensemble de la société que nous avions reçue ou allions recevoir, des livres dont chaque jour les libraires à la mode approvisionnaient ma bibliothèque, des pièces de M. Racine que mes novices jouaient avec passion, de l'école de filles et de la maison hospitalière que je venais de fonder dans le bourg de Chelles, de la maussaderie persistante du jeune Roi et des nouvelles techniques de saignée. En un mot, nous tenions salon. Si plaisamment, si brillamment, qu'on accourait depuis Paris pour le plaisir de notre compagnie. Le sourire de mes religieuses causait des émotions que le sévère habit de notre ordre rendait plus épicées. Les hommes les mieux nés et les plus délicats se pressaient à Chelles, et souvent je fermais les yeux sur certains doux mystères que mon cœur ne trouvait plus la force de détester. En quelques mois il semblait que je fusse devenue une autre. Tout ce qui du vivant d'Élisabeth me révoltait me paraissait maintenant aimable badinage. Je comprenais, je pardonnais. Je recevais œillades, billets tendres, flatteries, et même quelques familiarités dont j'eusse dû frémir, avec une satisfaction que je ne me reprochais même plus. Je me sentais légère, légère et gaie comme les nuages ronds dans le ciel d'Île-de-France.

Je n'ignorais rien, pourtant, de ce qui se passait à Paris. Les retraits massifs d'espèces à la Banque royale et la panique des épargnants repoussés aux guichets. Le cours forcé que Law avait dû imposer pour ses billets et l'interdiction faite de rembourser en monnaie plus de cent francs. Les pathétiques efforts afin d'enrayer la chute des actions de la Compagnie des Indes, qui au printemps 1720 se négociaient autour de deux mille francs. Les menaces brandies pour soutenir le cours du billet de banque, que les commerçants commençaient à refuser. L'ordre donné de rapporter son or et son argent au Trésor sous peine de confiscation. Les perquisitions, les dénonciations. Les remous dans le peuple, la viande à douze sous la livre et les bas de soie à quarante livres la paire. Les menaces de mort hurlées contre le Régent, le carrosse de Law désossé et son cocher lapidé. Les remèdes financiers alternés puis cumulés dans une hâte suspecte, comme fait un médecin au chevet d'un moribond. Je vivais loin de la capitale et, à l'image des gens de la province, je ne savais au juste que penser. Mon père, lorsqu'il me visitait, m'assurait que ces agitations de rue n'étaient qu'une facétie de plus dans la comédie de la vie publique. Il en fallait rire, et surtout ne pas s'alarmer. L'acte suivant, qui précéderait de peu l'heureux dénouement de la pièce, serait plus noble et plus serein. Lui, Philippe, s'y engageait. Il n'avait pas prodigué tant d'efforts pour les laisser ruiner par de méchantes rumeurs. Law se rétablirait, et la marche vers la prospérité reprendrait. Je ne devais pas me laisser ébranler. Si moi, je perdais confiance, qui croirait encore en l'avenir de la régence ?

Serrant sur son nez un mouchoir imbibé de vinaigre, dom Sabatier, moine bénédictin de l'abbaye de Chelles, enjambe à pas prudents les cadavres qui jonchent la Canebière. Il porte autour du cou un collier de piments piqué de clous de girofle, en bandoulière une gourde de vieil alcool normand, et sous le bras gauche un épais portefeuille de cuir huilé avec une serrure gravée aux armes de la famille d'Orléans. La mission pour laquelle dom Sabatier s'est porté volontaire est simple et terrible : tout côtoyer, tout observer, tout noter, puis rentrer à Paris afin de rendre compte des moindres détails au Régent et à sa sainte fille l'abbesse. Depuis trois semaines que le bénédictin loge à Marseille, il a déjà rempli huit carnets de descriptions, de remarques et de croquis. Il les remettra à ceux qui l'ont mandé, mais il sait que, malgré la précision de son récit, les grands messieurs et les nobles dames de la cour ne percevront du drame provençal que ce que les badauds ressentent d'un incendie observé à la jumelle. Dom Sabatier, lui, jusqu'à son heure dernière, gardera en mémoire les corps boursouflés, jaunes, rouges, noirs, leur langue d'un violet d'encre, épaisse et rugueuse comme celle des veaux égorgés, leurs pustules livides, leurs membres grêles, raidis, leur ventre de noyés, leur faciès convulsé et l'indicible panique au fond de leurs pupilles ternies. Et puis surtout l'odeur. L'odeur à laquelle il n'est aucun moyen d'échapper. Marseille aux parfums de mer douce et de chèvrefeuille, Marseille l'éternelle mariée ceinte de lavande et de fleurs d'oranger, sent la mort sanieuse et le charnier. Marseille sent la peste.

Il y a seulement trois mois, à la fin de mai, la ville tâchait à se dégriser après les fêtes données en l'honneur de Mlle de Valois, troisième fille du duc d'Orléans, qui sur le chemin de Modène où elle s'allait marier s'était reposée en ses murs. L'été 1720 s'annonçait précoce, et déjà il faisait grand chaud. Alors que le cortège princier conduit par le chevalier d'Orléans, bâtard préféré du Régent, continuait vers Malte d'où il devait poursuivre sur Gênes, on avait annoncé dans les eaux marseillaises un bâtiment de commerce en provenance de la Syrie, sous les ordres du capitaine Chateau. Ce navire, qu'on nommait le *Grand Saint Antoine*, s'était vu quelques jours plus tôt refuser l'accès de Cagliari, où il souhaitait mouiller, en raison d'un rêve que M. de Rémi, commandant du port, avait fait qu'avec lui la peste entrerait en Sardaigne. A Marseille, on n'est point façonnier. Informés que pendant sa traversée le *Grand Saint Antoine* avait perdu six hommes d'une fièvre bubonique, les intendants de la Santé se contentèrent d'ordonner la quarantaine, puis, sans autre examen, autorisèrent les matelots à séjourner en ville à condition de s'enduire et asperger des onguents et des parfums épicés dont on connaît de source sûre qu'ils dissuadent la contagion. Vers le milieu de juillet, on ramassa dans les rues pouilleuses qui bordent le quartier de Riveneuve une dizaine de cadavres charbonnés et chancreux. Les échevins commandèrent de murer les maisons et de calmer la population en assurant que la peste en ces temps de progrès n'existait plus, et que les morts qu'on retrouvait chaque matin, langue pendante, près des ruisselets des caniveaux, n'étaient que des malheureux touchés d'une fièvre vermineuse causée par la mauvaise alimentation et qui s'éteindrait d'elle-même.

A Marseille, on est certes insouciant, mais point sot. En une semaine, la ville s'est vidée de ceux qui, avec la vie, ont quelque bien à préserver. Le Parlement, pour endiguer l'hémorragie, a édicté que toute personne qui franchirait une frontière tracée fictivement à une lieue autour des enceintes serait passible de pendaison. Les marchés se tiennent au-delà de cette ligne, en plein champ, et les commissaires aux vivres avant d'en approcher sont vigoureusement désinfectés. Malgré ces précautions, les habitants continuent de s'enfuir, les espèces et la nourriture commencent à manquer, et les malades assaillent le seul hôpital encore en service.

La panique gagne. Comme on a cru remarquer que le fléau épargnait les femmes enceintes, les fous et les infirmes, on voit des hommes vigoureux se mutiler, s'arracher mutuellement cheveux et dents, se rouler dans la cendre jusqu'à prendre l'apparence de bêtes ou de déments. Le long des promenades publiques, des jeunes filles et des femmes mariées se dégrafent jusqu'aux côtes et avec un air suppliant s'offrent aux passants dans l'espoir de s'en faire engrosser. Les mourants frappent de leurs paumes sanglantes à la porte verrouillée des églises, des monastères, des hospices, hurlent leur désespoir à la lune placide et crèvent dans des contorsions de pantins sans qu'une seule fenêtre s'entr'ouvre. Dom Sabatier n'oubliera jamais les vagabonds et les prisonniers libérés qui sillonnent les rues, armés de crocs de fer, sous la garde d'officiers aussi inquiétants qu'eux, ni les cadavres traînés par ces « corbeaux » jusqu'aux fosses communes. Encore, toujours plus, et les fossoyeurs vont rejoindre dans le trou ceux qu'ils ont la veille ensevelis. Les tombes hâtivement comblées suintent, et sous les émanations se boursouflent et se fendent. Au large, on voit comme un nuage jaunâtre posé sur les toits de la ville. Mgr de Belsunce, l'évêque du diocèse, réquisitionne les chevaux, et lorsque, par crainte de perdre leur emploi, les « corbeaux » cisaillent leurs harnais, il s'attelle lui-même aux charrettes funèbres. Deux mille corps pourrissent en plein air sur l'esplanade de la Tourette. On enfonce et on bourre les caveaux des églises, on envoie des galériens saper les casemates voûtées qui soutiennent la place et, arrosant de vinaigre le charnier purulent, on le fait s'écrouler avec les fortifications minées dans la mer. Sur les places, dans les jardins, les bancs sont souillés d'immondices afin d'empêcher les malades de s'y allonger. Le parent ne connaît plus son parent, ni l'ami son ami. Dès le premier symptôme, une petite fièvre, une pâleur, un bouton, le présumé condamné est poussé dehors, et le reste de la maisonnée se barricade. Dehors, il faut lutter et mourir seul. Des bandes de larrons en guenilles dérobent les montres des errants épuisés, tirent leurs alliances, leurs bottes et retournent leurs poches. Si pour arracher le butin convoité il faut couper un doigt ou taillader un pied, ils achèvent sans ambages leur victime. De toute manière, ceux qui tombent ne se relèveront pas. Au ras du sol flotte une vapeur méphitique qui empoisonne mieux qu'une plaie touchée. Les docteurs l'ont compris, qui ne s'aventurent à visiter les familles que montés sur des patins de bois, le corps sanglé dans un épais sarrau en toile cirée, la figure protégée par une cagoule et un long nez de carton garni d'essences désinfectantes, le chef coiffé d'un chapeau noir en forme de cône. Lorsque les pestiférés se traînent vers eux pour implorer une gorgée d'eau ou un mot de réconfort, ils leur jettent une giclée de leur gourde et les maintiennent à distance avec le grand bâton qui ne les quitte point. Sans les quatre médecins de la faculté de Montpellier qui sur la prière du Régent sont venus seconder les efforts de Mgr de Belsunce, les malades n'auraient pas même l'illusion d'un espoir. La renommée scientifique et morale de ces docteurs Didier, Chicaneau, Very et Soulier attire des praticiens de toutes les villes d'Europe, qui par un dévouement admirable viennent remplacer les infirmiers, les apothicaires et les sages-femmes enfuis. Dans ce chaudron où sous la canicule la peste s'engraisse et se pourlèche, se révèlent crûment le meilleur et le pire de chacun. Il y a les profiteurs, les illuminés, les lâches, les traîtres, les résignés et les héros. Ceux qui luttent pour eux-mêmes, ceux qui secourent leur prochain, ceux qui se terrent au fond des caves et ceux qui se laissent mourir sous l'affolant soleil. La chaleur est d'autant plus atroce que le docteur Sicart, féru d'Antiquité et fort écouté des échevins de la ville, a sur l'exemple d'Hippocrate pendant la grande peste d'Athènes recommandé d'allumer des bûchers un peu partout. Dans la nuit, d'immenses feux jettent sur les façades lépreuses des arbres et des vagues d'ombres mouvantes. Les âmes fortes qui, moins nombreuses chaque semaine, veulent croire en la vertu de la gaieté pour tenir tête au mal, nouent autour de ces brasiers des farandoles débraillées et, dressant des tréteaux de fortune, y jouent jusqu'à l'aube les hasards du destin. Les autres, les fatalistes, suivent la voix du clergé qui, à mesure des progrès de l'épidémie, s'enfle au-dessus de la cité prostrée. Malédiction. Apocalypse. Pieds nus, la corde au cou, derrière Mgr de Belsunce des foules hagardes implorent en se griffant les joues la clémence divine. A Toulon, à Avignon, les premiers chancres sont déjà apparus. La soif furieuse, les taches noires ou livides, les ganglions gros comme le poing. Les cadavres. La puanteur. Mgr de Forbin monte en chaire et tonne que Dieu a envoyé ce fléau à la Provence pour punir tout le peuple de la vie impie qui se mène au Palais-Royal et à Paris. On arrache l'archevêque à son perchoir et on l'enferme chez lui. Mais le mot est dit. Dom Sabatier note. Le châtiment divin sur le royaume et son indigne maître. L'expiation.

Comment trouve-t-on, comment perd-on la foi ? En Dieu ; en un homme ; en la vie ; en soi. Toujours j'ai voulu me donner un absolu pour y ancrer mon cœur, toujours j'ai poursuivi cette illusoire grandeur sans laquelle je me serais méprisée de continuer à vivre. Cependant j'ai manqué à l'amour, qui est le premier de nos devoirs et notre salut en ce monde, et j'ai trahi les vertus de foi, d'espérance et de charité que j'eusse dû illustrer. Les maux en rangs serrés fondaient sur le gouvernement de mon père, et moi, qui me disais l'alliée du Régent auprès des hommes et son défenseur auprès de Dieu, qu'ai-je fait ? Comme une enfant, j'ai mis mes deux mains sur mes yeux, et entre mes doigts j'ai craintivement regardé la peste, le Système au bord de s'écrouler, la misère revenue, l'armée contenant avec peine la houle des populations, la valse des ministres, la confiance ruinée, le nom du duc d'Orléans vilipendé. A ce navrant spectacle, moi l'impavide, j'ai pris peur. Moi la toute dévouée, j'ai cessé de croire. J'ai douté de notre Régent, douté qu'il parvînt jamais aux fins qu'il annonçait, douté qu'il fût véritablement cet homme admirable dont le royaume et moi-même nous étions fait un dieu. Au lieu de le soutenir, j'ai vacillé. Je n'ai songé qu'aux milliers de morts marseillais ensevelis sans confession dans l'anonymat de la chaux vive. Concevait-on symbole plus éloquent? Mon père croyait dans le pouvoir de l'homme sur son propre destin. Il se riait de Dieu, de son aide comme de son jugement. L'air de défi qui marquait toutes ses actions reflétait son impiété profonde. Le Ciel, las de pardonner à ce Dom Juan bravache, se résolvait à frapper. La chose était claire, tout le monde, les paysans qui cultivaient mes terres, les fournisseurs qui approvisionnaient le couvent, mes nobles visiteurs et les tendres fillettes qui m'étaient confiées, tout le monde le disait. L'échafaudage de cinq années de gouvernement se fissurait et s'effritait. Quant à moi je me lézardais, je coulais en sable par chacune de ses failles. Je n'osais plus lever les yeux sur mon père de crainte qu'il y lût combien il me décevait. La situation, à Paris, Rennes, Montpellier, se détériorait de jour en jour. Les gens se pressaient aux portes des bureaux provinciaux de la Banque royale, les poches bourrées de papier, et de plus en plus haut ils exigeaient de l'or. Le Régent ni ses conseillers ne savaient comment les calmer. Law sortait de son chapeau un lapin après une grenouille avec pour seul effet d'irriter davantage les esprits. Cet homme-là pensait trop vite, trop loin. La France, qui est pays de paysans et de privilèges, ancré dans ses traditions et ses particularismes, ne pouvait le suivre. Chez nous on s'échauffe aisément, on débat, on s'agite, mais pour avancer on traîne les pieds dans une glaise pesante. Sur le fond, on se méfie. On préfère les vieilles marmites, même moisies, même percées, aux ustensiles flambant neufs. Les seigneurs et le clergé craignent pour leurs droits séculaires, les bourgeois pour leur sécurité, et le petit peuple pour son cher bas de laine. Après avoir enthousiasmé, Law commençait d'effrayer. Il tirait à hue, à dia, révoquait le jeudi ce qu'il avait le lundi promis, et les gens, saoulés par ses discours, se perdaient dans les méandres de ses combinaisons. Qu'il fût souhaitable de remplacer l'usage des espèces par celui du papier afin de fluidifier les échanges, soit, la chose paraissait claire. Qu'il suffît d'agioter à bon escient pour engraisser son portefeuille et que chacun eût à y gagner, cela aussi, tout le monde le trouvait bon. Mais la conversion des actions en billets au taux fixe de neuf mille livres, la perte de valeur progressive de ces mêmes billets, la suppression forcée du cours de l'or et de l'argent, assortie de l'obligation de rapporter au Trésor toutes les pièces supérieures à dix sols ? Que cachaient ces mesures ? Law clamait que mieux valait une monnaie dévaluée et forte qu'une monnaie pléthorique et fondante. Mais pourquoi alors fabriquait-on encore et encore des billets sans aucun rapport avec l'encaisse métallique ? Pourquoi le duc d'Orléans, après l'avoir

305

soutenu contre tous, désavouait-il soudain publiquement Law ? Puis, trois jours plus tard, le rappelait-il en exilant ceux qui l'avaient poussé à le chasser ? Était-ce afin d'apaiser le peuple qu'il retirait les Sceaux à d'Argenson pour les donner à Daguesseau ? La soupe est-elle meilleure dans un autre pot ? Qui croyait-il duper ?

Pas moi. Plus moi. Retirée dans le cabinet de lecture que j'avais délaissé ces derniers mois, je me rongeais les ongles. Je boudais mes visites. Quel visage offrir à mes amis, et que répondre à leurs questions ? Que le Régent allait sauver la mise et relancer la roue d'une loterie où tous les lots seraient gagnants ? J'essayais de m'en persuader, je m'exhortais à plus de fermeté, à plus de patience, mais je ne trouvais en moi que colère et dépit. Alors que c'était moi qui abandonnais le navire, j'avais le sentiment d'être trahie. Mon père m'avait leurrée comme les autres. Le tout-venant y perdait son bien, et moi, j'y perdais une seconde fois mon innocence. Je m'étais trompée. La mort d'Élisabeth ne nous avait pas fait renaître. Nous restions prisonniers de nos désirs et de nos faiblesses, prisonniers de notre humanité. Je nous détestais.

Devant l'entrée des jardins du palais Mazarin, au 4 de la rue Vivienne, la foule est déjà si nombreuse qu'on ne peut la compter. Huit mille, dix mille personnes, peut-être davantage. Il n'est que quatre heures du matin, le ciel de ce mercredi 17 juillet 1720 s'éclaire à peine et les gens continuent d'arriver. Des artisans en savates, des bourgeois cravatés, des ouvriers des manufactures coiffés d'affreux bonnets, des boutiquiers en blouse, des valets poudrés et jabotés, des femmes en cheveux et d'autres soigneusement voilées, des commis replets, des gamins hirsutes, de pitoyables vieillards, et encore, et encore, orfèvres, tanneurs, maraîchers, repasseuses, gargotiers, nourrices, maquignons, avoués, bedeaux et filles d'Opéra, tout un peuple qui se tasse au point d'en perdre le souffle, un peuple à mains moites et mine hâve, un peuple inquiet, impatient, qui murmure et gronde sourdement.

Deux employés de la Banque royale, agitant leur trousseau de clefs, s'approchent des lourdes grilles.

Derrière eux, un nègre en livrée allume les lanternes aux quatre coins de la cour. Pour accéder aux guichets, il faut traverser la moitié des jardins puis s'enfiler dans un interminable couloir de planches qui conduit jusqu'à l'entrée des bureaux. Ce passage, large d'à peine trois mètres et appuyé sur un haut mur longeant la rue, n'a de porte qu'à chaque extrémité. Point d'autre sortie que celle du palais Mazarin, et pas d'autre règle que de bousculer son voisin pour avancer plus vite. Le dernier coup de cinq heures n'a pas encore sonné que, jetant bas les gardes chargés de contrôler l'ouverture des grilles, près de deux mille personnes se sont engouffrées dans le boyau, trois mille, cinq mille vociférants, dont Marie, la piquante Marie qui ce matin ne ressemble plus guère à feu la duchesse de Berry.

Depuis le mois de mars, Marie a perdu tout ce que le duc d'Orléans lui avait fait gagner. Comment ? Pourquoi ? Elle ne l'a pas compris. Elle sait seulement que son rêve le plus cher, le mariage arrangé pour sa fille, ne se fera pas. Le promis, un vicomte selon les règles, cadet d'un beau nom désargenté, a repris sa parole au motif que la mère ne parvenait plus à lui verser la rente convenue. Marie, riche de quinze millions en papier, a vendu sa vaisselle plate et repris ses chiffons pour frotter un parquet qui, très bientôt, ne sera plus le sien. Elle n'a voulu parler de rien à Philippe. Il a tant de tracas, le pauvre cher prince, avec la hausse incontrôlable des prix et l'effondrement des actions, avec le Parlement qui soutient sous le manteau

308

les factieux de la rue, avec les princes qui tirent la couverture à soi, les soupirs du duc de Noailles, les terreurs du duc de Saint-Simon, les ricanements de l'abbé Dubois et les atermoiements des conseillers éperdus, avec le trop ambitieux John Law, dont Philippe voudrait bien mais n'ose point se défaire, avec enfin ses idéaux brutalement confrontés à la réalité.

Hélas ! Marie avait depuis dix mois oublié que réalité est mère de désillusion, de solitude et de misère. Comme plusieurs millions de Français, elle avait misé son avenir sur le Système de M. Law. Comme plusieurs millions de Français, au premier soleil elle a vu fondre son bien. Les explications de Philippe, ses exhortations et ses promesses l'ont bercée un moment, elle a cru que les choses reprendraient le tour que le Régent disait, elle a continué d'investir et s'est courageusement interdit de troquer son papier. Mais maintenant, elle le voit bien, il n'est plus temps d'attendre ni d'espérer. Philippe lui-même est si changé qu'elle ne le reconnaît plus. La nuit, lorsqu'elle vient le retrouver, il ne fait que boire. Ôte-t-elle ses vêtements, qu'il la regarde à peine, et, s'il s'allonge près d'elle, c'est pour lui demander un conte ou une recette gourmande. Il ne lui confie pas un mot de ce qui le mine, mais Marie lit dans le vague de ses yeux d'autant plus aisément qu'elle se ronge des mêmes soucis. A son échelle de femme de peu, bien sûr, mais, échec pour échec, ruine pour ruine, honte pour honte, le tourment est identique. A refuser de tirer les leçons de la vie, on s'expose à rester dans l'ornière, quand d'autres, les vaillants, les rusés, les chanceux, reprennent gaillardement la route. Marie a examiné de près sa conscience et ses comptes. Philippe ne pourra lui reprocher de rejoindre ceux qui tâchent à sauver ce qu'ils possèdent encore. Elle lui doit tout, certes. Mais ce tout est aujourd'hui réduit à peu de chose, et, dans la débâcle, qui ne veille d'abord sur soi? Le Régent se soucie-t-il de la protéger et de la guider au milieu des hasards contraires? Songe-t-il qu'après lui avoir montré la voie de la richesse, il l'a mise en situation de retourner à son obscurité? Il lui donnera sans doute, si elle l'en prie, de quoi vieillir décemment. Mais Marie est fière, trop fière pour demander. Et puis elle se défie maintenant des promesses, des titres et des pensions. Quand le Trésor est vide, quand le banquier de l'État frôle la banqueroute, aucune signature, fût-ce celle du Régent, ne mérite qu'on lui accorde crédit. Il n'y a que l'or, l'or pesant et sonnant, qui vaille la confiance.

Aussi Marie piétine-t-elle entre deux murs de planches, à cinq heures et demie du matin, au milieu d'une foule où chacun joue des coudes pour respirer un peu. Hier, le bruit a couru que ce 17 juillet on changerait les billets de dix et cinq livres contre de bonnes pièces. Pour ceux de cinquante livres, c'est déjà trop tard, on peut les brûler ou se torcher avec. Marie est coincée entre un cocher dont le fouet lui taraude les côtes et une colossale poissarde. Personne ne voit ni l'entrée ni le bout du couloir, mais seulement des dos, des nuques, des chapeaux, des clavicules, des mentons, des oreilles. La presse augmente de minute en minute et les cous se tendent vers le ciel rose, et les mains remontent, retiennent, écartent en vain les corps qui s'emboîtent malgré eux. On étouffe. Marie ne sent plus ses jambes. Elle gémit, tout le monde gémit, souffle, tousse, crie de douleur et de rage.

— Le Régent nous escroque! Qu'on nous rembourse!

— Pendez Law!

— Notre or! Gros Philippe, qu'en as-tu fait!

— Ils rendront gorge, les voleurs en dentelles!

On n'avance pas d'une ligne et, derrière, les gens poussent comme pour dégager une charrette embourbée. Une, deux, trois, quatre, cinq silhouettes se dressent sur le faîte du mur qui longe la rue. Des forts des Halles, des campagnards à gros bras. Ils agitent leurs pognes, ils roulent leurs épaules noueuses et hurlent qu'avec dix livres de commission ils se chargent de changer cinquante livres en une fois. Qui veut? Qui prend? Quelques billets se tendent. Les costauds sautent. Renversent, écrasent. La cohue reflue vers la paroi de planches, et Marie est plaquée contre une traverse à laquelle elle s'accroche. La foule ahane, Marie s'agrippe, des coups de pied, des coups de poing, les plus frêles s'effondrent, coulent à terre, les hurlements des femmes glacent le sang, Marie voit trouble, tombe à genoux, la panique gagne, tombe sur les coudes, des

311

jambes, des jupes, des souliers blancs de poussière, un curieux silence, là, au ras des gravillons, son cou, sa bouche, elle saigne, sa tempe, elle ne sent plus rien, elle sourit, Philippe, la vie, sa tête cogne lourdement le sol.

Le désordre de la rue Vivienne fit huit morts, étouffés, piétinés, que la foule porta comme on brandit un drapeau sanglant jusque dans la cour du Palais-Royal. Madame était à Saint-Cloud et mon père, ce qui me scandalisa, refusa de se montrer. Les enragés menacèrent de mettre le feu aux quatre coins du palais pour le débusquer. Le duc de Tresmes, qui est gouverneur de Paris et aussi piètre tribun que timide soldat, criait sans que personne l'écoutât : « Allons, messieurs ! Hé, messieurs ! Qu'est-ce que cela, messieurs ! » Depuis son carrosse, il jetait par poignées des pièces d'or et d'argent. Il s'en tira avec ses manchettes arrachées. Une femme attrapa le ministre Le Blanc par la cravate en le traitant de ladre et d'assassin, et Law pour sauver sa peau dut laisser étriper son cocher à sa place. La garde fit emporter les cadavres qu'on avait rangés en ligne devant les portes et les furieux peu à peu s'apaisèrent. Les derniers attroupements se dispersèrent d'eux-mêmes vers midi.

Cette émeute porta à mon père un coup dont il ne se remit point. Au-dehors rien ne paraissait changé, mais une blessure s'était ouverte en lui, qui, de ce jour de juillet jusqu'à sa mort, trois ans plus tard, ne cessa de saigner. Ainsi le peuple se levait contre lui. Le peuple pour le bien duquel il travaillait avec tant de cœur, ce peuple-là, qui avait applaudi son avènement et enfourché ses rêves, le vouait aux gémonies. Le bruit courait qu'appuyée sur un Parlement toujours enclin à fronder, une clique de grands seigneurs et d'officiers poussait le prince de Conti, notre cousin, à renverser la régence. Des mains audacieuses jetaient dans les voitures des billets où l'on pouvait lire : « Sauvez le Roi, tuez le Tyran et ne vous embarrassez pas du trouble », ou encore :

> « Français, la bravoure vous manque,
> Vous êtes pleins d'aveuglement,
> Pendre Law avec le Régent
> Et nous emparer de la Banque,
> C'est l'affaire d'un moment. »

Dans le souci de prévenir la sédition, mon père rappela les troupes qui aidaient au canal de Montargis, plus le régiment de Champagne et celui du Royal-Comtois. Paris fut ceinturé de soldats et le Parlement exilé à Pontoise avec un confortable dédommagement financier. Une ordonnance royale interdit les rassemblements sur la voie publique et annonce fut donnée qu'en représailles, la Banque royale ne convertirait plus aucun billet. Mais en Guyenne, où malgré une récolte superbe le grain manquait, à Lille, Bordeaux, Strasbourg, Angers, les mécontents continuaient de s'agiter. Rien, maintenant, ne semblait pouvoir restaurer la confiance. Mon père le sentit, et ce douloureux constat ébranla ses convictions les plus fermes, celles qui jusqu'alors avaient étayé son action. Tout au long de l'automne, pourtant, il permit à Law de tenter de nouvelles expériences, dont le désordre et la complexité portèrent à son comble l'exaspération collective. L'agio de la rue Quincampoix se transporta place Vendôme, qui prit surnom de « camp de Condé », pour ce que le duc de Bourbon et ses féaux y trafiquaient d'une manière indigne. Sur des tréteaux branlants, sous des tentes crasseuses et de frustes auvents, on y troquait contre des montagnes de papier tout ce qui se pouvait manger, sentir ou palper. Des étoffes, des chandelles, du bétail, des plats et des couverts, des souliers, des bijoux, des chaises et des tapis, des terres, des denrées, des indulgences papales et des pucelles attestées. Sous l'enseigne du « Mississippi Renversé », les scènes de désespoir et de suicide côtoyaient la liesse la plus débraillée. Avec des filles commises à ces joies misérables, profiteurs et escrocs banquetaient autour de feux où rôtissaient moutons et chapons extorqués à des campagnards aux abois. Nombre de grands seigneurs, et fort près de moi, eussent pu festoyer avec ces vauriens. J'en connais de puissants, tout cousus d'or, qui cachaient dans leurs granges le blé, le suif, le drap, dont la population manquait cruellement. Les prix atteignaient des sommets jamais vus, les petites gens pour se procurer l'indispensable vendaient jusqu'à leurs dents, et mes parents, et les amis de mon père, approvisionnant au compte-gouttes un marché assoiffé, réalisaient des profits effarants.

La honte et le dégoût qu'engendre un regard cru porté sur la nature humaine. C'est sans doute cette honte-là, ce dégoût-là, ce regard-là qui ont mis le point final au livre de la régence, et de la même plume écrit les derniers mots de mon histoire. Bien sûr, mon père a régné deux années encore. Après avoir renoncé à ses chimères, après qu'en décembre 1721 il eut exilé Law et reconnu la faillite du Système, il a eu des enthousiasmes et quelques beaux sursauts. Il a marié notre Louis XV à l'Infante d'Espagne et mes deux sœurs cadettes, Mlle de Montpensier et Mlle de Beaujolais, aux fils de Philippe V. Grâce à la persévérance de Dubois, il a mis fin à un siècle de tensions avec l'Angleterre et consolidé la paix européenne en l'asseyant sur une quadruple alliance signée entre la France, la Hollande, l'Angleterre et l'Espagne. Cela certainement n'est pas rien, non plus que le vent de modernité soufflé par les inventions de John Law. Mais cela n'a pas suffi à compenser les espoirs écroulés. Sous leur pierre tombale, les morts de la rue Vivienne ont enseveli la part de rêve que vingt millions de Français nourrissaient en leur cœur. Et moi qui me voulais la vestale gardienne du feu sacré, moi qui avais ovationné le combat de mon père contre les pesanteurs, contre les évidences, moi qui au mépris de mon propre salut m'étais vouée à lui, moi aussi je l'ai renié.

La grâce. La question, qui se pose à chacun de nous, de savoir si l'être en cette vie peut influencer son destin dans l'au-delà. Si nous naissons maîtres de notre salut, auquel il nous est loisible de travailler ou de renoncer, ou si Dieu seul peut nous condamner et nous sauver. Si l'humanité en sublimant ses instincts tend au divin, ou si le meilleur d'elle-même, la lumière dans ses pensées et dans ses actes, n'est qu'un reflet du Créateur. Qui sommes-nous, et que pouvons-nous sur nous-mêmes ? Épousant la pensée de mon père, j'ai longtemps soutenu que nous sommes tout, et que nous pouvons à la mesure de notre vouloir et de notre talent ; que nos écarts, les délais que nous souffrons, nos tâtonnements et nos erreurs comptent moins que la ligne et le but que nous nous sommes fixés ; qu'il nous suffit de tendre vers le Bien pour nous en sentir meilleurs, donc d'ores et déjà récompensés. Au lendemain de l'effondrement du Système, je me rendis compte que ces belles croyances n'étaient qu'aveuglement. Que valaient, en effet, sous l'amas des décombres, les ambitions du régent de France et celles de l'abbesse de Chelles ? Qu'avions-nous l'un et l'autre réussi qui témoignât de l'estime où le Ciel nous tenait ? Le royaume maudissait le duc d'Orléans, qu'il jugeait responsable de ses souffrances revenues, et moi,

317

qui jetant ma coiffe par-dessus les moulins avais remisé le Christ en ses tabernacles, je découvrais que les prédictions d'Élisabeth s'étaient réalisées. La philosophie de mon père au lieu de la prospérité avait engendré la misère et, au lieu de la concorde, la haine. J'écoutais les doléances de mes fermiers, les plaintes des artisans que j'employais aux travaux de l'abbaye, les griefs des commerçants et des bourgeois de Chelles. Je soignais les journaliers qui venaient s'écrouler devant mes grilles, et je tenais table ouverte pour les pauvres de la région. Le soir, je révisais avec application l'histoire des quatre dernières années, et j'essayais de comprendre comment, avec de si louables intentions, nous en étions arrivés là. A mesure que coulaient les mois et que s'aggravait la situation du royaume, je voyais les instincts les plus primaires reprendre partout le dessus, et l'homme se rapprocher de la bête sournoise au point de me faire douter qu'il s'en fût jamais différencié. Mon père jusque dans sa confiance en la nature humaine s'était trompé et, se leurrant lui-même, il nous avait tous dupés. Je ne pouvais blâmer les populations de lui jeter la pierre, car mon intime sentiment rejoignait le leur. Je ne comprenais plus pourquoi j'avais si fort admiré le duc d'Orléans, ni pourquoi, renonçant à tout ce que je jugeais honorable, j'avais tant intrigué pour me rapprocher de lui. Quittant ma voie première, je m'étais jetée dans la sienne, j'avais appris à goûter des jours le miel et le parfum, je m'étais passionnée pour les batailles de mon temps et, fortifiée par l'assurance que me donnait l'illusion d'être considérée, j'avais mené pour mon compte de terrestres combats. Puisque mon habit m'empêchait de m'accomplir comme amante, comme épouse ou comme mère, je m'étais arrogé la liberté de pensée et d'action que se réservent d'ordinaire les hommes. Je m'étais colletée avec les idées et la matière avec le souci d'imprimer ma marque dans les mémoires autant que dans la pierre. J'avais usé mes nuits et mes plumes en réflexions sur l'aventure humaine, j'avais pensionné des chercheurs, des philosophes, des artistes, j'avais bâti, planté, fondé des écoles et payé l'éducation d'une armée d'orphelines. Chelles s'enorgueillissait grâce à moi d'un atelier de fabrication de perruques, plus un de fleurs artificielles et un autre de feux d'artifice. Brûlant de tout apprendre et de tout expérimenter par moi-même, j'avais fait construire un laboratoire, une apothicairerie et une salle de dissection réfrigérée par des blocs de glace enterrés, où je disséquais les cadavres que les fossoyeurs à prix d'or m'abandonnaient. Avec une passion que mon confesseur jugeait suspecte, j'accouchais les femmes démunies, j'opérais mes nonnes et, les nuits de chaleur, dans le dortoir des novices, d'une main qui ne tremblait plus, je dessinais les beautés exquises qu'au bain la supérieure défend à ces innocentes de regarder.

Tout cela pour en arriver où, dans le gris des premiers mois de 1722 ? A une sensation de vanité et de gaspillage si poignante que les larmes m'en venaient aux yeux. Est-ce par cette dissipation que je prétendais racheter les péchés d'un règne ? Les fautes du duc d'Orléans, celles de la duchesse de Berry, est-ce avec les miennes que j'allais les payer ? Étais-je aussi mauvaise que ceux que j'avais prétendu juger ? Viciée dans l'âme, une face blanche, une face noire, jamais ange sans diable, comme mon père, comme Élisabeth ?

D'un coup, il me sembla que oui. D'un coup, les thèses jansénistes, qui nient toute divinité au fond du cœur de l'homme, me parurent fondées. La vérité se cachait aux antipodes de là où le duc d'Orléans me l'avait montrée. Il la fallait chercher dans la défiance, plus encore dans la négation de soi. Dans une humilité et une contrition radicales. Nous ne sommes que poussière animée. Dieu nous tient sous son pouce, et notre salut dépend de Sa seule clémence. Rien ne sert d'aspirer au rachat. Rien ne sert de lutter avec nos dérisoires moyens. Nous sommes perdants, nous sommes perdus d'avance. Dieu distingue Ses justes, Ses élus, avant de les mettre au monde. Mon père, ni Élisabeth, ni moi ne comptions au nombre de ces bienheureux. Tout avait été dit, tout était consommé. Il ne me restait plus qu'à refermer le cercueil de mon cloître, interdire les visites, épurer la bibliothèque, ranger les costumes de théâtre, déchirer les lettres du duc d'Orléans à mesure qu'elles me parvenaient, reprendre mon cilice au fond de son écrin et m'abîmer dans le silence.

Ce que je fis avec autant de rigueur que j'avais mis de fougue à bousculer les saintes règles de mon ordre. De la

Noël 1721 jusqu'à sa mort, je ne vis plus le Régent que deux fois. La première en octobre de l'an passé, pour le sacre du jeune Roi, la seconde autour du lit de Madame, qui nous quitta à l'aube du 8 décembre en fulminant contre ses médecins. Craignant de nous quereller sur la question des jansénistes, que je protégeais ouvertement, alors que, pour se concilier les jésuites, il les condamnait, le duc d'Orléans et moi n'échangeâmes que des mots de circonstance. Pour la première fois, je trouvai à ce prince dont je m'étais fait un dieu la mine d'un vaincu, et je ne me sentis aucun désir d'être embrassée par lui. De cette manière de force que lui insufflaient ses désirs, de son insatiable curiosité, de sa gaieté contagieuse, de sa vivacité coutumière, je ne reconnus rien. Je vis un petit homme congestionné et transpirant, un petit homme couleur de brique qui hoquetait et rotait d'abondance, un petit homme las de lui-même, qui clignait des paupières et ne pouvait marcher sans soutien. Cette caricature n'était plus mon parent ni l'amour de ma vie. Je lui tendis ma main gantée, qu'il baisa sans émotion, et je me détournai. Il me laissa aller sans seulement me glisser un billet. Les courtisans attribuèrent cette froideur, si éloignée de notre complicité des trois dernières années, à nos dissensions sur le chapitre religieux. Dieu, décidément, nous opposerait toujours. Les fines langues y puisèrent matière à bons mots. Nous ne les entendîmes même pas.

— Monseigneur, je vous en conjure ! Il faut vous résoudre à vous laisser saigner !

— Cessez, Chirac. Pourquoi cherchez-vous toujours à m'effrayer ? Je vous l'ai dit cent fois : je ne mourrai point d'hydropisie de poitrine. Ces maux-là, qui tuent par suffocation, avec un étalage indécent, me dégoûtent. Je vous le répète, je mourrai d'apoplexie. D'un coup, tout net. Et maintenant, laissez-moi.

Philippe tousse et renifle. Il a le col court, les yeux chargés et le visage enflé. Chirac, son médecin, regarde M. de Saint-Simon, qui hoche la tête d'un air confiant. C'est vrai, le duc d'Orléans est à peine plus enrhumé que les autres jours, et sa gêne à respirer non plus que sa douleur dans l'estomac ne l'empêcheront de mener son train ordinaire. Il travaillera, il recevra quelques personnes utiles plus autant de fâcheux, il s'endormira pendant la messe, travaillera derechef, prendra son chocolat, visitera le jeune Roi et recevra encore. Pour le reste, gens et gestes de ce qu'il imagine être la luxure, le prude Saint-Simon préfère n'en connaître que le moins possible. Il admire son maître mais il ne le comprend pas. Tant d'aspirations contraires et toujours contrariées, cette violence et cette versatilité dans les engouements, cette boulimie de l'esprit et des sens qui, faute de se satisfaire, se lassent aussi vite qu'elles s'enflamment. Jamais de mesure. Jamais de quiétude. M. de Saint-Simon à ce rythme aurait usé trois vies. En nature méticuleuse et de maigres ressources, le petit duc répugne au gaspillage. Un peu plus de constance, un peu plus de ménagement, si Son Altesse depuis vingt ans avait suivi ses recommandations, quel homme admirable il ferait aujourd'hui ! Hélas, passion et légèreté, voilà son credo. Mouler sa propre statue et lui tirer la langue. S'acharner du lever au coucher du soleil sur un ouvrage d'éternité, pour, sitôt la nuit tombée, l'éclabousser de vin ou pis encore. Il ne s'inquiète pas même de ce que ses excès fournissent des armes toutes fourbies à ses ennemis, et lorsqu'on lui remontre les bouts-rimés qui circulent sur ses polissonneries, il répond : « Eh bien, les gens de la rue ont-ils tort de chanter haut et clair ce que mes valets et vousmême chuchotez ? Ne montrent-ils pas autant d'esprit que moi de santé ? »

M. de Saint-Simon soupire, et pour se donner une contenance rassemble les feuillets que Philippe a éparpillés. Après la mort de la duchesse de Berry, il avait espéré un changement. Sinon la continence, du moins un peu de calme. Il avait misé sur l'humble Marie, qui hors le vice ressemblait si providentiellement à la disparue, puis sur l'abbesse de Chelles, dont les qualités rares pouvaient faire espérer qu'elle devînt l'égérie du règne. Le sort a voulu que Marie trouve la mort rue Vivienne, et que la princesse Adélaïde rejette les couleurs de son père pour arborer panache janséniste. M. de Saint-Simon, bien sûr, a tenu ferme sur le pont, mais redresse-t-on un navire qui dérive lorsqu'on reste seul à bord ? Le petit duc parfois sent son courage faiblir. A quoi bon ramer contre vents et courants ? Que subsistera-t-il des efforts prodigués depuis huit ans ? Louis XV a atteint sa majorité et, s'il s'en remet encore à son oncle pour gouverner le royaume, bientôt il réclamera son bien. Qui lui rappellera alors ce qu'il doit au duc d'Orléans ? La mémoire collective goûte les bas morceaux, les plus faisandés, ceux que des mouches bleuâtres signalent à l'attention. Incestueux, impie, ivrogne, détrousseur de duchesses et de putains, bonimenteur, visionnaire inconséquent, voilà comment on assaisonnera Philippe. Un fumet de débauche sur une tombe où personne n'osera s'agenouiller.

Malgré la touffeur de la chambre, M. de Saint-Simon frissonne et remonte le col de son surtout. Philippe qui signe des ordonnances près de la cheminée lui tend l'épais châle qui protège ses épaules.

– Couvrez-vous, mon bon. Vous avez une mine sinistre, c'est vous que Chirac devrait saigner. Venez près du feu, allons, asseyez-vous. Je songeais à une chose, que je veux vous confier. Voilà. Imaginez-vous au commencement des temps. Vous êtes Adam et Ève appliqués à vivre béatement dans l'ignorance d'eux-mêmes. Le serpent ou, si vous préférez, le diable, vous observe. Son intelligence égale celle de Dieu, et il a décelé, au fond de votre cœur virginal, les germes de l'orgueil et de la concupiscence dont votre enfance ignore encore le succulent venin. Il vous mène devant l'arbre de la connaissance et, vous tendant un fruit vermeil, il vous dit : « Prenez, et vous saurez. Mangez, et vous serez comme des dieux. » A pleine bouche vous mordez dans la tentation. La conscience du Bien et du Mal entre en vous avec la chair sucrée, par elle vous apprenez l'infini du désir et, avec les moyens de satisfaire ce désir, le péché. La violence, le mensonge, la cruauté, la trahison. Voyez-vous, mon cher, ma fille de Chelles se trompe avec ses idées sur la grâce. Le diable ou Dieu n'ont de pouvoir sur nous qu'autant que nous leur en concédons. A l'égal des dieux, l'homme qui va jusqu'au bout de son vouloir est maître de sa félicité comme de son malheur. Le génie du Malin est de nous avoir infligé, en sus de la conscience, la mémoire...

Philippe tousse gras et crache dans le feu. Tandis que M. de Saint-Simon, troublé, se retire à reculons, il fait signe à son valet Denots d'introduire Le Couturier, avec qui il doit travailler. Travailler. Se mettre entre parenthèses, entre mots et chiffres, penser comptes et placets, récoltes et ambassades, plutôt que flux et reflux de la vie. Une heure plus tard, debout devant le haut miroir, entre les deux fenêtres qui ouvrent de plain-pied sur les parterres de Versailles, il arrange les dentelles de sa cravate. Ce brave Le Couturier n'apportait pour une fois que de bonnes nouvelles. Un peu de répit, dans l'inquiétude qui depuis le désastre de Law ronge Son Altesse. Penché jusqu'à frôler ses propres lèvres, le front collé à la surface froide, Philippe se force à sourire. Son reflet esquisse une grimace pitoyable.

— Quarante-neuf ans! Un vieillard! Chirac a raison, regarde-toi, mon bonhomme! Tu as abusé de tout, tu ne crois plus en rien, tu n'aimes plus personne, tu es au bout de toi-même. Un bateau démâté dont la quille s'effrite. A quoi bon l'essentiel, pour qui j'ai tant lutté, à quoi bon l'accessoire, dont je me suis si longtemps délecté, s'il faut de toute manière entraîner dans son propre naufrage ce pour quoi on a vécu? Qui me désire aujourd'hui, qui voudrait encore s'embarquer avec moi? Et d'ailleurs où aller, sans voiles ni marées, et pourquoi s'acharner?

On frappe. Six heures sonnent. Philippe se redresse, compose son expression et tend les bras au chevalier d'Orléans qui vient d'entrer. Ce garçon-là se met à lui ressembler plus que son fils légitime. Il court les jupes comme un lévrier le chevreuil, et les maris se plaignent. Comment cependant faire la leçon quand on n'a su donner l'exemple? Philippe roule de gros yeux, mais lorsque le chevalier l'embrasse en lui promettant de ne

326

pas tenir son serment d'être sage, il éclate de rire et le renvoie avec une bourse rondelette. Encore quelques requêtes, un obséquieux curé lettré, dont, pour ne point le peiner, il accepte l'ouvrage, puis Philippe commande à Denots d'introduire la duchesse de Falari, qui patiente depuis un long moment dans le grand cabinet. Le duc d'Orléans goûte son calme et ses gestes légers, qui lui rappellent la gentille Marie, Marie qu'il n'a pas su préserver des revers du sort, Marie qu'il a perdue.

Philippe tamponne avec un linge humide ses paupières gonflées. Qui prétend posséder le monde finit par perdre son âme, disent les Ecritures. Hors l'amour d'Élisabeth, qu'a-t-il vraiment souhaité posséder ? S'il a jamais recherché le pouvoir, c'est pour le consacrer à la restauration de la France. Il a distribué l'or sans songer à lui-même et usé des femmes sans forcer leur attachement. Les biens terrestres lui sont de peu de prix. Ce qu'il voudrait maintenant, bientôt, dès que Louis XV pourra régner seul, c'est diriger les travaux de l'Académie des sciences. Quant à sauver son âme... A-t-il seulement une âme à sauver ? Il se tourne vers Mme de Falari, qui verse dans un verre d'eau les gouttes d'antimoine dont il espère soulager ses crampes d'estomac.

— Belle amie, crois-tu de bonne foi qu'il y ait un Dieu, un enfer et un paradis, après cette vie ?

La duchesse le regarde avec mélancolie.

— Oui, mon prince, je le crois, certainement.

— Si cela est comme tu dis, tu es bien malheureuse de mener la vie que tu mènes.

— J'espère que Dieu me fera miséricorde... Voici votre potion. Détendez-vous. Voulez-vous que je vous masse les pieds ?

Philippe s'assied pesamment.

— Merci. Apprends-moi d'abord pourquoi tu avais sollicité une audience, et ensuite, si nous en avons le loisir, tu me conteras une de ces histoires que tu inventes si bien.

Au premier mot de la visiteuse, Philippe s'assoupit. Il se réveille aussitôt, s'excuse de son impolitesse et, tandis que Mme de Falari reprend son récit, il se rendort. Il ronfle court. Son visage, d'ordinaire enflammé, est livide. Sa tête roule contre la hanche de la jolie duchesse, qui s'est assise sur le bras du fauteuil.

— Monseigneur ? Monseigneur !

Les yeux révulsés, le rictus douloureux, la pâleur spectrale. Mme de Falari, qui s'est penchée vers le dormeur, se relève en hurlant. Philippe, dents serrées sur son souffle perdu, glisse à terre comme coule un noyé.

«Aime et fais ce que voudras», commande saint Augustin. Je ne sais plus, aujourd'hui, si nous sommes en naissant condamnés ou absous, s'il est un chemin vers le rachat, une balance pour les âmes, ni le poids du Mal, ni celui du Bien. Je crois seulement, je sens seulement que, selon le mot de l'apôtre Jean, celui qui n'aime point demeure dans la mort. Si le tribunal de ma mémoire m'a déclarée coupable, c'est de n'avoir pas su aimer l'être humain dans sa chair et ses rêves, ses faiblesses et ses contradictions. Sans doute n'aurais-je pas reconnu le Messie sous les haillons de Jésus. Sans doute, confiante en ce bon droit que défendent si chèrement ceux qui ne manquent de rien, l'aurais-je comme tant d'autres chassé. Ma plus grande faute est d'avoir laissé l'orgueil étouffer en moi le sentiment. J'ai voulu dominer ma condition de mortelle, m'élever au-dessus d'elle et, à mi-chemin entre la vierge et l'ange, donner des leçons à mon siècle. J'ai idolâtré mon père pour le sacrifice qu'il m'inspirait. J'ai cultivé ma haine envers ma sœur en proportion du salutaire dégoût qu'elle me donnait de la sensualité. En prétendant servir le Très-Haut, j'ai visé ma gloire, et, en renonçant au monde, j'ai espéré l'amener à mes genoux.

Notre sort, à nous autres princes, n'est pas de vivre heureux mais de façonner ou d'illustrer notre temps. Mon père, Élisabeth et moi résumons les fougues, les excès et les revers d'une régence plus féconde que beaucoup de règnes achevés. C'est à moi, qui m'en suis déclarée le procureur, qu'il incombe d'en perpétuer la mémoire. De rallumer, à mesure qu'ils s'éteindront, les cierges du souvenir, afin que mes fantômes accèdent à cette lumière que durant leur vie ils ont négligé de chercher. Lundi dernier, 2 décembre 1723, un règne s'est achevé dans la veulerie et la hâte. Mme de Sabran, au vu du chirurgien qui s'apprêtait à saigner mon père allongé sur le plancher, s'est mise à hurler : « Qu'allez-vous faire ! Il sort de dessus sa gueuse ! » Ainsi est née la rumeur selon laquelle le duc d'Orléans était mort assisté de son confesseur ordinaire, et tout juste selon la manière dont il avait vécu. Mon cousin de Bourbon l'a aussitôt remplacé auprès d'un jeune Roi dont les larmes ont séché avant d'avoir coulé. Grandis dans leur propre culte, les enfants couronnés n'aiment qu'eux-mêmes et n'ont guère de chagrin. Louis XV regrettera mon père, peut-être, quand avec l'âge lui viendra la compréhension des grandes choses que son oncle a entreprises pour relever le royaume. En attendant, Sa Jeune Majesté ne songe qu'à se débarrasser de l'Infante, son épouse de cinq ans qui l'insupporte, et à s'en donner une plus complaisante qui dormira dès l'abord dans son lit. Le duc de Bourbon, ravi de défaire les fils patiemment cousus par mon père, certainement s'y appliquera. Il n'est point de tapisserie qui résiste aux ciseaux...

Élisabeth est morte, Madame est morte, Dubois est mort. Mes sœurs, mariées au loin, n'ont pu veiller le duc d'Orléans, et ma mère pas plus que mon nigaud de frère ne songent à le pleurer. La cour se reforme autour du vilain Bourbon comme le sable se referme sur le trou qu'y a creusé le doigt. Plus de trace de mon père. Pas une plainte, pas un soupir. A peine une sorte de gêne, de lourdeur dans l'air, qui se dissipera avec le printemps. Mes appartements, qui depuis ma faveur déclarée ne désemplissaient pas, résonnent maintenant du seul pas de mes gardes. Ainsi finissent les vanités terrestres. Une pelletée de gravier sur un cercueil plombé, et une fortune laisse place à une autre. *«Fugit tempus irreparabile»*, plaisantait Élisabeth. Comme elle avait raison...

Je ne pleurerai plus. Je ne crierai plus dans le cauchemar de mes nuits hantées. Je n'aurai plus peur, ni honte, ni remords. Le ruban des trois vies l'une à l'autre nouées se love lentement au fond de ma mémoire. Certes, je mérite d'être punie. On ne juge pas autrui sans s'exposer soi-même, et l'orgueil ne tresse de couronnes que d'épines. Mais mon médecin, constatant ce matin que je ne délirais plus, que je ne cherchais ni mon père ni ma sœur à mon chevet, a décrété que la fièvre tombait et que je ne passerais pas. Derrière mes paupières closes, j'ai songé au mot de Madame, qui à la veille de nous quitter écrivait : «Mourir est la dernière sottise qu'on puisse faire, plus on la recule, mieux cela vaut.» J'ai entendu ma fidèle Clonard, près de mon oreiller, s'extasier de ce que je souriais.

J'ai vingt-cinq ans, je suis princesse du sang et abbesse de Chelles. Si en enterrant mon père je suis morte à ma joie, morte à mon avenir, je demeure vivante pour cet autre monde vers lequel deux cents âmes attendent que je les guide. Faute d'une mission taillée à mes mesures, celle-ci me fera un manteau convenable pour réchauffer mes os qui saillent sous le drap blanc. Je vais prendre soin de mes religieuses et de mes roses. Je vais vieillir. Je vais étudier. Je vais prier. On peut prier, et y trouver un puissant réconfort, sans être certain de croire en sa prière. Les mots sont de grands magiciens. Mon père savait cela. Je vais me fondre dans un silence tout plein de mots qui jamais, sans doute, ne trouveront d'autre écho que mon regard trop clair dans l'eau de mes bassins. Ce sera là ma sagesse réapprise, mon innocente folie, mon rêve pour les soirs et les aubes. J'apprendrai à en vivre.

Du même auteur

Aux Éditions Orban

LES BÂTARDS DU SOLEIL

LA GALIGAÏ

Aux Éditions Jean-Claude Lattès

AYEZ PITIÉ DU CŒUR DES HOMMES

SOLEILS AMERS

La composition de cet ouvrage
a été réalisée par I.G.S. - Charente Photogravure,
l'impression et le brochage ont été effectués
sur presse CAMERON dans les ateliers de
Bussière Camedan Imprimeries,
à Saint-Amand-Montrond (Cher),
pour le compte des Éditions Albin Michel.

Achevé d'imprimer en septembre 1996

N° d'édition : 15884. N° d'impression : 4/801.
Dépôt légal : septembre 1996.